21世纪中外老年题材
长篇小说赏析

# 假如岁月足够长

冯涛 著

江苏凤凰教育出版社
Phoenix Education Publishing, Ltd

本书由 2020 年国家社科基金后期项目
“跨文化视域下的文学需求理论研究”
（20FWWB019）资助

# 前言

21世纪以来，由于医疗条件改善、预期寿命提高及生育率降低等因素，很多国家迎来了老龄化，未来全球老龄化趋势还会更加显著。随着老龄化趋势的发展，几乎所有社会领域都受其影响，老年问题受到更多关注，文学中的相关老年书写也越来越多。本书精选了2001—2021年这20年中出版的涉及老年题材的长篇小说30部。小说作者来自中国、美国、日本、英国等11个国家，他们当中既有成就斐然的文学大家，也有初出茅庐的文坛新秀。值得一提的是，瑞典作家弗雷德里克·巴克曼连续创作了3部广受欢迎的老年题材优秀作品。老年是多样化的，老年人既有共同的特点，也有不同的具体生活方式，对世界和自我的认识也千差万别。老年题材的长篇小说反映了老年人生的方方面面，从物质到精神，从家庭纽带到社会交往，从曾经的遭遇到当前的处境。这些作品表现了同样的主题，但它们的文化背景、艺术风格和叙述方式各具特色，为我们奉献了丰富多彩的老年文学世界。

纵观这些作品可以发现，它们涵盖了老年人所不得不面对的现实问题，主要包括：一、养老方式。老年人首先要面对的是如何养老，是居家还是进养老机构，是独立生活还是需要人照料。二、经济来源。如何得到维持幸福老年所需的收入或财产。对于经济拮据的老年人而言，生活水平和质量难以保障。三、医疗护理。老年人身体状况退化，各种病痛产生，生理机能失调，因此需要进行保健及医疗护理。四、人际关系。如何处理好与家人、朋友、邻居、同事、陌生人等的人际关系，老年人如何避免成为诈骗和欺凌的受害者。五、心理调节。如何在心理上接受老年现状，适应老年人的思维方式和行为方式，如何看待不可避免的死亡。六、人生目标。老年期可能会很长，如何过好老年生活，帮助年轻人，继续为社会做贡献，实现自身价值。这些现实问题是每个老年人都必须应对的，是老年阶段的新挑战。

除了描述老年期产生的现实问题，老年题材小说还从多角度深入探索老年人的内心世界，聚焦个人情感、伤痛、生活中的不如意，尤其是过往经历对他们当前心理状态的影响。美国著名的发展心理学家和精神分析学家埃里克·埃里克森提出了人格发展理论，将人一生分为八个阶段，认为人从55岁至65岁开始进入老年期。他指出，每个阶段都有需要解决的核心问题，这些问题是否能够得到妥善解决将会影响后续阶段的心理体验。在人生的最后阶段，如果老人带着快乐和满足感回顾过去，感到这一生已经实现了自我价值，他们就完成了“自我整合”；否则，他们将会产生挫折感，在面临死亡时将会陷入绝望和恐惧。作为心理弱者的老年人如何反思和看待过去，能否成功弥补曾经的缺憾和创伤，也是决定其幸福感的重要因素。很多时候，老年人需要对不可更改的过往进行重新解释，以恢复心理平衡，形成积极健康的老年主体意识，重构其老年主体性。

老年主体性和老年主体意识是互相关联的两个概念，前者侧重于对老年主体身份的客观规范，后者侧重于对老年主体身份的主观认识。老年主体性包含了由语言、文化、意识形态、人际关系、社会评价等外在因素影响下所形成的老年人的自我意识和社会身份。主体性是社会建构的自我，而老年主体性则受到老年人先前的人生经历和进入老年期的新境遇的双重影响。因此，老年人的自我意识和社会身份不是先天确定的，也不是断裂的，而是受到一生中所经历的各种事件的影响，因而是由社会所建构和定义的。主体的社会建构性决定了主体可以被改变和塑造。一方面主体会被各种力量不断驱使和裹挟，远离原初的自我，这种远离可能造成人的异化并产生焦虑；另一方面人也可以努力摆脱或者剥离那些负面影响，认清世界的真相，回归最初的自我。同样，老年主体意识的发展和老年主体性的建构也面临着疏离自我和回归本真之间的冲突。人的年龄越大，社会经历就越多，主体性受到的负面冲击也会越多，但老年人也可凭借人生智慧和历练对抗造成异化的社会建构，进入主体意识的自由王国。

本书所选的长篇小说几乎都属于现实主义题材，呈现了形形色色的影响老年人自我意识的因素，反映了20世纪末和21世纪初的老年人所经历过的战争、政治、社会和家庭变迁，以及这些变迁对他们心理和精神状态的深层影响。这些文学作品中的老年主人公大多处于各种历史和现实问题的困境，他们面临巨大的压力，不得不做出决定或采取措施，来改变现实和内心状态。老年期是他们弥补一生缺憾的最后机会，他们要突破困境，让自己在衰老的同时保持体面和尊严，在离开这个世界时不留遗憾。因此，他们产生了自我救赎、自我实现甚至自我超越的心理需求，而自我救赎、自我实现或自我超越也是他们满足心理需求所采取的相应手段，他们借此重新认识自我，摆脱以自我为中心的倾向，实现人生价值。每一个老人都是勇敢的战士，经过几十年的艰苦人生之后还要继续负重前行，他们往往必须独自踏上征程，迎接命运给他们带来的最后的挑战。这个征程就是回归自我和重构主体的艰辛历程。

本书适用于文学爱好者和对老年书写感兴趣的研究者。希望本书能为老年题材文学作品的创作和鉴赏提供帮助。本书所选长篇小说基本按其最初出版时间的顺序排列。作者力图用较少的篇幅和精练的语言对这些作品进行全方位的评介，凸显这些作品的主要特色和优异之处，给读者展开一幅长篇老年书写的全景图，同时也希望读者在此基础上进一步阅读原著，以获得更加深刻全面的了解。感谢江苏凤凰教育出版社的吉祖斌老师、周敬芝老师、严明瑗老师的热心支持及提出的宝贵专业意见。囿于作者水平，疏漏错误在所难免，恳请广大读者不吝批评指正。本书为2020年国家社科基金后期项目“跨文化视域下的文学需求理论研究”（20FWWB019）阶段性成果。

# 目录

# 好邻居日记

《好邻居日记》是英国作家多丽丝·莱辛（Doris Lessing，1919—2013）的作品。莱辛1919年出生于伊朗，幼年时在南非农场度过，家境贫困，14岁因眼疾辍学，15岁离家做保姆，后从事过接线员、速记员等工作。她早年经历过两次失败的婚姻，1949年携幼子移居英国，追寻心目中的自由生活，当时她的全部家当是皮包中的一部小说草稿。该书不久以《野草在歌唱》为题出版，莱辛从此一举成名。莱辛被誉为继伍尔芙之后最伟大的女性作家，一生出版了50多部作品，曾荣获多项文学奖项，如1954年获得毛姆文学奖，1981年获得欧洲文学国家奖……2007年88岁的莱辛获得诺贝尔文学奖，成为迄今最年长的诺贝尔文学奖获得者。莱辛小说的成就斐然，其主题和风格丰富多样，包括反映非洲殖民地的种族压迫与种族矛盾的传统现实

英国　多丽丝·莱辛
陈星　译　译林出版社　2016 年
原著最早出版于 1983 年，此中文版译自 2002 年出版的英文版主义作品，如《野草在歌唱》(1950)；用后现代写作技巧表现现代妇女所面临的困境和她们寻求自身解放的道路的作品，如《金色笔记》(1962)；用寓言、幻想形式来显示人类所面临的危机的“内空间小说”，如《简述地狱之行》(1971)；以科幻的形式思考人类历史和命运的“外空间小说”，如《南船座中的老人星：档案》系列(1979—1983)；用现实主义叙事风格反映英国社会现实问题的作品，如《简·萨默斯日记》(1984)。《简·萨默斯日记》由两部情节和人物互相关联的小说组成，第一部即《好邻居日记》，第二部题为《假如老人能够……》，其中《好邻居日记》更多地聚焦老年人的生活状态。

在莱辛的刻意安排下，《好邻居日记》的出版充满了戏剧性。莱辛在向出版商推荐这部小说的书稿时，隐瞒了自己是其真实作者，而是用小说主人公简·萨默斯的名字作为小说作者名，并将其伪装成一个新人作家。但书稿频频被拒，可见文坛新秀要被人认可多么艰难。出版社考虑更多的是作家的名气和对作品的包装宣传，一切为了市场和销售服务。这部小说是莱辛创作生涯的一个新突破，她塑造了主人公简·萨默斯的形象，这个形象与莱辛心目中自己的母亲类似。《好邻居日记》探讨了传统女性的处境、新时代独立女性的特质和女性气质的回归、老年人的生存状态和生存空间等问题。本书由一篇篇主人公简抒发内心独白的日记组成。本书最早以简·萨默斯为笔名于1983年出版，1984年才又以莱辛本人的名义出版。之所以在本书中对其进行述评，一方面因为该小说至今仍有影响力，另一方面则因为该小说的中文版由译林出版社于2016年出版，译自2002年英国弗拉明戈出版社（Flamingo）的“弗拉明戈现代经典丛书”（*Flamingo Modern Classic*）版。该小说是具有强大生命力的跨世纪老年题材长篇小说杰作。

小说《好邻居日记》还呈现了英国社会养老保障制度的一个重要方面，即社区照顾下的居家养老服务体系。除了收容老年人的托老所、老年公寓和医院等专门机构，社区还给居家生活、有部分生活能力又不能完全自理的老年人提供各种便利服务，具体包括上门送饭、做饭、打扫居室、整理衣物、洗澡、理发、购物、陪同上医院等。小说中提到的“好邻居”、家务女工、护理员、上门送餐者等各种人员即属于这一类服务的提供者。

## 萨默斯和莫迪的忘年交

简·萨默斯是一位精神独立的中年女性，她担任时尚杂志《莉莉丝》（*Lilith*）的副主编，沉迷于工作、社交、打扮和个人享受，但忽视与家人的感情沟通。她的丈夫和母亲患癌症期间，她都没有精心照料。然而，在他们去世后，简渐渐地对原本的情感和生活状态产生了质疑，她开始反思，意识到自己对亲人的冷漠。一个偶然的机会，简结识了住在自己家附近的贫穷老人莫迪·福勒。莫迪年逾90，独自一人生活在破旧的小公寓里，房子很老，缺乏现代化的取暖、洗浴和卫生设施。衰老的莫迪生活多有不便，甚至常常便溺在身上，更麻烦的是，老人性格孤僻暴躁，不愿接受陌生的社会福利工作者的帮助。萨默斯希望自己能够对别人，尤其是老年人付出关怀，以弥补自己往日忽视照料母亲的遗憾。莫迪则希望能够得到别人真正的关心和情感上的陪护，而非只是应付差事。在这种情况下，萨默斯和莫迪慢慢接近直至接纳对方。

萨默斯第一次到莫迪家时，发现"整间屋气味很重，难闻极了"，"到处都肮脏、昏暗、阴森、可怕"，里面都是陈年旧物。虽然第一印象很不好，但是萨默斯还是答应会再来看望老人。在两人一次次的接触中，老人逐渐回忆起自己的往事。老人一生中大多数时候都处境艰难，她15岁时母亲去世，后受到继母虐待；丈夫婚后不久就抛弃家庭，她独自艰辛抚养儿子，常常忍饥挨饿。后来儿子被丈夫偷走，她帮着姐姐一大家子干活，外甥、外甥女出生时她去帮忙，但姐姐私吞了父亲留下的遗产。姐姐家的人不仅不关心照料她，还将她描述为一个自私无用的老太婆。莫迪过去靠做女帽的手艺和到处打零工来养活自己，虽然也得到过关心和赏识，有过一些愉快的经历，但都好景不长。

萨默斯不断克服自己与老人相处时的矛盾心理，调整自己的生活和工作，更多地理解老人、介入老人的生活，帮助她购物、打扫卫生、洗澡，带她到公园享受阳光明媚的世界，陪她最后一次到姐姐家做客，直到老人病逝于医院。萨默斯用自己的付出和努力，帮助老人在生命最后的日子里体会到了长久缺乏的亲情。两位女性之间产生的非同寻常的友谊也改变了各自的人生态度。

## 一部别具特色、温暖人心的日记体小说

这是一部日记体小说，但它并没有拘泥于一般意义上的日记形式，而是采用了丰富多样化的叙事手段。首先，就日记时间而言，小说没有一处写明日期，只是以含糊的时间作为章节标题，如“周四”“周一晚”“一个月之后”“后来”等。还有一些章节的标题表现的是该部分的主题，如“湛蓝炎热美好的一天”“幸福之

事”“杂志社发展出了新事物：政治”等。由此可以看出，小说叙事的时间线不是笔直向前，而是跳跃式的、无规律的，时而向前，时而向后，时而快，时而慢，还有插叙、倒叙、补叙。其次，就叙述角度而言，小说并没有始终以第一人称的视角叙事。作者用了不同的叙述者，有第一人称叙述，也有第三人称叙述。即使是第一人称，有时候又直接引用了其他人的话。在叙事中，有时候作者是故事的参与者，只能获知自己亲身经历的或其他人告诉她的事情；有时候作者是全知者，能够洞彻了解其他人生活的细节，包括其内在的思维和情感。因此，这部小说的呈现形式非常多样化。

这种多样化的呈现方式却没有让小说显得杂乱无章，主要原因是作者在所有的叙事中都围绕着互相交织的两条主线：一是萨默斯通过对包括自己在内的形形色色女性的描述，不断思考女性在家庭社会中的角色和地位，探索什么样的人生才是女性的最佳选择；二是莫迪虽然身体不断衰弱，但是在萨默斯的帮助下，感受到了关怀与温暖，逐渐消除了愤懑，甚至享受到了喜悦，努力与过去和现实和解。萨默斯在辛苦照料莫迪的同时，自己也获得了内心的救赎，情感得到了抚慰。由此也可以看出，小说不仅在讲萨默斯和莫迪，还涉及了种种女性的人生处境，以及英国老龄社会的方方面面。

小说最为成功的一个方面是对老人莫迪的人物形象塑造。莫迪的形象随着萨默斯与她接触的加深而逐渐丰满。最初对莫迪的外貌描写让人难以接受。作者将其视为一个令人不快的“老巫婆”，这是西方传统对衰老女性的负面刻板印象：“一个弯腰驼背的小个子女人，鼻子几乎能碰到下巴，穿着灰扑扑、厚厚实实的黑衣服，头上是顶无檐软帽样的东西。”老人苍老瘦弱的脖子上和手上全是污垢，身上散发出馊味和尿味。这样一个行将就木的老人让人避之唯恐不及。但作者随后通过对老人的言行举止和过往经历的描写，让读者逐渐了解她内心的感情。了解一个老人的过去，就仿佛翻开了一部落满灰尘的厚厚的历史书。老人曾经的遗憾与欢乐，当前面临的疾病与死亡，以及对自我和世界关系的认知，共同构建了一个丰富饱满的人物形象，引起读者的同情。

## “老人们望着他们，和他们一起微笑”

我可以从年龄非常大的人那里学到真正地、缓慢地、充分地享受乐趣，他们坐在长椅上，看人来人往，看一片叶子在街边石沿上努力保持平衡。一阵小风把它掀起来：它是会掉下去，还是会被吹到车轮下，被碾碎？不，它还躺在那里，这片厚实多汁的绿叶，充满了叶液，亮晶晶的，大概是哪只鸽子从哪根枝头啄下来的。一辆购物推车经过，轮子差一点没碾上这片叶子。推车是一个年轻女子的，里面坐着一个小孩。她爱极了那孩子，小家伙抬头，亲昵信赖地看着她。她弯下腰来，冲小东西微笑。两人在人行道上沉浸在对彼此的爱中，对周围的一切浑然不觉，老人们望着他们，和他们一起微笑。

这段话出现在小说的后半段，当时萨默斯通过与莫迪的交往，对老年人的身心状态有了更深刻的了解。渐渐地，她从曾经的忽视、漠视老年人，到同情、帮助老年人，直到理解、信任老年人，并对他们的处境感同身受。更为重要的是，萨默斯从老年人那里获得了人生感悟，意识到自己一直以来只会忙碌、辛勤地工作，忽视了周围与工作无关的世界，以及这个世界中的种种乐趣。

这段话描述了一个场景：几个老年人坐在街边的长椅上，看着周围来来往往的人群。这是一个常见的场面，衰老之人的社会交往似乎只剩下沉默的久坐，努力用模糊的视力与世界沟通，世界却对他们视而不见。但萨默斯却体会到了老年人此举的意义：他们正在享受这样的时光。无论人生道路是平坦还是曲折，能走到老年都是一种成功，能够在此时安坐一隅享受片刻的闲暇就更不容易了。作者从老人的视角观察到了一片落叶和一个用购物车推着幼儿的年轻妈妈。这不是秋天飘落的黄叶，而是正在生长过程中脱离树枝的绿叶，有可能是外力导致它掉落。这片树叶有什么象征意义？也许“在街边石沿上努力保持平衡”的、随时可能被来往的车辆碾碎的一片树叶，可以视为人在生命旅程中遭受的严重挫折。有时候人在生活中也会遭到与这片树叶一样的意外和不幸，不得不放弃自己的人生目标，而且并不是每个人都有机会逆转。即便如此，这在洞彻人生的街边老人眼里也是寻常。毕竟无论怎样的一生——或长或短，或亮丽或灰暗——都只是一段时光，生命和生命之间没有本质的区别。

推车女子和她的小孩互相对视的温馨一幕也落入了老人眼中。此情此景也许让老人们想起了自己在童年或青少年时曾经拥有过的爱。那些爱已成往事，而现在眼前出现的亲子之爱能够让老人重温当年，唤醒美好的回忆。一个人只有经历过得失，才能真切地意识到世间一切都只是暂时的。个体的爱不会永恒，终有随着生命的消逝而飘散的一天，而人类所共有的爱才能长久延续下去，代代相传。老人在年轻妈妈和孩子身上看到了爱的延续，看到了未来，便随之一起微笑起来。小说的主题思想即爱、家庭与和谐，爱是建立并维系人与人之间和谐关系的关键，是社会和谐的基础，也是人类生存和发展的精神动力。萨默斯从老人的视角来观察世界，得到了与以前完全不一样的体验，这样的体验也是宝贵的财富。

俄罗斯　柳德米拉·乌利茨卡娅
陈方　译　北京十月文艺出版社　2018 年
原著出版于 2001 年

# 库科茨基医生的病案

柳德米拉·乌利茨卡娅（Lyudmila Ulitskaya，俄语名 Людмила Улицкая）1943 年出生于一个热衷于写作的犹太知识分子家庭，在莫斯科长大。她青年时代从事的是与文学毫无关系的自然科学，就读于莫斯科大学生物系，后来又在莫斯科普通遗传学院获得遗传生物学副博士学位，曾在苏联科学院遗传研究所工作。乌利茨卡娅从 20 世纪 80 年代开始从事写作，作品已被翻译成英、法、德、意、中等至少 25 种语言，并不断被再版。她是当今俄罗斯文坛上的一位颇有成就的小说家、剧作家，与另外两位女性作家柳·斯·彼得鲁舍夫斯卡娅（Людмила Стефановна Петрушевская，1938 年生）和塔·尼·托尔斯塔娅（Татьяна Никитична Толстая，1951 年生）一起被称为“女性三杰”。乌利茨卡娅的主要代表作有中篇小说《索涅奇卡》(1993)、长篇小说《美狄亚和她的孩子们》(1996)、《库科茨基医生的病案》(2001)、《您忠实的舒里克》(2003)等。《美狄亚和她的孩子们》入围1997年俄语布克奖,《库科茨基医生的病案》获得2001年俄语布克奖,乌利茨卡娅成为该奖项在俄罗斯设立以来首位获奖的女作家。2005年,《您忠实的舒里克》获得由我国人民文学出版社颁发的第四届21世纪年度最佳外国小说奖。2014年,乌利茨卡娅获得奥地利国家欧洲文学奖,近年来她一直是诺贝尔文学奖的热门人选之一。

《库科茨基医生的病案》的情节发展跨越了大半个世纪,其中包括卫国战争,20世纪50年代国家对遗传学以及遗传学者的压制,在生育政策方面的种种不合理现象,1953年斯大林去世以及在莫斯科举行规模壮大的葬礼的场面,60年代苏联年轻人的生活,爵士乐在彼得堡和首都的兴起,等等。乌利茨卡娅在小说中还原了很多俄罗斯人在生活中曾经亲历并且永生难忘的场面。小说反映了国家的整体命运造就了每一个俄罗斯人的个体命运,同时也表现了人物对不幸命运的反抗和对自我价值的追求。小说围绕其中心人物,妇产科医生库科茨基,记录了两代人、两个大家庭的命运变迁。乌利茨卡娅借助小说人物库科茨基和戈尔德伯格的妇产和遗传学专业,充分展示了自己曾经的专业特长,以丰富的医学和生理学知识为小说增添了很多细致的描写。2005年，根据这部小说改编的电视连续剧受到广泛欢迎。

小说并不单纯以老年人为主题，而是覆盖了不同人物在不同年龄段的故事。小说篇幅较长，中文版有605页，其中有超过三分之一的篇幅叙述了几位主要人物年老后的工作、生活状态和心理感受，由此可以认为老年是该小说的主题之一。

## 库科茨基一生的奋斗和伤心的老年

巴维尔·阿列克谢耶维奇·库科茨基出生于医学世家，他从童年起就特别爱好观察生物构造，大学毕业后成为一名优秀的妇产专业专家和诊断医生。在工作中，库科茨基产生了神奇的内视力，能够形象地看到病人身体的内部构造，甚至能看见细胞组织，因此也能准确发现病人的病灶。库科茨基一直单身，直到43岁那年娶了自己28岁的病人叶莲娜。他把叶莲娜从死亡线上救活，而后者是唯一一个没有排斥他内视天赋的女人。和叶莲娜一起到库科茨基家的是她2岁的女儿塔尼娅和老保姆瓦西莉亚，他们后来又收养了失去双亲的塔尼娅的同学托玛，这几个没什么血缘关系的人组成了一个不同寻常的家庭。

库科茨基工作中的痛点是1936年官方开始禁止合法的医学流产，这迫使很多人不得不参与非法的地下堕胎，因而十几年来导致了无数不必要的痛苦和死亡。库科茨基希望改变政策，但是他的使人工流产合法化的信函没有得到上层的任何回音。更糟糕的是，他的主张造成了他和叶莲娜的争吵，因为叶莲娜强烈反对人工流产，认为这是谋杀生命。这次争吵使夫妻的感情受到严重伤害，也让笃信天主教的老保姆瓦西莉亚对他极其失望。

库科茨基所极力主张的人工流产合法化到了1953年终于变成了现实。这时他已50多岁，他的工作和学术研究焕发了新的生命力，在治疗女性不孕症方面取得了新突破，帮助很多无法生育的夫妇实现了拥有孩子的愿望。但是，已经长大的塔尼娅却越来越叛逆，她不愿从事库科茨基所希望的医学专业，甚至很少回家。渐渐地，库科茨基觉得自己的命运发生了转折，过去家庭生活的幸福感消失了。他无法理解塔尼娅，和塔尼娅的关系崩溃了。他也无法与叶莲娜沟通，因为叶莲娜开始陷入了一种失忆痴呆的状态，无法产生连贯有效的思维，这个病一直伴随她到老。库科茨基容忍了塔尼娅放荡不羁的行为，帮她照看年幼的孩子，在她怀第二胎时不幸患病去世后，还把她的遗体带回自己的家族墓地安葬。库科茨基一生帮助过无数产妇，却没能拯救自己的养女。此时库科茨基已年近七旬，他经历了伤心的老年。

库科茨基的好朋友，遗传学家、医生戈尔德伯格则经历了与库科茨基不同的命运。戈尔德伯格怀有一种天真的正义感，他好几次被捕入狱，有时候是因为宣扬西方科学家的理论，有时候是因为顶撞冒犯上司，有时候是被上级审查机构挑刺，但他运气一直很好，每次都能阴差阳错地度过危机，被平安释放。老年戈尔德伯格进入了最幸福的时段，他得到了一个实验室，还收获了新的爱情，他所宣扬和研究的人类群体遗传学也得到国外学术界的重视。到86岁时，戈尔德伯格还喜获重孙，是他的孙女冉尼娅生的，而冉尼娅的母亲和外公正是早已离开人世的塔尼娅和库科茨基。

## 现实主义和现代主义风格相交织的叙事

小说名中的“病案”具有丰富深刻的含义，构成了小说中所有主题的核心。这个词在俄语中有“令人不解之事”和“复杂病案”之意，它既指库科茨基作为一名医生在工作中所遇到的各种具体病情和问题，如那些不孕症患者和接受秘密人工流产失败的孕妇，也指库科茨基出于知识分子的良知想要治愈的国家的沉疴，如禁止人工流产的政策和对无辜者的迫害，同时也反映了库科茨基家庭生活中的矛盾和不如意，如他和妻子的观念冲突以及和女儿的世界观的差异。这些“病案”其实并不仅仅属于库科茨基，也属于那个时代每一个沉浮于生活和命运之漩涡的人，是 20 世纪中期很多俄罗斯知识分子共同命运的象征。当环境的压力和库科茨基的良知发生冲突时，他只有借助喝得酩酊大醉来逃避。与此同时，作者所塑造的戈尔德伯格的形象与库科茨基形成了鲜明的对比。戈尔德伯格刚正耿直，勇于反抗，不符合一般知识分子在权力高压下正常的表现，也因此被认为患有精神分裂症而逃脱了极端的判决，这更加突出了社会价值观念的扭曲和荒诞。

小说的叙事采用了现实主义和现代主义交织的方式。就现实主义方式而言，作者用全知视角细致地描述了人物所处的时代、历史、地域、事件的前因后果、人们的日常生活和在生活中遇到的各种困境等。而且，在叙述的同时适当地插入了一些解释和评论，使叙述显得更加真实可靠。就现代主义的表现形式而言，一方面整部作品带有非情节化、非英雄化的特征，不再具有饶有兴味、贯串始终的清晰线索，情节也并非始终围绕主人公展开，即使有主人公，他们也与俄国传统长篇小说中的主角不同，似乎不再是作者倾注情感着力塑造的对象，而被进行了某种扁平化处理。另一方面，作者在塑造叶莲娜这个人物形象时，大量采用了意识流和主观独白的方式。早年的心理创伤加上可能的家族遗传，造成了叶莲娜的失忆和思维混乱，这样的意识混乱在小说中通过叶莲娜笔记中的第一人称叙事恰到好处地呈现出来。此外，在小说长达110页的整个第二部分里描述了一个“新女性”的奇幻经历，这其实是叶莲娜进入了恍如梦境的迷幻状态。这样的结构和表现手法既是对传统长篇小说创作范式的冲击和解构，也是生活自身的多元化、碎片化和非逻辑化等现象在文学中的显现和反映。

但是，即使在这样情节淡化、人物扁平化的当代俄国长篇小说中，我们仍能感觉到俄国文学的某些传统特质之渗透，比如对民族历史充满反思的追溯，对社会现实不无悲悯的关注，对人及其生活既温情又超然的观照，对生命价值的弘扬，以及对不平等命运的抗争。小说的叙述语调平淡冷静，常常带有黑色幽默，伴随着讽刺、无奈甚至伤感。如在塔尼娅的葬礼过后，作者用异常简洁的语言这样描述她的男友和父亲：“谢尔盖想马上就走，但是巴维尔·阿列克谢耶维奇让他留下来过夜。于是谢尔盖留下了。夏季的空房子遍布灰尘。他们一起喝了伏特加。之后谢尔盖躺在了塔尼娅的沙发床上。他和塔尼娅、冉尼娅、小儿子本该再过几个月就搬到这个房间里的。”这种看似超然冷淡的语言，实际上充满了压抑着的情感，表现了小说中的人物对美好生活的向往被现实击得粉碎，他们无奈而无能为力，唯有沉默无语。

## “他的命运走到了山脚下”

巴维尔·阿列克谢耶维奇心里知道，他的命运走到了山脚下。他还在工作、教书、做手术，但是，永恒的快乐，与他长年生活的时代水乳交融的感觉，这一切都从他生活中消失了。家庭生活只保留了一个大概的形式，保留了旧日家庭幸福的空壳……那并不是他们在战争中期、在撤退时邂逅的那种幸福，那延续了整整十年，一直到一九五三年的幸福，就像一艘载满了黄金的轮船，沉入了记忆的最深处，而紧随其后的是另外一种幸福，修道院似的沉默，没有触碰，只有理解的目光……

这段话出现在小说最后三分之一的开始之处，其时库科茨基已年过六旬，开始进入老年期，虽然他的工作和社会生活表面上还没有大的变化，但是已走向尾声。更严重的是，他曾经幸福的家庭生活已杳无踪迹。20年前，虽然面临战争和社会动荡，但是他和叶莲娜、女儿塔尼娅开心地生活在一起，而现在妻子已陷入失忆，无法有效地沟通，塔尼娅也与他疏远，两人不能互相理解。糟糕的家庭关系和日益的衰老给库科茨基带来了双重打击，社会更需要年轻人，而不是老年人。库科茨基发现和年轻人相比，“他自己的老朽时光，一闪即逝，无足轻重，他越来越没有价值”。

库科茨基凭借高超的医术和正直的品性受人尊敬，但是事业的成功难以弥补他情感上的缺憾，这可能也是很多执着于事业和理想却无法处理好家庭问题的男人到老之后的处境。人生一世，重要的是和谐的人际关系，而家庭成员之间的关系又更为重要。能够给老年人带来心灵抚慰的只能是亲情和友情，而不是虚幻的社会地位，也不是基于权力和金钱等利益的人际交往。如果没有幸福的老年，一个人之前再怎么成功都不能算是成功。老年的库科茨基是不幸的，但是这个世界上又有多少老年人是幸福的呢?

在内心深处，我怀疑这是某种可怕疾病的开始。亲笔写下这句话之后，我对此彻底相信了。我感到如此可怕。在我们家族里，谁也没得过这种病。虽然外婆，她是大姐，好像在老年时进入了幼儿状态。可怕，如果是那样，所有活过的日子就变得毫无意义了。如果一个人忘记了有关生活的一切，父母、孩子、爱情、所有的快乐、所有的损失，那么他活着还有什么意义呢？

这段话出自叶莲娜的第一本笔记本，当时她可能才40岁左右，但是发现自己的记忆力变得越来越差，思考会突然中断，会忘记熟人的名字，还经常出现单词拼写错误。于是她决定趁着头脑还清醒用笔记本记下自己的经历，帮助自己巩固记忆，尤其是童年和青少年时期与父母、外公外婆在一起生活的场景。叶莲娜的前半生过得并不幸福。她的父亲热衷于建设托尔斯泰式的农村公社，笃信非暴力和自给自足，但这不符合当时苏联政府的意识形态，后来她的父母被捕后便永远消失了，她的两个哥哥因为拒绝服兵役而死亡，她跟着外婆生活而逃过一劫。她的外公原本是一个富有的建筑承包商，但因为建筑工程的意外事故而破产，最后郁郁而终。她的第一个丈夫安东是一名设计师，却被送上战场，从此夫妻再也没有见面。

总之，叶莲娜的记忆中充满了悲伤，现在她意识到自己可能连这些记忆也将失去了，这样人生将不再有任何意义。死亡意味着失去一切，但是如果活着的时候丧失了记忆和思维能力，那么不仅相当于与过去切断了联系，而且也相当于不再拥有现在和未来，这样的状态与脑死亡没有什么区别。无法正常思考的人也难以与人沟通，即使是自己最亲近的人，他们仿佛陷入了一个与世隔绝的空白空间，虚无缥缈，无边无际，无处可依。叶莲娜的担心是正确的，她的大脑逐渐失去功能，绝大多数时候处于断线状态，无法产生有效的线索来理解周围的世界，如她在第二本笔记本中所表现的那样。从第二本笔记本的文字中可以看出，已经陷入混乱的叶莲娜不仅不能与人交流，也开始无法准确地记录自己的想法。她在偶尔相对清醒时写下的最后一段话是："巴·阿在我房间里坐了很长时间。和他在一起真好。他坐在我旁边的椅子上，不说话。之后，他抓住我的手，久久地摆弄我的手指。我非常爱他。可能，他也知道。"此后，叶莲娜的世界消失了，爱情和一切。

英国　玛格丽特·德拉布尔
林之鹤　译　南海出版公司　2008 年
原著出版于 2002 年

# 空床日记

玛格丽特·德拉布尔（Margaret Drabble）出生于1939年，是英国当代最有影响力的女作家之一，女权主义者，出生于英国谢菲尔德的一个书香门第，父母均毕业于剑桥大学，父亲是法官，母亲是教师，姐姐A. S. 拜厄特是当今英国文坛上极负盛名的小说家兼学者，其代表作《占有》曾于1990年获英国布克奖。1960年，德拉布尔以优异的成绩毕业于剑桥大学纽纳姆学院英语系，毕业后不久开始从事演艺事业，后在家进行小说创作。其前期作品包括《夏日鸟笼》（1963）、《登台表演》（1964）、《磨砺》（1965）、《金色的耶路撒冷》（1967）、《瀑布》（1969）等，多以中产阶级生活为背景，讲述知识女性的命运，描写精微细腻，字里行间透露出《圣经》和古典名著的影响，故有“文人”小说之称。20世纪70年代以后，其作品着力讨论人物的性格命运与社会状况和文化传统的关系，如《针眼》（1972）、《冰期》（1977）、《中途》（1980）以及《闪光的路》（1987）、《自然的好奇心》（1989）和《象牙门》（1991）等。其作品受到众多读者青睐，多次获得文学大奖，如布莱克纪念奖、爱·摩·福斯特奖、莱斯文学奖等。1980年，德拉布尔因卓越的文学成就获英国最高级巴忍爵士头衔。在进行小说创作之余，她还对传记文学怀有浓厚的兴趣，陆续出版了《阿诺德·贝内特传》和《安格斯·威尔逊传》，还主持编辑了第五版《牛津英国文学辞典》。与姐姐一样，她也是一位严谨的学者，长期在大学任教，发表了大量的文学理论专著，曾担任英国国家图书联盟的主席，主编过华兹华斯、哈代、伍尔芙等人的文集。

德拉布尔进入文坛时，正值西方女权主义运动风起云涌，女性写作风靡世界之际。年轻的德拉布尔深受西蒙娜·德·波伏娃等人的影响，产生了反映女性生存境况，传达女性真实心声的自觉和勇气，从此致力于女性小说的创作，因此被誉为“妇女的小说家”。德拉布尔文学作品的精神内核就是对女性理想生活道路的苦苦寻觅，探索女性在突破了传统的性别角色之后，前行的路在何方。她的早期作品均以第一人称叙述非常个人化的实在的生命体验，反映当代女性特别是知识女性的生活际遇。《夏日鸟笼》《磨砺》及《瀑布》等都带有浓烈的“私人小说”色彩。这些作品中的主人公多为美丽聪颖、开放上进的年轻女性，与作者本人背景相似、年龄相仿，对人生有着明确的追求，作品因而具有很强的自传性和真实感，令人读来亲切可信。德拉布尔的小说创作关注女性生存困境，擅长通过对女性生存处境的描摹而揭示出女性意识的觉醒与抗争，并由此折射出隐匿其后的复杂的男权社会生活。她的每一部小说都表现了现代知识女性对生活道路的积极尝试，反映了她们从男权中心文化中的精神突围，折射出当代西方女性的共同心态，因而在女性读者中唤起了强烈的共鸣。在她的小说里既有对年轻女性婚恋困惑的探索，也有对中年女性生存压力及如何兼顾家庭和事业的关系的描写，还有对老年女性生存危机的表现，如小说《空床日记》(2002)。《空床日记》(又译作《七姐妹》，因为原题为 *The Seven Sisters*)是德拉布尔晚年时期的代表作之一。这是一部女性小说，里面的七位女性要么未婚，要么离婚，要么丈夫已去世，要么丈夫已老，总之她们当下都没有受到男性的控制。小说主要关注的是现代社会中老年妇女面临的一些常见问题。面对变幻莫测的社会环境，小说的女主人公不得不处理婚姻、家庭琐事、友情，甚至是精神疾患等难题。

# 七姐妹和她们的朝圣之旅

坎迪达·威尔顿是一个从未步入社会工作过的家庭主妇，她年岁渐老、韶华已逝，青春早已为家庭消耗殆尽。结婚十年后，她的丈夫安德鲁被委任为萨福克一所学校的校长，于是举家从曼彻斯特搬到萨福克。对于坎迪达而言，萨福克环境优美、空气清新、生活安逸，这本应是她一个更好的人生阶段，但是在这里她却遭遇到安德鲁的不忠，与三个已成年的女儿也充满隔膜。于是她毅然与丈夫离婚，孤身一人来到陌生的大城市伦敦，用离婚赡养费在伦敦西区阴暗的下等住宅区买了一个小公寓。这是坎迪达从小到大第一次独自生活，两年多后，她开始用电脑来记录自己的经历、见闻和感悟。

她这两年的生活在经济上很糟糕，从离婚前的优渥落入离婚后的困顿。她形单影只地在潮湿肮脏的街道上散步，在廉价超市买食物给自己准备晚餐。但是她也有了自己的社交生活，并从中收获了友谊。她加入了新家附近的继续教育学院夜校班，选修了维吉尔的《埃涅阿斯纪》。在班上她结识到了新朋友，这是她在伦敦最初几个月孤独生活的支柱。后来，因为夜校班所在的建筑被改造成健身俱乐部，夜校班被迫解散了，但是坎迪达继续去那里游泳健身。虽然年纪大了，但她还是努力参与社会活动和交往，旧友萨莉和朱莉娅来伦敦看望她，她和维吉尔班上的老师、已 85 岁的杰罗尔德太太，同学阿奈和辛西娅（巴克利太太）也一直保持联系。坎迪达在这两年里做了许多过去没做过的事，甚至还有了一个被关押的杀人强奸犯情人。虽然她有时也会感到沮丧，但生活开始变得有滋有味。

坎迪达和她的朋友们希望有朝一日能到突尼斯的迦太基和意大利的那不勒斯等地游览，亲身体验《埃涅阿斯纪》中记载的古迹。这个愿望因坎迪达收到一笔意外之财而实现了。多年前她的父亲在保险公司给她存了一笔养老金，这笔钱因投资股票而赚了不少，现在已有 12 万英镑。于是她召集圣安妮学校的同学、高贵骄傲的过气作家朱莉娅，在萨福克的朋友、粗俗的市井女人萨莉，特立独行富有异国情调的阿奈，聪明能干勇敢的巴克利太太，看尽浮华的维吉尔夜校班老师杰罗尔德太太，负责而有魄力的导游瓦莱里娅，她们中有已婚的，有离婚的，有未婚的，还有成为遗孀的，七个不同性格不同身份的女人聚集在一起，一起踏上了梦想已久的浪漫和朝圣之旅，这是她们一生中的高光时刻。

从意大利回来后，坎迪达恢复了往日平静的生活。她想象自己的自杀和死亡，但并没有付诸实施。二女儿埃伦要结婚了，邀请她去芬兰参加婚礼。在芬兰她又结识了新的朋友，甚至开始约会。这就是一个单身老年女性的生活，没有激情，没有好坏，也不会有大的意外，平淡的时光会一如既往地缓慢流逝。

## 充满不可靠叙述的后现代叙事

小说的特色之一是叙事中的人称变换，第一人称和第三人称转换频繁，故事由不同叙述者从不同视角呈现。作者采用后现代小说叙事策略，如文本间的互文指涉，文本的开放性、多元性和不确定性以及套嵌式叙事等，使作品呈现出迷宫式和碎片化等典型的后现代文本特征。小说摒弃了传统的时空限制，同时将日记、寓言、诗歌等多种体裁拼贴并置，构成了一个层次分明的开放性文本。通过坎迪达日记式的内心独白，小说将人物和事件透过她的视角呈现出来。在某种程度上，坎迪达成了一个不可靠的叙述者，以其本人的视角对事件进行过滤和隐瞒。在文中她甚至亲自指明自己叙述的不可信，在重读了自己对萨莉来访的叙述后，她发现："大多数情节是我添油加醋过的。实际上，回顾在萨福克的行为，有许多地方我要感到羞耻……在行为举止上有轻度的精神错乱和更年期症状。"在小说的第三章，作者德拉布尔透过二女儿埃伦的视角对事件进行重述，颠覆了坎迪达之前所述，从另一方面再现事实。坎迪达将自己描述为规行矩步的淑女，但是埃伦却对此进行了否定：“我并不认为她的陈述是非常可信的……为什么一个人在日记里还要撒谎呢？”在埃伦的叙述里，坎迪达的暴饮暴食、性变态以及剽窃等违背常理的精神分裂式的行为方式慢慢浮出水面，这是对前文的投射与思考。在叙述视角的频繁转换中，事件的真实性不断受到质疑。两位叙述者的互相对质和揭发进一步指认了文本的不确定性和自相矛盾。作者以这种一厢情愿的、狂想的解释给读者留下了广阔的想象空间，语言的游戏性及多元释义性一览无余。

同时，小说借助神话传说和文学典故，将埃涅阿斯逃离特洛伊，建立罗马城的故事贯串始终，埃涅阿斯的足迹与七姐妹的意大利之旅合二为一，似乎暗示着历史文本与现实语境之间的某种契合。与埃涅阿斯的库迈之行一致，坎迪达独自探访了西比尔的洞穴并倾听了西比尔的预言。但是根据埃伦的说法，坎迪达从来没有去过库迈。为什么她要杜撰库迈之旅呢？相比于埃涅阿斯的英勇战绩，七姐妹的朝圣之旅却状况频出，现实与神话形成鲜明对比。然而德拉布尔的目的并非只在反讽，而是透过臆造的虚实交错的文本世界，以一种全新的视角去揣摩主人公的命运。在失望中，坎迪达臆造了库迈之旅，继续其注定的旅行。但是她不满命运令其屈服的预言，希望以假死求得片刻的解脱。作者利用臆想的埃伦以局外人的身份进行叙述，多维的视角和空间造就了一个虚无的现实，折射出人物的独特经验与感受，隐喻了现实世界的虚妄和不确定性。由此，德拉布尔赋予了历史神话以全新的意义，运用神话典故和臆想编织出一个虚实交织的文本世界。

## “她的生命一直应该是这样幸福啊”

……巨大的船身，离开码头，行动迟缓地驶向外海。坎迪达有一种解脱的感觉，她望着岸上不断改变的路线，远处海平面的不断凸现，心里简直要乐开了花。她的生命一直应该是这样幸福啊！她站在那里的时候，当那些暗色的大飞蛾飞来扑去，向她飘飞而来，落到她的头发和手肘上时，她察觉到了什么？那些并不是飞蛾，而是大片大片轻轻飘落的黑色煤灰，像蝴蝶翅膀的大小，从阿斯卡尼俄斯号的大烟囱向外四处飘散。这些烟灰像天女散花似的，很美，很招人喜欢。她任凭它们落到她的身上，仿佛它们来自狄多自焚时的柴堆，有火焰舔舐肌肉的气味。也许不久之后她就可以闻到，但是，这时她并不想闻到。她现在太快乐了，根本就没有想到死。

这段话描述了在七姐妹乘船从迦太基出发，横渡地中海到那不勒斯的过程中，坎迪达的内心感受。对于坎迪达而言，这次旅行仿佛是一场朝圣之旅，是生命中必不可少的一次经历，如她在日记中所言："我已经铁了心要完成穿越地中海的航行，从突尼斯到意大利。我需要乘船穿越海洋。我的心和灵魂渴望着一次航海旅行。"她希望能够重走古代英雄埃涅阿斯的征途，从中获得成就感和让自己能够重生的力量，重获生命的价值。"穿越海洋"也象征着从充满烦恼的此岸到达无忧无虑的彼岸，与过去的不幸做一个了断，借此升华自己的精神世界，从此走向新的人生。

在渡船开动的时候，坎迪达果真获得了不一样的生命体验。在渡船上，看着辽阔的大海和天空，看着不断变化的海岸线和不断显现的远处的海平面，坎迪达产生了一种解脱的感觉，因为此时此刻她将自己融入了眼前壮美的世界，同时也和古代英雄完美地融合，达到了忘我的境界。这种体验就像马斯洛所说的"高峰体验"，也像很多人在特定情境下所获得的"顿悟"，这是一种极致的幸福感。坎迪达感到无比欢乐，世界是多么美好，她对世界和自我的认识也发生了转变，就连大片大片轻轻飘落的黑色煤灰也被看作了飞蛾或者蝴蝶，或者飘落的花朵，“很美，很招人喜欢”。

小说里随处可见《埃涅阿斯纪》（*The Aeneid*）对主人公的影响，在这一段引文中也不例外。《埃涅阿斯纪》是古罗马作家普布留斯·维吉留斯·马罗（通称维吉尔）创作的一部史诗，创作于公元前 30 年—公元前 19 年。《埃涅阿斯纪》取材于古罗马神话传说，在情节和结构上完全模仿荷马的两部史诗，叙述了英雄埃涅阿斯经过艰苦历险，创建罗马国的伟大业绩。史诗中讲述了一个爱情悲剧，在迦太基，腓尼基人的女王狄多爱上了漂泊至此的特洛伊人埃涅阿斯，但是埃涅阿斯担负了开创罗马的伟大使命，当他拒绝狄多让他留下的要求并断然登船扬帆远航时，悲愤的女王跃入火葬柴堆自焚而亡。在《空床日记》中，坎迪达想象渡船上飘落的煤灰来自狄多自焚时的柴堆，甚至还可闻到火焰舔舐肌肉的气味，这不仅再次将坎迪达的旅程和《埃涅阿斯纪》联系在一起，而且还进一步将坎迪达和狄多联系在一起。在这里，狄多对于坎迪达具有多重含义。一方面，她们具有相似性，都曾经遭遇爱人的背叛，狄多以惨烈的方式与过去和爱情诀别，而坎迪达也希望通过这次旅行摆脱阴郁的过去。另一方面，坎迪达因为领略到了世界的美好，并不想以极端的方式结束自己的生命。毕竟坎迪达只是一个普通的老年女性，她没有强大的力量来影响世界，只能竭力改变自己的内心来适应这个不完美的世界。实际上，这次远行结束之后，她还是要回到现实环境，继续往日的生活。生活也许就是这样，时光一天天地过去，不急不缓，既没有想象的那么好，也没有想象的那么糟。

德国　丹尼尔·凯尔曼
赵兴辰　译　上海译文出版社　2018 年
原著出版于 2003 年

# 我与卡明斯基

丹尼尔·凯尔曼（Daniel Kehlmann），德国作家、评论家，1975年出生于慕尼黑，后考入维也纳大学，攻读哲学与德国文学，是当代德语文学界在国际上最成功的作家之一。凯尔曼于1997年出版首部小说《贝尔宏姆的想象》(*Beerholms Vorstellung*)，出版之后即获好评。2005年，其历史小说《丈量世界》(*Die Vermessung der Welt*)出版，仅德语版半年内就销售50万册，连续25周位列畅销书榜第一名，被译为50多种语言，总销量突破200万册。2006年，他凭借此书获得克莱斯特文学奖。自此，凯尔曼出版的每部新作均高居热销榜顶端，20年来成就斐然。2011年，凯尔曼出版《名声》。2017年，凯尔曼的新作《小丑提尔》(*Tyll*)再次轰动文学界，这是他继《丈量世界》之后的第二部历史小说。凯尔曼被视为“神童”式的天才作家，先后获得过康迪德文学奖（2005）、《世界报》文学奖（2007）、托马斯·曼文学奖（2008）等。

《我与卡明斯基》是凯尔曼的第二部小说，于2003年出版，该小说奠定了他在世界文学界的地位。该小说在2015年被德国导演沃尔夫冈·贝克成功翻拍为电影，风格诙谐讽刺，在德国及欧洲上映后广受好评。小说中有两个主角，叙述者策尔纳是一位极度渴望成名的艺术评论家，而卡明斯基是一位年迈并且貌似失明的艺术大师。策尔纳为了取得职业生涯的突破，决定前往瑞士探访卡明斯基，争取成为他生前最后一部传记的作者。小说以此为出发点，讲述了策尔纳与卡明斯基一路相随的故事，也揭示和讽刺了评论家和艺术大师之间错综复杂的关系。一开始他们互相利用，试图从对方那里得到实际的好处，但最后这次共同经历也让他们获得了成长和蜕变。

## 从互相利用到互相帮助的评论家与艺术家

策尔纳是一个年轻的艺术报导和评论专栏作者。他在大学艺术史系只读了两学期就进入广告公司做事，而后到地方报副刊工作。他活跃、勤快，喜欢拉关系和自我推销，因此得到了很多在艺术杂志上写报导和专栏的机会。于是他辞去地方报副刊的工作，成为自由撰稿人。由于工作的挑战，他想到为隐居在瑞士的老艺术大师卡明斯基写传记。能够替大师立传，他就可以依附于大师，跟着进入艺术史而留名，进而凭着这个本钱到权威的艺术杂志工作，成为有地位的人物。卡明斯基来头不小，马蒂斯是他的老师，毕加索是他的朋友，大诗人雷明是他的继父。在一次波普艺术展上，他的作品标题旁被添加了附注"一名盲者所作"，还配了一张他戴着深色眼镜的照片，这使他阴差阳错地声名大噪。之后虽然他向人们保证自己还能看见，但是这已不重要了，一夜成名的他的画作被炒到了令人炫目的高价。后来，卡明斯基的视力日益衰退，在阿尔卑斯山区买了一座房子隐居，渐渐为世人淡忘。由于卡明斯基已到垂暮之年，策尔纳认为传记如果写成，等卡明斯基一去世，必可掀起一波新的卡明斯基热。

策尔纳做了很多准备工作。除了说服出版商赞助，他还采访了卡明斯基的旧友与熟人，甚至还去过卡明斯基曾经迷路的盐矿坑，亲身体验卡明斯基迷路的经历。据说卡明斯基正是在那次迷路后，艺术风格发生了巨大转变。在采访得到的信息中，策尔纳敏锐地发现卡明斯基曾经爱过一个名叫特蕾莎的女人，而特蕾莎与卡明斯基相处短短一年后即离开了他。卡明斯基曾试图寻找恋人，但获知她已去世，这对他以后的生活和创作产生了巨大的影响。实际上特蕾莎仍然活着，策尔纳设法弄到了特蕾莎的地址，然后只身前往瑞士的卡明斯基家，踏上了长途跋涉的立传之旅。他最初满怀自信，而且多少有点都市人盛气凌人的态度。到了偏僻的卡明斯基家，他发现卡明斯基的女儿设防甚严，于是他贿赂女仆，设法单独接近卡明斯基。但是一开始他们两人的沟通很不顺畅，老朽的卡明斯基对他充满敌意和警惕。策尔纳未经允许在卡明斯基家翻箱倒柜找资料，折腾许久后，终于找到了似乎是特蕾莎临别时写给卡明斯基的最后一封信的残件。随后，策尔纳亮出王牌，告诉老头特蕾莎还活着，自己可以帮他传话给特蕾莎。卡明斯基大为震惊，立即要求策尔纳开车带他去找特蕾莎。策尔纳开始时有些犹豫，但随后答应了，两人便开始了历险。

这一老一少在路上发生了一连串的闹剧。策尔纳不得不应付让他心烦意乱的一切：老头的健康，老头女儿的追踪，自己囊中羞涩还要承担一路上所有的开销，前一天自己的女友打电话来提出分手，更糟糕的是，在路上车还被偷了。经历了许多波折后，两人终于来到特蕾莎家。但是特蕾莎已患上了老年痴呆症，她对卡明斯基只存有模糊的记忆。到最后，策尔纳才发现年老的卡

...so müsste man
malen können...
DANIEL BRÜHL
JESPER CHRISTENSEN
Ein Film von WOLFGANG BECKER "Good Bye, Lenin!"
ICH
UND
KAMINSKI
nach dem Roman von DANIEL KEHLMANN
AMIRA CASAR DENIS LAVANT JÖRDIS TRIEBEL UND GERALDINE CHAPLIN
www.ichundkaminski.x-verleih.de
facebook.com/IchUndKaminskiDerFilm

《我与卡明斯基》电影海报

明斯基才是真正的操纵者，而自己只是个自以为是的傻瓜。一直戴着墨镜的卡明斯基其实并不是真盲，看似一个老糊涂，却把策尔纳耍得团团转。策尔纳以为可以独家写卡明斯基的故事，其实卡明斯基早已接受过一个更有名的记者的访问了，为策尔纳立传成了泡影。但策尔纳学到了更深刻的道理：放弃对名利的追求，才会有真正的收获。因而他扔掉了之前所有的采访录音和笔记，与卡明斯基告别。

## 两人之旅的荒诞性与讽刺性

这是一部“两人小说”，即小说的主体内容围绕两个主人公之间的联系而展开，两个人之间的互动推动着情节发展。两个主人公共同经历一些活动或者一段旅程，在此过程中他们互相影响，互为因果，共同成长。小说的标题“我与卡明斯基”正体现了这样的主题，小说自始至终贯串着策尔纳和卡明斯基两人的关系，他们从互不认识到互相利用，再到互相帮助，最终各自解开了心结。

在描述两人关系的过程中，《我与卡明斯基》凸显了现实与人生的荒诞性，尤其是艺术圈的虚伪。本应高雅的艺术创作和传播变成了很多人追名逐利的手段，不再为了艺术的发展本身而探索艺术或者为了弘扬社会道德而从事艺术事业。名利让人异化，画家、策展人、评论家、杂志社老板、拍卖行老板甚至卡明斯基的女儿，都被卷入这个漩涡之中，甚至还成了推动者。策尔纳这个急于成名的小人物一开始也是其中一员，他对卡明斯基的所有关注和研究都是为了自己的个人利益，竟然还想借助卡明斯基的死来牟利。卡明斯基的遭遇就更荒诞了，他曾经因为作品之外的因素而意外出名，现在是一个无人理解的落寞老头，他身边的所有人——女儿、朋友、合作伙伴都靠着他的名气吃饭，只关心他的作品能卖多少钱和怎么分钱，利用他与生俱来的天赋和盲人画家的身份发财。其他人都知道特蕾莎还活着，他的女儿甚至早就知道特蕾莎的下落，他们却一直瞒着他，唯恐他会受到特蕾莎的影响。所有人都在异化的空间荒诞地活着，只有卡明斯基知道自己是什么，自己需要什么。

小说的荒诞性和讽刺性在很大程度上通过“不可靠叙述”的手法表现。小说的叙述者是策尔纳，它以第一人称叙事，因此小说的叙事只能基于策尔纳的主观认知，因此读者无法获得更多信息。而策尔纳具有极度的自我中心主义和功利主义作风，这造成了他对世界和他人的认识都是片面的，现实常常不是他所设想的那样，于是书中剧情一再出现新的转折和出人意料的变化，形成了一个个混乱的喜剧场景，由此淋漓尽致地揭示了一个充满谎言、操纵、荒诞、无意义的艺术圈。

## “把它丢掉”

“我需要的不仅仅是一个好的灵感，灵感到处都有。我必须理清楚，我到底要成为哪种画家，从平庸之中开出一条路来。”

“从平庸中。”我复念道。

“您听说过菩提达摩弟子的故事吗？”

“谁？”

“菩提达摩是一位印度智者，他去了中国布道。有个人想拜他为师，但被他拒绝了。但这个人从此一路追随着他，不声不响，卑躬屈膝，一跟就是好几年，然而一无所获。一天，他终于万念俱灰，他挡住达摩的去路，大声说：‘师父，我已经一无所有了！’达摩答曰：‘把它丢掉！’”卡明斯基扔掉手里的烟，“由此，他终于开悟。”

这段对话发生在策尔纳和卡明斯基之间，当时他们正在前往特蕾莎家的路上，坐在一列特快列车的餐车里。此前他们的汽车被偷了，所以只好改乘火车。在这里，卡明斯基首次向策尔纳讲述自己过去进行艺术探索的心路历程和艺术风格发生转变的前因后果。年轻的时候，卡明斯基一度为画不出有价值的杰作而苦恼，于是就闭门苦思冥想。五天之后，他熬出了白发，终于领悟到了摆脱平庸的方法。这个方法就是超越自我，完全放弃过去的自我，从一个全新的视角看待自己、自己的作品和世界。这种全新的认识帮他构思出了名为《反射》系列的全新画作，“画上呈现的是以各种不同角度相互映照的镜子”，“银灰色的走廊在镜中无限延展”，后来它们都被纽约大都会博物馆收藏。

卡明斯基用一个禅宗公案来说明自己认识的转变。对于这个故事的内涵当然可以有多种解释。比如，当菩提达摩的追随者大声说“我已经一无所有了”的时候，他其实并没有真的一无所有，至少还存在着“我已经一无所有”这个念头，因此菩提达摩让他“把它丢掉”是让他丢掉这个念头，这样才能取得突破，直至开悟。同时“我已经一无所有了”这句话也可能意味着说话者心里其实还在执着于自己曾经的“有”，不愿接受当下的“无”。达摩让他“把它丢掉”，也是要他丢掉试图维持某种不变状态的执念，因为佛教宣扬的是“缘起性空”，没有什么是恒久不变的，色即是空，有即是无。此外，当追随者说“我已经一无所有了”的时候，其实他心里还有一个“我”。达摩让他“把它丢掉”，也可理解为是把“我”丢掉，只有这样才能实现禅悟。可以认为，卡明斯基之前的画是“有我”，即以前长久形成的习惯在影响着他，只有在丢掉“我”以后，从头开始，他才取得了巨大成就。

这个公案代表着一位艺术大师在艺术探索道路上的经验之谈，对于卡明斯基本人而言极其重要。非常具有讽刺意味的是，策尔纳当时根本没有意识到其重要性，也没有想到卡明斯基实际上是在教育和指导他，他听到这段故事的唯一反应是自己将会在传记中引用这段话，但卡明斯基则明确表示：“您不该引用，策尔纳，您应该记在心里！”并且进一步指出：“所有重要的想法都是经由顿悟所得。”然而，策尔纳根本不关心卡明斯基讲的东西，一心只考虑自己已经为他花了不少，打算无论如何也要让卡明斯基付这次的餐费。但是事与愿违，在侍者拿来账单时，卡明斯基去上厕所了，策尔纳来不及等他出来，只好再次自己掏钱付账。在这里作者又一次通过两人对世界和自我的不同认识角度和深度，巧妙地对策尔纳进行了讽刺。策尔纳当时还没有能够感悟到卡明斯基的境界。



在小说的结尾，两人来到海边，策尔纳经过一次次的挫折后，终于说出了“我一无所有了”这句话，卡明斯基回道：“那就扔了吧。”至此，策尔纳也领悟到了达摩追随者的心态，他放弃了自己所执着追求的目标，把所有搜集到的资料全部扔进了大海，与过去彻底了断。卡明斯基成了策尔纳精神上的导师。小说中的大海具有极强的象征意义。两人这次冒险远行的目的表面上是拜访特蕾莎，但相对于见到特蕾莎，似乎看到大海才是卡明斯基最终的愿望。卡明斯基见到了这一生从未见过的大海，而策尔纳也在大海边实现了成长和蜕变，也许他也会成为一个和卡明斯基一样的艺术家。最后，两人在海边充满诗意地告别。

哥伦比亚　加西亚·马尔克斯

轩乐　译　南海出版公司　2018 年

原著出版于 2004 年

# 苦妓回忆录

加夫列尔·加西亚·马尔克斯（Gabriel José de la Concordia García Márquez，1927—2014），哥伦比亚作家、记者和社会活动家，拉丁美洲魔幻现实主义文学的代表人物，20世纪最有影响力的作家之一，1982年诺贝尔文学奖得主。马尔克斯童年与外祖父和外祖母一起生活，1936年随父母迁居苏克雷，后考入波哥大国立大学法学系，可是他对法律毫无兴趣。1948年因内战辍学，随后进入《观察家报》任记者，并逐渐走上文学创作道路。1958年，马尔克斯与他相爱已久的恋人梅赛德斯结婚。1959年，马尔克斯为古巴拉丁美洲通讯社在波哥大、古巴和纽约工作。1961年至1967年，马尔克斯夫妇和两个儿子主要居住在墨西哥，在那里他担任记者、公关代理人，从事电影脚本写作，并继续创作小说。20世纪50年代中期以来，马尔克斯陆续发表了一系列小说，其中有《枯枝败叶》(1955)、《没有人给他写信的上校》(1958)、《恶时辰》(1962)、《格兰德大娘的葬礼》(1962)。1965年开始创作《百年孤独》，1967年《百年孤独》出版后，立即被评论家誉为一部杰作，被译成多种文字，并为他赢得各类奖金，其中1969年获法国最佳外国小说奖，1972年获罗慕洛·加拉戈斯奖和纽斯塔特国际文学奖。1972年，他的又一部非凡的短篇小说集《一个难以置信的悲惨故事——纯真的埃伦蒂拉和残忍的祖母》出版。1975年，他出版了《家长的没落》，这是一部关于一个独裁者的长篇小说。同年，他为抗议智利政变举行文学罢工，搁笔五年。1975年以后，马尔克斯大部分时间住在墨西哥城，尽管他们一家在巴黎和波哥大也有寓所。他涉足新闻行业的许多方面，并发表了许多公开的政治宣言。他是一个地道的左派，并与古巴的菲德尔·卡斯特罗有很好的私交。1982年，马尔克斯获诺贝尔文学奖，并任法国西班牙语文化交流委员会主席。同年，哥伦比亚发生地震，他回到祖国。1985年，《霍乱时期的爱情》出版，它被加西亚·马尔克斯称为“一个老式的幸福的爱情故事”。1988年他出版了《迷宫中的将军》，2004年出版《苦妓回忆录》。



马尔克斯在创作过程中一直贯串着“孤独”的思

想。他用自己的文字刻画了人类心灵中最深刻、最本质的“孤独”。马尔克斯不止一次地向人们指出“孤独”的症结：用他人的模式来解释我们的生活现实，只能使我们显得更加陌生，只能使我们越发感到孤独。马尔克斯往往描写以死亡为背景的种种生活现象下的孤独。从某种意义上讲，“孤独”的原因是20世纪上半叶哥伦比亚乃至整个拉丁美洲所处的封闭、落后、腐败和独裁的社会氛围。

## 90岁的爱情

20世纪60年代前后，90岁的老记者住在他父母留下的一幢建于哥伦比亚殖民时期的房子里。老记者19岁时即在报纸上发表一些校园生活报道，但是前几篇都是他母亲花钱给社长才发表的。后来他凭自己的真本事在报社的专栏上站稳了脚跟，做了电讯编辑和乐评人。取得学士学位后，他在3所学校教授西班牙语和拉丁语，下午6点去新闻编辑部接收电讯信号，晚上11点开始他的“夜生活”，每周有两三个晚上睡在“红灯区”。老记者在年少时是准备结婚生子、过安稳的平常日子的，但在婚礼当天他却逃避了，没有出席结婚典

EMILIO ECHEVARRÍA
ÁNGELA MOLINA
OLIVIA MOLINA
muces
UNA PELICULA DE HENNING CARLSEN
Memoria de Mis
PUTAS TRISTES
BASADA EN LA NOVELA DE GABRIEL GARCÍA MÁRQUEZ
BLUESFILMS
CANAL+


《苦妓回忆录》电影海报

礼，因为他不爱那个新娘。30 岁以后他没有去过任何远的地方，一直住在这幢老房子里。家中只有那张他祖父用船木制作的书桌最坚实，它不会像其他家具一样随着时间而陈旧老去。到老的时候，他依然在这张书桌上写作。如今他靠养老金过日子，同时为一家报社撰写周日专栏谋生，工资微薄，生活拮据。

在他 90 岁生日的时候，他决定到妓院找一个年轻的处女好好招待一下自己。以前经常和他做生意的老鸨罗莎领他来到妓院的一个房间，一个 14 岁的女孩躺在里面，全身赤裸，喝了迷药沉睡不醒。女孩家境贫寒，靠白天在工厂钉纽扣，晚上去妓院挣一些钱，养活家中的弟弟们。可当老记者进房看到一个纯洁的少女正酣睡时，看到那迷人的脸庞和青春的身体，还有她身边那些廉价又扮成熟的物品时，他心生怜悯，竟完全没有欲望，只有一种从心底里发出的，他从未体会过的神圣情感。原本计划中的“生日礼物”就这样在少女的昏睡中与他的异样的情感中安静地泡汤了，生日那天早上的 5 点，老记者轻轻地吻了一下少女的额头，走出了房间，回到家中一如既往地开始写作。

老人本不想再见到女孩，但是罗莎的坚持让他最终屈服，又去了几次妓院，但是过程都和第一次差不多。他爱上了女孩，给熟睡的她唱歌、读书、写情书、买自行车，带来各式物品装饰他们两人的房间。爱情足以改变一个人，哪怕是一位 90 岁的老人，他在周日专栏中表达了炽热的爱情，大受读者欢迎，爱情事业都获得了新的突破。后来，妓院因为一件凶案而被封，老人也和少女失去了联系。他一个人在思念中邋遢地生活着，疯狂地寻找着心上人。直到这时他才意识到，他根本就不认识白天穿上衣服的那个少女，而少女也从未在光亮之下见过老记者。多日后，老人终于再次见到少女，但是他因为误会她又跟了别人而暴怒，砸坏了房间里所有的东西。后来罗莎来澄清了误会，并告诉老人，女孩也很爱他，老人得知后非常欣喜，感觉自己新的人生开始了。

## 老朽对青春的迷恋与超越

该小说涉及了一个敏感的文学主题——老朽之人对青春外貌或身体的迷恋。之所以敏感，是因为它具有一定的色情意味，还很可能揭示了变态人格。这个主题的作品不太常见，但也并不罕见。如德国作家托马斯·曼于 1911 年创作的中篇小说《死于威尼斯》，弗拉基米尔·纳博科夫于 1955 年首发的长篇小说《洛丽塔》，川端康成出版于1961年的小说《睡美人》等，虽然具体人物和情节各具特点，但是基本矛盾和冲突具有相似性，都叙述了一种老对少的迷恋。甚至类似题材还可在歌德完成于1832年的戏剧《浮士德》中找到影子，老朽的浮士德对青春美貌的女子梦寐以求，只不过歌德的戏剧中老年浮士德在魔鬼的帮助下恢复了年轻。总之，老年人（尤其是老年男性）对年轻（有时还是同性）躯体的渴望成为文学描述的对象，在《苦妓回忆录》中亦是如此。这种欲望有可能源于无意识中的恋童癖，也可能是衰老者对于寻回自己已逝青春执念的外化，即希望通过一个年轻的躯体来替代性地满足自己重获青春的念想，借以弥补人生中的缺憾，无论这个缺憾是发生在过去还是现在。

该小说的叙事主体为老人的内心独白。作者从未正面描写过女孩，没有描述她的言行举止，除了偶尔的一两句梦中呓语外，也没有让她在小说中说过话。所有关于女孩的一切，都由老鸨罗莎转述或者来自老人对女孩的臆想，而包括老鸨在内的所有其他人物及其言行也只存在于老人的文字记载之中，因此也出自老人的记忆甚至想象。小说名被译为“苦妓回忆录”可能会产生误导，因为实际上这并非苦妓自己写的回忆录，而是老人写的与苦妓有关的回忆录，还带有一点忏悔的性质。如圣奥古斯丁的《忏悔录》一样，这部忏悔书讲述了主人公在经历了内心危机和转折性事件后，终结了虚度光阴的生活，精神上获得重生，开始崭新的更丰富的人生。在基督教传统中，忏悔有着很强的说教目的。它告诫人们：以我为鉴吧，看看圣灵的神秘力量如何拯救我这样一个卑微的人。

《苦妓回忆录》在叙事结构上颇似川端康成的《睡美人》，是受《睡美人》启发而创作的，但是在对主要人物的描写上，《苦妓回忆录》中的老人更像歌德笔下的浮士德，他们既受到魔鬼的召唤，也得到上帝的帮助。老记者在 90 岁生日那天迫不及待地需要一个年轻处女，他对老鸨说："就是今天了。"而返老还童后的浮士德在大街上偶然见到一个少女，就对魔鬼梅菲斯特表示："你给我把那个小姑娘弄来，""如果我今夜不能搂抱她，我们在午夜就分道扬镳。"这两个老人急于享乐的心态如出一辙。另一方面，正如浮士德最终摆脱了俗世的欲望、思想升华并得到上帝的解救，马尔克斯塑造的老人看到了充满青春活力纯洁无瑕的少女后，思想也发生了转变，他的欲望消失殆尽，内心充满了神圣的情感。他开始对着女孩唱歌："黛尔加迪娜的床被天使围绕。"不久，他开始为女孩祈祷，接着他自己也进入了梦乡。当他在早晨 5 点钟醒来的时候，躺在身边的女孩张开着臂膀，形成了一个十字架，“完全主宰着自己的贞洁”。离开妓院时，他对依然沉睡的女孩说“愿上帝保佑你”。而此时的妓院在他眼中成了“离天堂最近的地方”。马尔克斯似乎在告诉读者，是少女将老人从魔鬼般的欲望中解救出来，让他获得了圣洁的自由。正如老人对罗莎所说，自己年老失去了性能力，这真是一种解脱，“终于，我从自我十三岁起便开始奴役我的束缚中解脱了”。类似的观点我们也能在柏拉图的《理想国》和西塞罗的《论老年》中发现，他们都不约而同地指出老年时期最大的好处之一是摆脱了性欲的奴役，显然马尔克斯也有同感。

## “我已经不再是从前的我了”

我不再硬撑。她也觉察到了这一点，看见了我被泪水浸湿的眼睛。她应该直到此时才发现，我已经不再是从前的我了，而我，也靠着一种我从不自信会拥有的勇气一直望着她。我正在变老，我对她说。咱们已经老了，她叹了口气道，事实就是你并没有从内心感觉到老，但所有其他人都从外面看出来了。

这段话发生的背景是老记者与小女孩久别重逢后，

从小女孩衣着打扮的变化错误地推断出小女孩接待过其他嫖客，于是大发雷霆，宣布要跟她永远不再联系，连老鸨罗莎的澄清也不听。这给他自己也带来了巨大的痛苦。直到有一天他在公共汽车上遇到久未见面的妓院老情人卡茜尔达。卡茜尔达从妓院退休后疾病缠身，身无分文，嫁给了一个菜农，现在她已经 73 岁。她把老人领到了自己家里，聊起往事，这是 50 多年来她第一次没在床上接待他。此时，两人都有了一种日薄西山的感觉，曾经的欢愉都已烟消云散，他们不得不接受已经变老的现实。这种感受是在两人的对视中产生的，当两人互相注视时，都发现了对方的老态，由此体会到自己也已老了。虽然他们不觉得自己老，但是衰老的面容和羸弱的身形无处可藏。人往往眼里只看到别人，看不到自己，而心里却只想到自己，想不到别人。老记者对女孩经历的理解都来自主观臆断，女孩没有变，变的是他的内心感受，他总是从自我的需要出发去看待那个孩子，却没有试图去真正理解她。卡茜尔达让他“别失去那孩子”，因为“没有比孤独地死去更不幸的事了”。在卡茜尔达的劝解下，老人决定再次联系那个女孩。

从那时起，我便开始用十年而不是年来丈量生命。五十岁后的那个十年是决定性的，因为我意识到几乎全世界都比我年轻。六十岁后的十年是最紧张的，因为我怀疑自己已经没有时间再犯错了。七十岁后是最可怕的，因为那有可能是我的最后一个十年。然而，当我在九十岁的第一个清晨，在黛尔加迪娜幸福的床上活着醒来时，一个悦人的念头刺穿了我：生命并不是像赫拉克利特的奔腾不息的河流那样流逝的东西，而是在铁箅子上翻身的唯一机会，翻过来后还能继续把另一面再烤九十年。

一个夜晚，快50岁的老记者在狂欢节上与女舞伴跳舞，沉迷于花天酒地、声色犬马时，突然耳中仿佛响起死亡的粗暴神谕："不管你做什么，在这一年，或是在你百岁之内，你将永远地死去。"这让他大为惊恐，意识到自己的生命已经过半，即将走向衰老和死亡。从此，他对生命的体验全是负面的：50岁后，他觉得自己已经比大多数人老了；60岁后，他觉得自己已没有时间再犯错了；70岁后，他觉得自己即将离开人世……总之，50岁之前的他过着及时行乐的生活，50岁之后的他则生活在忧虑恐惧中。这种恐惧一直持续到他遇到女孩的那天晚上。在那个夜晚，女孩青春的气息让他得到了新的感情寄托，衰老和死亡造成的焦虑烟消云散，内心变得安宁，他找到了新的人生价值，感到真正的生活开始了，他要为女孩而活。他获得了那份成熟期的完整感，他与自己达成了和解与交流，而这一切都要归因于爱。他不仅在为女孩付出一切，而且愿意在自己死后将所有财产赠给女孩。因此，他的内心发生了一场道德革命，他强烈批判以前那种低劣的、丢脸的、迷乱的生活。他开始认识到，是爱情改变着世界——没有一种爱能比这种不要求回报的爱更加完美了。一旦死亡降临，一个人所拥有的一切都将化为乌有，但如果他不求回报地帮助别人，那么即使他死了，他所帮助的人还会活下去，还会把无私的善意和帮助传递给其他人。小说中的老人正是在这一层面让自己紧张了几十年的心获得了解放，帮助小女孩就是帮助他自己，爱上小女孩才是他的价值所在。

美国　乔纳森・萨福兰・弗尔
杜先菊　译　人民文学出版社　2012 年
原著出版于 2005 年

# 特别响，非常近

乔纳森·萨福兰·弗尔（Jonathan Safran Foer），1977年出生于美国华盛顿，他的父亲阿尔伯特·弗尔是美国反托拉斯协会主席，身为犹太人的母亲是二战纳粹大屠杀幸存者的女儿。1995年，在普林斯顿大学念大一时，弗尔参加了乔伊斯·卡罗尔·欧茨开设的初级写作课程，在欧茨的鼓励下决心从事写作，其毕业作品获得了高级创意写作论文奖。从普林斯顿大学毕业后，弗尔进入西奈山医学院学习，不久即退学继续写作。他的短篇小说曾在《巴黎评论》和《纽约客》上发表，2000年获得西洋镜小说奖。其后弗尔前往乌克兰旅行，随后完成首部长篇小说《了了》（*Everything Is Illuminated*）（2002），它以独特的语言讲述了一个乌克兰移民追根溯源的故事。该书在美国一经《纽约客》刊载，即引来各方关注，为他赢得全美犹太人图书奖和《卫报》首作奖，出版社更是使用了10种颜色的封面来展现其独特个性。苏珊·桑塔格、乔伊斯·卡洛·奥兹和罗素·班克斯等美国著名作家与评论家都给予《了了》高度评价，《纽约时报》书评版甚至将他的作品与《发条橙》列为同等。2005年，《了了》被导演列维·施瑞博尔搬上银幕。同年，《特别响，非常近》(*Extremely Loud and Incredibly Close*)出版，为弗尔带来更大的荣誉和更广泛的认知度。《特别响，非常近》被誉为美国新世纪文学经典和最感人的“911”小说，曾荣登《纽约时报》畅销书榜50周，全美销售200万册，并被《朗读者》导演斯蒂芬·戴德利看中，改编成电影，由汤姆·汉克斯主演，获得2012年度奥斯卡最佳影片、最佳男配角两项大奖提名。2009年，弗尔出版了非虚构作品《吃动物》(*Eating Animals*)，对素食主义进行了探讨。2010年，弗尔出版了《符号之树》(*Tree of Codes*)。2007年，弗尔入选《格兰塔》杂志“美国最优秀青年作家”；2010年，入选《纽约客》“四十岁以下二十位最佳作家”。目前，弗尔担任纽约大学创意写作课程教授，与同是小说家的妻子妮可·克劳斯住在布鲁克林。

《特别响，非常近》的主人公奥斯卡的父亲在“911”事件中丧生，奥斯卡的祖父母是第二次世界大战时期德累斯顿大轰炸的幸存者，在此后的半个多世纪里，他们始终未完全走出创伤的阴影。至亲长逝，徒留小奥斯卡在世间徘徊，思念与莫名的内疚撕扯着他脆弱的心灵。《特别响，非常近》不仅揭示了遭受恐怖袭击后普通美国人的创伤记忆、心理压力和救赎轨迹，而且反思了生命的意义、深度观照了历史并将历史与现实交融。弗尔对于现代主义文学技巧的熟练运用让他被誉为新一代的菲利普·罗斯，他的作品表现了对于语言、结构及形式的探索和迷恋，是美国文坛极具先锋特质的新一代年轻小说家。弗尔说："我写作，并非出于一种'选择'或出于有意识的大脑。我的写作关乎自由，这种自由意味着去探寻的自由，而并非那种你需要去完成的工作。写作根本不是'要去完成'的那种事情。这也是为什么这本书是表现性的、是探寻式的，它追寻着我的本能。"

## 祖孙两代人的心灵救赎

9岁男孩奥斯卡聪明异常，他喜欢给斯蒂芬·霍金写信，在脑子里幻想各种奇妙的事物。与父亲在一起时他最快乐，但他的父亲在"911"事件中死于世贸中心的倒塌，这绝对是他所经历过的最可怕的灾难，所以他一直称其为"最坏的那一天"。从此以后，他开始恐惧，

EXTREMAMENTE
ALTO
e
INCRIVELMENTE
PERTO
ROMANCE
AGORA EM FILME
PROTAGONIZADO POR
TOM HANKS
E SANDRA
BULLOCK
JONATHAN
SAFRAN
FOER
BERTRAND EDITORA


《特别响，非常近》电影海报

开始怀疑，开始疏离，惧怕很多东西，甚至连母亲也无法接近他。这种状况持续了一年，直到某天晚上他在灾难发生后第一次走进爸爸的壁橱。壁橱里全是爸爸的遗物，在最高层的架子上有一个漂亮的蓝色花瓶。奥斯卡试图够到那个花瓶时不慎摔倒，花瓶被打碎了，里面掉出一个小信封，信封里是一把钥匙。他在家里找不到钥匙能打开的锁，倒是偶然在信封背面发现了“布莱克”这个词。在确定“布莱克”表示一个人的姓氏之后，他经过搜索，发现纽约有 472 个人姓布莱克，总共有 216 个不同的地址。他决定利用周末去寻找排查纽约所有姓布莱克的人，直到找到钥匙的主人。只有通过不停地寻找，他才能减轻对父亲的思念。

奥斯卡去了很多地方，见到了很多名为布莱克的人，他也因此接触到了形形色色的人生故事，很多人都隐藏着深沉的悲哀和痛苦。他没有告诉妈妈周末出门的真实原因，而妈妈对于他的异常举动也从来不过问。其实他妈妈从一开始就知道了他找钥匙的事情，并且每次都提前向他将要拜访的人打招呼，请他们帮助他完成心愿。奥斯卡很郁闷孤独，日子乏味，只有周末出去寻找钥匙主人的时光能让他产生兴趣。一开始奥斯卡是一个人找寻，不久他家楼上一个名叫布莱克的老人也参与进来，陪他一同寻找。他们一起找了六个半月后，布莱克先生退出了，原因是布莱克先生发现了一直在跟踪着他们的奥斯卡的爷爷，认为后者才应多陪伴奥斯卡、为奥斯卡付出。但奥斯卡对此并不知情，他从未见过自己的爷爷，因为爷爷很久以前就离家出走了。当奥斯卡寻找到八个月的时候，他偶然从家里旧电话机的来电录音里听到了他八个月前拜访的第二个布莱克——阿比·布莱克的留言。原来当时阿比没有跟他说实话，她的丈夫威廉·布莱克知道这把钥匙，这其实是威廉的爸爸去世前留下的保险箱钥匙，藏在蓝色花瓶里面，但是威廉把花瓶卖掉后才得知此事，他也在到处寻找买花瓶的人。阿比当时正与威廉争吵，因此没有立即告诉奥斯卡实情。现在奥斯卡终于找到了钥匙的主人，也从威廉那里了解到更多和爸爸有关的事情。当他声音哽咽地向威廉说出自己当时是怎样因为胆怯而没有接听父亲最后的电话时，他终于得到了来自内心的谅解和宽恕。

奥斯卡不知道的是，他的爷爷奶奶也是战争和恐怖袭击的受害者。他们曾经在二战时德国德累斯顿大轰炸中失去亲人，并且遭受了严重的心理创伤，爷爷从此失去口头表达能力，只能用写字来与人交流。大轰炸那天爷爷失去了未婚妻安娜和未出世的孩子，奶奶是安娜的妹妹，她失去了姐姐和父亲。7 年后，安娜的未婚夫和妹妹这两个劫后余生的受害者在纽约偶遇，他们组成了家庭，但他们唯一的儿子（即奥斯卡的爸爸）在“911”恐怖袭击事件中遇难。爷爷托马斯曾经无法从悲伤中解脱，不得不选择离家出走，40年后，在他儿子遇难的那一天，他才回到奶奶身边。一开始他们瞒着奥斯卡，以至于奥斯卡以为他是奶奶的房客。找到钥匙主人后，奥斯卡失去了目标，但他和老房客约好，在爸爸去世两周年那天的夜里去挖开埋着空棺材的爸爸的坟，他准备以这种方式直面爸爸已死的真相。在打开空棺材后，老人也打开了他带来的两个手提箱，里面装满了纸张，准备填进棺材，这是他过去几十年来写给儿子却从未寄出的信。

## 有关战争和恐怖袭击的创伤叙事

小说以“911”事件为背景，作者将美国“911”事件给人们所带来的创伤与二战期间美国及盟军对德国德累斯顿的轰炸及美国向日本广岛投放原子弹这样的历史事件给德国和日本平民带来的创伤并置，形成了一种对照，使两个不同时期的历史创伤形成互文性关系，从而揭示出这样一个主题：人类需要面对自己一手造成的灾难，即战争与暴力。这种对照将发生在不同历史时期、不同民族、不同国家的创伤联系在了一起。

该小说一共有三位叙述者：奥斯卡、奥斯卡的爷爷和奥斯卡的奶奶，他们都有难以言说的创伤体验。小说的叙事以奥斯卡→奥斯卡的爷爷→奥斯卡→奥斯卡的奶奶为顺序，并循环了四次，第一章以奥斯卡的叙述开头，最后一章以奥斯卡的叙述结束，奥斯卡是小说的核心叙述者。奥斯卡的爷爷和奶奶的叙述都是书信体，即奥斯卡的爷爷写给奥斯卡的父亲的信和奥斯卡的奶奶写给奥斯卡的信。小说的特色之一是作者采用不同的形式来表现三位叙述者的内心。奥斯卡虽然遭到了创伤，产生了很多奇怪的想法，但语言总体上还是逻辑完整、表达清晰的。与奥斯卡相比，奥斯卡的奶奶遇到了更大的创伤叙事障碍，她的叙述无论在文体上、语言上，还是行文格式上都更加混乱，这反映了她所经历的创伤更为严重。奥斯卡的爷爷的创伤叙事有一个重要的特征，那就是在他的叙述中出现了五张门的照片。这五张照片很相似，但在门把手、插销和钥匙孔等方面的细节呈现有所不同，它们象征性地展现了奥斯卡的爷爷在不同时期对于家和家人的情感。同时，读者对于这些门的理解与阐释或许会有所不同，这也体现出创伤叙事本身所存在的不确定性。

弗尔在小说创作中采用了多模态叙事手段，即通过非语言模态与语言模态共同参与并完成小说意义的建构。整部小说不仅插入了60余幅图像，还有空白页、色彩、红色圈点、删除符号等，可谓典型的多模态小说。小说中的多种模态叙事将语言模态的时间性、抽象性与非语言模态的空间性、直观性结合，构成小说动态性叙述与静态性展现相互交织的立体化图景。奥斯卡的爷爷最后一次的叙述描写了他最痛苦的创伤体验，因此在叙事手法上也是最为多元的一次：除了上面提到的五张门的照片之外，还有六页纸上只有数字编码，有三页多纸上只呈现一片由于过于密集的字母而变成的一片黑暗。这些非语言创伤叙事手法体现了叙述者难以言说的心灵创伤，凸显了他的创伤叙事障碍，同时也给读者提供了想象的空间，让读者在这些无序的非语言符码中揣摩出那些无法言表的创伤，填补叙述者留下的空白。小说的最后十几页都是一个人从世贸大厦坠落的照片，每张照片上坠落者的高度不同，从前往后由低到高。于是小说变成了一部纸上的动画片：如果读者从后向前快速翻动书页，就能看见一个人从世贸大厦坠落的场景；如果读者从前向后快速翻动书页，则此人运行的轨迹正好相反，从下往上。这样用非语言的方式呈现的小说结局令人震撼，回味无穷。

## “说我爱你”

奥斯卡。

我失去一切的那个晚上，和任何其他晚上一模一样。

安娜和我到很晚都没有睡。我们笑啊笑。年轻的姐妹们躺在她们儿时屋顶下的床上。窗前有风。

比不上这些的东西还值得毁灭吗?

我以为我们会彻夜不眠。整个余生都不再睡眠。我们的话语之间的间隔开始变长。

很难说我们什么时候在说话，什么时候在沉默。

我们胳膊上的绒毛互相触碰着。

天很晚了，我们累了。

我们以为还有别的夜晚。

安娜的呼吸开始变得舒缓，但我还想说话。

她翻过身去侧躺着。

我说，我要告诉你一件事。

她说，你可以明天再说。

我从来没有告诉她我有多么爱她。

她是我姐姐。

我们在一张床上睡觉。

从来没有合适的时间说这句话。

总是没有必要。

……

这是我一直想告诉你的一切的关键一点，奥斯卡。

说我爱你永远都是必要的。

我爱你，

奶奶。

这是奥斯卡的奶奶写给奥斯卡的长信的结尾，日期是2003年9月12日，即“911”事件后的两年零一天，也是奥斯卡和爷爷去挖爸爸空棺材的第二天。作者把这封信分成四部分，穿插在整部小说中。直到这里，奶奶才将她内心压抑了几十年的遗憾吐露出来。在德累斯顿大轰炸即将发生的当晚，还是小女孩的奶奶和她的姐姐躺在床上聊天，她们聊得很开心，就像以前的很多日子一样。那天晚上本来也是一段平凡的时光，倘若没有以英美为首的盟军突然向这座基本不设防的德国古城发动大规模的轰炸。然而，惨剧就这样突如其来地发生了，无数房屋被摧毁，熊熊大火烧遍整个城市，成千上万人死亡。奶奶做梦也想不到那是她和姐姐在一起的最后一晚，她们以为还有很多美好的夜晚在等着她们，可以有无数次机会聊天，谈论未来和希望。但是在爆炸声中，一切美好戛然而止。姐姐死于轰炸，父亲不堪忍受现实而自杀，她从此生活在无尽的痛苦之中。她很爱姐姐，但是始终没有机会表达，这给她带来了更沉重的打击。有时候人们以为会有很多时间和亲人相处，但是其实这样的机会并没有想象中的多，甚至都无法预料哪次见面是最后一次。因此奶奶告诉奥斯卡，一定要及时说出“我爱你”。

奶奶痛失亲人的经历也发生在了奥斯卡身上。在“911”事件发生的前一晚，爸爸给奥斯卡讲了一个关于纽约第六区的睡前故事，当他们像往常那样互道晚安时，没有料到这竟然是他们最后一次告别，普通的温馨日子因为恐怖袭击而结束。奶奶和奥斯卡各自经历的“最后一晚”在小说首尾互相呼应，强化了战争和屠杀给普通人带来伤痛的文学主题。

美国　菲利普 · 罗斯
彭伦　译　上海译文出版社　2019 年
原著出版于 2006 年

# 凡　人

菲利普·罗斯（Philip Roth，1933—2018），出生于美国新泽西州纽瓦克市，美国犹太裔作家，在 1970 年被选为美国文学艺术院院士，曾获得许多重要文学奖项，并多次获诺贝尔文学奖提名。罗斯于 1950 年从纽瓦克的韦基希中学毕业，他从小喜爱文学并且非常幽默，在校期间他还成为学校的喜剧演员。他 1954 年毕业于宾夕法尼亚州巴克内尔大学，1955 年获芝加哥大学文学硕士学位后留校教英语，同时攻读博士学位，但在 1957 年放弃学位学习，专事写作。以小说《再见，哥伦布》（1959）成名，该书获 1960 年美国全国图书奖。1960 年到爱荷华大学作家班任教，两年后成为普林斯顿大学的驻校作家。他还在宾夕法尼亚大学担任过多年的比较文学课程教学，于 1992 年退休后继续写作。1998 年凭借《美国牧歌》获得美国普利策文学奖，同年荣获白宫颁发的美国国家艺术奖章。2002 年，获得美国艺术与人文学院最高奖——小说金奖。电影《人性污点》（2003）根据他 2000 年出版的同名畅销小说改编。2005 年，罗斯成为第三位在世时被收入“美国文库”的美国作家。

罗斯的大部分小说都属于半自传题材，小说《凡人》（*Everyman*）的情节主题与他的纪实作品《遗产——一个真实的故事》（1991）有很多相似之处。后者是罗斯记述父亲临终岁月，并借此观照整个家族过往的回忆录。《凡人》于 2006 年出版的时候，菲利普·罗斯已是 73 岁的老人。2005 年，他的精神导师和好友、诺贝尔文学奖得主索尔·贝娄逝世。据说是在参加完索尔·贝娄葬礼的第二天，菲利普·罗斯开始动笔写这本书。这是一部看似简单却又复杂深刻的小说，书名源自一部中世纪道德剧，讲述一个“凡人”被死亡召唤时的临终经历，而罗斯的小说则是一个关于失去与悔憾、病痛与死亡的故事。小说的主角从童年的夏季在海边初次见证死亡，到精力旺盛的成年时代事业上的成功、几次婚姻家庭的聚散，再到步入老年看着同代人日渐凋零、自己屡遭病变，孤独和无力感成了他生活的主题。这就是罗斯笔下“凡人”的一生。

## 一个受制于欲望的平凡男人的一生

这是一个平凡男人一生的故事。他出生于 1933 年，曾是纽约一家广告公司的创意总监。他从小机灵能干，9 岁就已能够帮着开钟表首饰店的父亲运送或清点钻石，成为父亲生意上的得力助手。9 岁那年，他得了疝气，在妈妈的陪伴下去医院接受自己生命中的第一场手术。他的手术很成功，但是同病房一个做胃部手术的男孩去世了，他的心理受到很大冲击。34 岁时他因为阑尾穿孔加腹膜炎住院，这次疾病让他险些丧生。照顾他的是他的第二任妻子菲比和哥哥豪伊。菲比是他公司新来的文案，他因为与菲比的婚外情而与第一任妻子塞西莉亚离婚，并且抛弃了两个儿子，他们因此一直都很痛恨他。

在他 50 岁时，公司 24 岁的年轻模特梅瑞特成为他外遇的对象（之前他还与 19 岁的女秘书偷情），菲比发现后与他离婚。那时他 80 岁的母亲去世了，这意味着他同时失去了两个最爱他的女人。几个月后他与梅瑞特结婚。56 岁时，他因冠状动脉主干严重阻塞而再次接受手术，但是第三任妻子梅瑞特对照顾他完全无能为力，他靠哥哥豪伊渡过难关。豪伊安排了两位护士看护他，其中一个是莫琳。莫琳无微不至的照顾使他恢复得很好，同时莫琳成了他的情人。这次手术结束后不久，他的父亲去世了，他和哥哥以及其他亲人来到祖父曾经专为犹太移民购买的、现已十分破败的墓园，将父亲葬在母亲的墓旁。在父亲的葬礼上，他虚弱不堪，只能眼睁睁地目睹哥哥、侄子和儿子们把泥土一铲一铲地送入墓穴。

到了1998年，他65岁，刚刚退休，已经经历了第三次离婚。现在他身体里的血栓变得更加严重，连续几年都必须接受手术，从肾动脉到心脏冠状动脉到左颈动脉。与他联系较多的是他与菲比生的女儿南希，南希非常关心他这个父亲，给了老年的他很多情感和精神上的抚慰。2001年“911”事件发生后不久，他从曼哈顿搬到了泽西海滨的“海星沙滩”退休养老社区。这里环境优美，设施完善，他可以每天散步游泳锻炼，还可以在公寓里高高兴兴地画画。他还给老年邻居们开绘画班，其中一个重要原因是他希望绘画班上出现某个能吸引他的女人，但是他并没有实现愿望，反而目睹了其他老人羸弱痛苦的身躯和无法避免的死亡。为了重获活力，他甚至在路边试图勾引每天跑步锻炼的年轻女士，但没有得逞。他渐渐厌倦了绘画，痛恨两个对他冷漠反感的儿子，甚至开始恨豪伊，因为豪伊比他大6岁，身体一直很好。他对海边的生活失望了，决定搬回纽约住在南希家附近，但是这时菲比突然中风，打乱了他的计划。他逐个打电话联系以前的老朋友、老同事，但他们都已像草木一样逐渐凋零。现在已 71 岁的他第二颈动脉又严重阻塞，需要动手术，这将是他连续第七年住院治疗。手术前他来到了父母的墓地，与挖墓人交谈，了解了他们的工作。他不知道这将是他的最后一次手术，他再也没有从手术麻醉中醒过来。凡人的一切，欲望、忧虑、抗争、成败……随着生命的结束，都戛然而止。

## 凡人无法逃脱的命运之环

罗斯在整部小说中采用了冷静甚至带有一丝苍凉的语调，描述了一个男人的生老病死，同时将其塑造成一个不负责任的失败者形象。罗斯没有给主人公起名字，意在表现这个人物只是千百万美国普通男人中的一个，一生浑浑噩噩，既受控于欲望，也无法逃脱命运的安排，连死亡都在自己的意料之外，更不可能做到自我超越和真正的解脱。

小说的时间线特别清晰，主人公就像是一个现实中的人物，他的故事常以现实中的事件为背景，如二战、犹太移民、“911”事件。显然，罗斯按照自己生活的年代和社会环境刻画了主人公，包括他们相同的出生年份（1933 年）。小说的结构颇有特点，开头即描述主人公的葬礼，在葬礼上通过女儿南希和哥哥豪伊的回忆引出家族的历史和主人公的童年。这一场景成为小说叙事的背景，接着小说开始主要按时间顺序介绍主人公的一生，最后以他在手术台上停止呼吸结束。葬礼发生在死亡之后，却最先呈现给了读者，这样小说的结尾和开头就完美衔接了起来。当读者读完这部小说再回到开头的葬礼场景时，仿佛经历了一个生命的循环。小说的结构就像一个圈，或是一个循环，象征着主人公——以及和他相似的千千万万的凡人——像锁链一样捆绑在身上的无法逃脱的命运之环。

这种环状的叙事表达也体现在具体的事件当中，其中最主要的就是主人公的婚姻和疾病。主人公一共有过三次婚姻，每次婚姻主要都因为他有新的外遇而破裂，形成了一个个周而复始的婚姻循环。他无法抗拒异性的诱惑，将自己生命的活力寄托在性上面，甚至到了古稀之年还试图有新的艳遇，但最终没有成功，再也无法继续这样的循环。小说借此暗示了他的生命活力已消耗殆尽，基于欲望的生命终有衰弱和消失的时候。主人公因病住院和手术也是小说的重点内容，他从小到大屡次住院手术，而且随着年龄增大频率越来越高，这一点同样构成了一个个循环：从生病到病愈，再到下一次生病。最终他无法再康复，死在手术台上，被迫结束了这样的循环。可以说，每一次婚姻和疾病的循环都给他带来新的希望，但也导致了新的创伤，让他的情形每况愈下，越来越糟。每次暂时获得的异性和暂时恢复的健康，都无法永久地存在于他的生命中，他不得不去寻找新的生命支柱，日益陷入绝望，直至湮灭。

小说试图借助主人公失败的人生，反映众多像他一样陷于身体和精神的困境而无法自拔的凡人的人生。当然，小说还塑造了主人公的哥哥豪伊这样一个角色作为对比。豪伊事业成功、身体健康，有一个结婚几十年的妻子，还有四个儿子，家庭关系和睦。哥哥本应是主人公的榜样，但在小说中，主人公和他哥哥这一根藤上生出来的两根枝条却走上了截然相反的道路。这到底是命运使然，还是个体自主选择的结果？

## “老年就是战斗”

“……亲爱的，老年就是战斗，不是跟这种毛病斗，就是跟那种毛病斗。这是一场不屈不挠的战斗，而且就是要趁你最虚弱、最无能的时候挑起过去的战斗。”

但是与生命终结这样一个必然的打击相衡量，他所领悟到的就根本无关紧要。要是他知道在他这么多年职业生涯中有幸认识的每一个男人、每一个女人必然遭受的痛苦，知道每个人遗憾、失落、淡泊的痛苦故事，知道他们的害怕、惊慌、孤立、恐惧，要是他知道他们诀别的每一件最后的事物曾经都是他们最重要的，知道他们正如何有条不紊地遭受毁灭，他将守在电话机旁，从早到晚，不眠不休，至少再打一百个电话。老年不是一场战斗；老年是一场大屠杀。

上面两段文字出现在小说的尾声。当时主人公逐渐对“海星沙滩”退休养老社区失望，因为在那里他不仅自己的状态每况愈下，还目睹了其他老人在衰老病痛面前无望的挣扎，于是他打算再次逃离。他盘算着将养老社区的公寓卖掉，搬回纽约和女儿南希一家一起生活，但是接到消息说南希的妈妈（即他的前妻）菲比突然中风，需要南希照顾，于是他的计划还未实施就已夭折。他没想到，菲比的变故只是开始，第二天就传来了三个前同事身体状况的坏消息。

他通过电话逐一了解那几位同事的情况，上面第一段文字出自刚刚去世的上司克莱伦斯的妻子之口。84岁的克莱伦斯曾经温文尔雅、思路清晰、工作一丝不苟、特别关心下属，但也深受高血压、心脏病和中风后遗症的折磨。在与疾病抗争多年后，意志顽强的克莱伦斯终于还是倒下了。年老体弱的克莱伦斯一直在服用各种各样的药物来对抗他的疾病，但依然没能实现想多活几年的愿望，最终死于心肌梗死。对于克莱伦斯和很多疾病缠身的老人而言，每天的生活都是一场战斗，虽然知道自己将会每况愈下，无望获胜，但还要坚持战斗到底。有时候勇敢面对痛苦的每一天比直接选择死亡还要艰难，还需要更多的勇气和付出更大的代价。

第二段文字讲述了主人公在了解了几位前同事的状况后，自己的内心体验。暮年的他看到了自己、亲人和朋友衰老的状态后，才真正领悟到人生无论经历过什么，最终都会遭受被毁灭的痛苦。曾经的一切终将失去，没有人能够幸免。于是他得出了结论："老年是一场大屠杀。"事实让他明白，自己认识的每一个人即使能够坚持活到老年，也不可能逃脱这场屠杀，这是所有人的结局。

父母的骨头对他说的话令他觉得一身轻松、坚不可摧。终于令他内心恢复平静的苦苦挣扎也令他感觉如此。无论什么都不能泯灭那个男孩的活力——他毫发无伤的身体上那颗细小的鱼雷曾在狂暴的海洋中踏着大西洋的海浪一口气冲浪一百码到岸边。啊，抛弃它吧，还有水的咸味和灼人的太阳！他想，日光普照大地，一个又一个夏日的阳光照耀在充满生机的大海上，真是一个光的瑰宝，它如此巨大，如此珍贵，好像他能透过刻着他父亲姓名首字母的夹眼放大镜凝视这个完美、无价的星球，凝视他的家园，这个十亿、万亿、兆亿克拉重的行星地球！他想着自己离死还远、命不该绝，渴望自己心想事成，渐渐失去了知觉。但是，他再也没有醒来。心脏停止了跳动。他不在了，不再存在，进入了他根本不知道的乌有乡。正如他当初的恐惧。

这是全书的结尾。当时71岁的主人公再次被诊断出颈动脉严重阻塞，需要动手术，而这将是他连续第七年住院治疗。他有点感到害怕，但他之前做过类似的手术，所以他认为这次应该也不会出事。手术前他来到了自己只是偶尔拜访的父母的墓地，在那里，躺在坟墓中的父母似乎在和他对话，其实是他的内心在借助父母来安慰自己，帮助自己忏悔一生中犯过的错误，给自己应付老年这场屠杀的勇气和力量，让自己能够毫不畏惧地走向手术台与命运抗争。

到了手术那一天，他独自一人来到医院，走进手术室，躺上手术台，选择了全身麻醉。他想到自己曾是一个充满活力的小男孩，能够在波涛汹涌的大海中一口气冲浪一百码到岸边，这是一直存在于他记忆中的辉煌时刻。现在，他知道是时候放弃过去那个充满青春活力的自我了，岁月早已将其夺走，现在只剩一个无法掌控自己身体的老朽之人。回忆中冲浪时海水的咸味和灼人的太阳让此时的他产生了宇宙意识，他的视野变得极其辽阔，他看到的不仅是照着他自己身体的太阳，而是年复一年普照海洋和大地的阳光，让地球充满生机的灿烂的日照。而地球此时也在他脑海中呈现出美丽的面貌，仿佛当初他用父亲的放大镜所细致观察的晶莹的钻石一样美丽。他此时已融于宇宙，这是一种开悟的体验，帮助他重燃起生命的希望。这种体验是他在临死前大脑意识的升华，随着心脏停止跳动，他的意识和身体都湮灭于宇宙，进入了无生命无意识的存在，也不再有恐惧。他是一个凡人，一生都在追求欲望，也在感悟他人和自己的生命，尤其是老年的生存。他的一生有挣扎也有收获，有欢愉也有失落，有伤害也有抚慰，最后他回归尘土，销声匿迹。人生的意义也许在于过程，而不是结果。

美国　保罗·奥斯特
徐振锋　译　人民文学出版社　2010 年
原著出版于 2008 年

# 黑暗中的人

保罗·奥斯特（Paul Auster，1947—2024），出生于美国新泽西的纽瓦克，著名小说家、诗人、剧作家、译者、电影导演，美国艺术与文学院院士，其作品融合了荒诞主义、存在主义和悬疑小说等元素，被视为美国当代最具创新性的小说家之一。他曾就读于哥伦比亚大学英文和比较文学系，并于1969年获学士学位，1970年获硕士学位。奥斯特曾数次前往法国巴黎，从事写作和电影编剧等工作。他早年的创作一直深受法国诗人及剧作家的影响，而《纽约三部曲》(1987）则是他回归美国文学传统的转折点。1990年他获得美国文学与艺术学院颁发的莫顿·道文·萨伯奖，1991年以《偶然的音乐》(1990）获国际笔会福克纳文学奖提名，1993年以《巨兽》(1992）获法国梅迪西斯外国小说奖，2006年获西班牙阿斯图里亚斯王子文学奖，他的诗作与散文均曾获得艺术基金的资助，还多次入围都柏林文学奖、布克奖、福克纳小说奖。20世纪90年代起，奥斯特积极参与电影工作，除了为华裔名导演王颖编写《烟》（1995）的剧本，还与王颖合导了《烟》和《面有忧色》，《烟》在1995年的第45届柏林国际电影节中赢得评审团大奖银熊奖。他还获选成为1997年戛纳电影节的评审委员，并于1998年独立执导《桥上的露露》，受到女主角的扮演者米拉·索维诺等演员的称许。

奥斯特著作等身，作品已被翻译成40余种文字。除了上述作品，代表作还包括小说《月宫》（1989）、《瓦提哥先生》（1994）、《幻影书》（2002）、《神谕之夜》（2004）、《布鲁克林的荒唐事》（2005）、《密室中的旅行》（2007），以及回忆录《孤独及其所创造的》（1982），评论集《饥渴的艺术》（1992）等。2012年，奥斯特成为第一位纽约市文学荣誉奖的获得者。2017年，他凭借小说《4321》入围英国布克奖短名单。去世前他与妻儿定居于纽约布鲁克林区。《黑暗中的人》是奥斯特2008年出版的小说，书中主人公为72岁的奥古斯特·布里尔，小说借助主人公所编的故事和他外孙女的遭遇，表现了战争给人们的生活带来的毁灭性的打击，揭露了战争和暴力给人们的心灵造成的难以愈合的创伤，启发人们更深入地思考战争的荒诞本质，鲜明表达了作者的反战立场。

## 在黑暗中的疗伤

72岁的纽约书评家奥古斯特·布里尔退休在家，但他的生活并非轻松愉悦，而是充满各种不幸的变故。妻子两年前被癌症夺去生命，他自己遭遇车祸，左腿骨折，行动不便，在女儿家修养，常常失眠。他唯一的女儿，47岁的米利亚姆5年前被丈夫抛弃，这让她感到无比孤独和自卑。他心爱的23岁的外孙女卡佳就读于一所电影学校，她的卡车司机男友泰特斯在伊拉克战争中被残忍地绑架、杀害。卡佳总觉得是自己跟泰特斯分手，才导致他要去伊拉克，最后他才会死得那么惨，因此不能原谅自己，承受不了这个打击而休学在家，整日靠看电影来麻痹自己、打发时间。这个家庭的三个成员都沉浸在无尽的伤痛中。白天，布里尔会陪外孙女卡佳一起看电影，他们抽着烟，一部接一部地看，并进行点评。晚上，三个人都在各自的屋子里忍受着失眠的痛苦。

为了逃避心中难以消除的伤痛和孤独，彻夜难以入眠的布里尔决定通过编故事的方式打发时间，在漫漫长夜中逃避可怕的回忆。他虚构了一个叫欧文·布里克的魔术师，布里克本来和妻子弗洛拉一起开心地生活在布里尔所处的世界，却被某种力量带到了一个平行世界。

在这个平行世界里，“911”事件没有发生，2000年的总统大选造成美国分裂，有十几个州宣布脱离联邦，而联邦则出兵攻击那些独立州，新的内战爆发了，独立州在联邦军队的攻势下节节败退，伤亡惨重。在平行世界里，布里克成了一名士兵，被迫执行一个任务，即回到他的现实世界去谋杀一个老人，因为这个平行世界正是那个老人脑子里的产物，把他杀了，平行世界里的战争和灾难就会结束。也就是说，士兵布里克被迫执行的任务，就是杀死讲故事的人，而这个人正是每天夜里在床上失眠的布里尔。布里尔把布里克的任务设置为杀死自己，因为只有杀死自己，才能停止这个故事，才能制止战争和杀戮。但是，谋杀最后没有成功，因为布里克宁愿自己被杀也不愿去杀人。

除了编故事以及和外孙女卡佳一起看电影、分析电影，布里尔还不时地回忆过去。他从电影中人物的不幸命运想到了自己的姐姐贝蒂。1967年在纽瓦克发生了美国历史上最严重的一次种族暴乱，当时贝蒂的第二任丈夫吉尔作为企业律师加入了纽瓦克市政府，为市政府辩护，但后来辞职了。接着，布里尔继续回忆吉尔的人生，吉尔童年时家庭不幸，成年后努力奋斗，其律师事业取得了成功，但最终不到52岁就死于癌症。此外，布里尔还讲述了他所听过的与二战、冷战有关的几个感人故事，普通人在战争之中的命运如草芥，却勇敢地竭力反抗。

最后，布里尔终于开始渐渐向外孙女敞开心扉，讲述自己的初恋和婚姻，荒唐的婚外恋对妻子的伤害，并触及泰特斯遇害的真相。两个同病相怜的人通过讲述故事互相医治心灵的创伤，在黑暗中寻找生活的光明。

## 具有嵌套结构的元小说

小说名“黑暗中的人”（*Man in the Dark*）具有多重含义。首先，它表现了主人公布里尔因为失眠而夜不能寐，主要心理活动都发生在黑夜；其次，它象征着主人公（包括他的女儿和外孙女）低沉、灰暗的心境；此外，它还可比喻对某种情况一无所知、被蒙在鼓里的人。总之，整部小说的基调是伤感的，反映了人在恶劣命运前的无力和无助，看不到未来和光明。每个人都有自己的世界，别人无法完全参与，这个世界的黑暗地带，别人无法轻易走进，所以一进到那个角落，他们就成为黑暗中的人。但是，作者在书中也时时暗示，即使生活在阴霾中，人们也会挣扎、反抗，也会有对阳光的向往。

小说叙事采取了双重虚构的模式，即作者奥斯特虚构了整个故事，而故事中的老人布里尔又虚构了他的故事。在这种双重虚构框架的基础上，小说的叙事表现为以下几个特征。第一，嵌套结构。其基本线索是布里尔对自己和家人生活状态的描述，但同时也嵌套着布里尔所编的故事、他和外孙女观看的电影中的故事，以及转述的记忆中其他人的故事。在小说中，这些故事层层叠叠，穿插呈现，从多个方面呈现了战争和暴力带来的伤害，使叙事更加生动丰富，能够更加深入地表现主题。第二，多视角叙事。因为小说中包含了多个故事，这些故事的讲述者不限于一人，作者根据实际需要，采用了多视角叙事的方式。比如主人公布里尔的自我叙述用了第一人称，而他编的故事和转述其他人的故事则用了第三人称。第三，非线性叙事。叙述者并没有按照时间顺序来叙述小说中的所有故事，而是从叙述者的主观情感和思想出发，根据他头脑中浮现的情景和产生的联想来推进叙事。比如他从电影《东京物语》中哭泣的则子想到自己苦命的姐姐，接着又联想到姐姐的第二任丈夫吉尔的一生，其中还重点回忆了纽瓦克的种族暴乱。这是类似意识流的叙事方式。这些复杂的叙事手段并没有让小说显得杂乱无章或者令人难解，一方面是因为不同的故事有内在的相关性，基本上都围绕着小说的主题，即揭露荒诞的战争和非人道的暴力对普通人的伤害，另一方面是因为叙述者在描述具体故事时，采用的主要还是现实主义的方式，故事的前因后果介绍得很清楚，让读者容易理解。

此外，该小说还有一个显著的叙事特征，即元小说叙事，这是奥斯特常用的叙事策略。传统小说中，为了营造小说的真实效果，作者往往作将小说的具体创作过程隐藏起来，避而不谈小说的虚构实质，让读者对读到的故事信以为真。而元小说的显著特点是在小说的创作中直接关注小说的创作本身，将小说的创作过程全部展示给读者，目的是让读者明白作品的虚构本质。奥斯特通过元小说和蒙太奇的叙事技巧，讲述了一个虚构的美国内战的故事，借以反思战争给人的心理造成的戕害，从而使小说成为一部将叙事游戏和现实思考相结合的作品。这部小说虽然包含了元小说和蒙太奇的叙事方法，但是小说的目的并非展示这些叙事技巧，而是通过这些叙事技巧来反思战争的实质并表明作家的反战立场。

## "昨天还是个孩子，今天已经是老人了"

看不见的星星，看不见的天空，看不见的世界。我看见索尼亚的手放在了琴键上。她在弹奏海顿的某支曲子，但我什么也听不见，那些音符是无声的，她在凳子上转了个身，米丽亚姆奔进她的怀里，三岁大的米丽亚姆，遥远的过去的影像，似真似幻，我再也无法辨别。真实和幻想是同一样东西。想法是真实的，即使是关于不真实的东西的想法。看不见的星星，看不见的天空。我呼吸的声音，卡佳呼吸的声音。睡前的祈祷，童年的仪式，童年的重量。假如我要在醒前死去。这一切过得多快。昨天还是个孩子，今天已经是老人了，从那时到现在，经历了多少下心跳多少次呼吸，多少句话说出被听见？碰碰我，来人啊。把你的手放在我脸上对我说话……

这段话出现在小说的末尾。在那个夜晚，老人布里尔和外孙女卡佳仍然处在失眠之中，卡佳来到老人房间找他聊天，老人给她讲述了自己的往事。在自己脑海中讲述和回忆了那么多其他人的故事后，老人终于开始敞开心扉，直面自己不堪回首的过去。卡佳听完老人的故事后睡着了，老人却还不能入睡，又回忆起卡佳的前男友泰特斯不顾危险到伊拉克当卡车司机，最后被残忍杀害的惨剧。当老人最终将与自己和亲人有关的创伤都揭开后，他的内心舒缓了许多。有时候我们的记忆是如此宝贵，但是对于他人来说却可能毫无价值。如果有人能有与我们相同的经历和体验，能够在很多年以后分享当年的故事，就会减轻我们的孤独感。

这时，布里尔开始反思自己的一生。他身处黑暗，看不见周围的世界，脑海中却浮现了妻子索尼亚。那是很久以前，女儿才3岁大，他们夫妇也还年轻，家庭生活是多么愉悦，但一转眼已成为遥远的过去。曾经青春美丽的妻子已离开这个世界，而曾经天真无邪的女儿已成为一个饱受挫折的中年人，外孙女卡佳年纪轻轻，却已在精神上遭受了本不应有的沉重打击。为何人生如此多艰？为何一切美好都很短暂？老人不禁怀疑：大脑中浮现的情景是真的吗？还是只是一种幻觉？他无法区别真实与幻境，如果拥有的终将失去，那么真实与虚幻又有何异？

老人的意识在不停流动，“看不见的星星，看不见的天空”再次出现，进一步暗示了人的主观认识很难真正理解客观世界，很难融入其中。星星和天空本是不受人类意志影响而存在的客观世界，相对于短暂的人类生命，它们是永恒的存在。但是，如果人类身处蒙昧黑暗之中，无法逃脱对自我的束缚，那么就不能意识到永恒，也无法看到永恒的宇宙。老人听到了他和卡佳呼吸的声音，这让他想到生命的短暂，时光的飞逝。在呼吸之间，他远离了自己的童年，仿佛一夜之间就从孩子变成了老人。小时候对世界童稚的体验还在心中，但转眼已能隐约看到生命的终点。一个人无数次的心跳和呼吸，无数说过的话，都将消失在宇宙之中。在这个看不见的黑暗世界中，老人就像孩子一样需要抚慰，但这样的愿望难以实现，因为他已不是孩子了。他的故事即将结束，所有的故事都要有一个完结，而“这个怪诞的世界在继续向前”。

英国　戴维·洛奇
刘国枝 郑庆庆　译　新星出版社　2018 年
原著出版于 2008 年

# 失聪宣判

戴维·洛奇（David Lodge），1935年出生于英国伦敦，当代著名文学批评家兼小说家。他早年就读于伦敦大学，是伯明翰大学博士、英国皇家文学院院士，被誉为学院派小说家，先后获得《约克郡邮报》小说大奖、霍桑登奖等十余个重大奖项，以文学贡献获得不列颠帝国勋章和法国文艺骑士勋章。1960年起，执教于伯明翰大学英语系，1987年退职从事创作，兼伯明翰大学现代英国文学荣誉教授。已出版十余部长篇小说，包括《电影迷》（1960）、《生姜头，你疯了》（1962）、《大英博物馆在倒塌》（1965）、《走出防空洞》（1970）、《换位》（1975）、《你能走多远？》（1980）、《小世界》（1984）、《美好的工作》（1988）、《天堂消息》（1991）和《治疗》（1995），以及多部文学批评理论著作，如《小说的语言》（1966）、《格雷厄姆·格林》（1966）、《十字路口的小说家》(1971)、《伊夫林·沃》(1971)、《现代写作方式》(1977)、《运用结构主义》(1981)、《巴赫金之后：小说与批评论文集》(1990)和《小说的艺术》(1992)，另外还编有《二十世纪文学批评》(1972)、《现代批评理论》(1988)，剧本《四面墙》(1963)、《击中要害》(1965)、《写作游戏》(1990)等。洛奇具有小说家和评论家的双重身份，其作品创作具有强烈的自我意识和现实主义色彩，自身的生活经历和对社会问题的关注对其创作主题有重要影响。其创作风格和主题与钱锺书相似，因此被一些人称为"英国版钱锺书"。

《失聪宣判》于2008年出版。此书具有一定的自传性，洛奇本人就饱受听力严重下降之苦。主人公德斯蒙德·贝茨跟洛奇一样，也是一位大学教授，因为耳聋而在工作和生活上受到打击。小说反映了刚刚进入老年期的主人公所面临的困境和产生的焦虑，以及不得不做出的各种伦理选择，包括如何处理与妻子、子女、继子女、父亲、同事和学生之间的关系。该小说糅合了作家博学、幽默而又处处反讽的风格，既有深度又妙趣横生。作者在小说中尖锐地批判了传统的学院派文化，关注社会老龄化以后带来的诸多问题，同时又自我反省，让人读来不禁思考人生的意义，启发人们探索人生的真谛。

# 一个失聪老教授的烦恼

64岁的德斯蒙德·贝茨教授身为语言学专家却不幸患上了高频性耳聋，他的听力在20年前就已开始出现问题并渐渐恶化，到现在只能依靠助听器与人交流。雪上加霜的是，学校要将他执掌的语言学系并入英语系，为求一个体面的退路，他无奈之下只得在4年前60岁时选择提前退休，基本上成为一个“家庭妇男”。但是，在家里也并不如意，耳聋加上年龄渐老，他与二婚的妻子常常交流不畅，性生活质量和数量也大不如从前。虽然妻子并没有什么怨言，但他自己很郁闷。他的人生逐渐走向低谷的同时，妻子却焕发了第二春，不但家庭装饰用品的生意做得红红火火，已经取代丈夫成为家庭的经济支柱，而且整个人的体型外貌乃至精神面貌也由此而焕然一新。他常常跟着妻子参加各种活动和聚会，当然那些都是令他痛苦的经历，有时他甚至因为耳聋而洋相百出。

德斯蒙德的退休生活看似悠闲，实则郁闷。这时，一个名叫亚历克斯的女学生闯入了他的生活。他们在一次美术馆展览中遇见，聊了十几分钟，但是当时环境嘈杂，德斯蒙德几乎没有听清亚历克斯说的话。几天后，亚历克斯打电话来约德斯蒙德见面讨论自己的博士

David
Lodge
a novel
deaf
sentence
'Seriously funny' New Statesman
'Very good, deeply enjoyable'
Observer

《失聪宣判》英文版封面

论文，并且最后约定在女学生的公寓见面，因为那里安静，方便沟通。教授没有将女学生与其见面的事情告诉妻子，也许是怕妻子阻止或误会，也许是怀有其他目的。两人见面后，德斯蒙德才知道亚历克斯目前正跟着他以前的同事、英语系比较年轻的教授巴特沃斯读研究生，研究的课题是“自杀遗书”，即人在自杀前写的遗书。但是她认为巴特沃斯不能给她很好的指导，希望德斯蒙德能当她的导师。德斯蒙德拒绝了她的请求，并且随后发现这个学生心理上存在问题，便不太愿意与其继续来往。但是女学生不断来纠缠，给他带来不少麻烦，最终他好不容易才摆脱她。

德斯蒙德的麻烦不仅这些，他还要每四个星期出远门一次去看望年近九旬的父亲。他的父亲年轻时是一名乐手，兴趣广泛，现在独自住在伦敦郊区的一个老街区，年迈耳聋，生活不便，很少出门。德斯蒙德看到父亲的状态仿佛看到了未来的自己。他每次都要带父亲出去吃一顿便宜的自助餐，陪他聊聊天，但是不愿在那里住宿，当天就回家。每逢圣诞节假期，他都要把父亲带到自己家里过几天，但是父亲每次都因为年老和性格问题与家里其他人闹得不愉快。他希望父亲能够搬到离他比较近的养老院，还去考察过几家，但是父亲舍不得花钱，坚持住在自己破旧阴暗的老屋里面，直到有一天摔倒后再也没能起来。在陪伴父亲的最后一段时间里，德斯蒙德更深地理解了父子感情，也体会到了生命的无奈。

## 幽默的语言和富有喜感的情境

小说的叙事有一个明显的特点，就是幽默。“失聪具有喜剧性，正如失明具有悲剧性一样”。戴维·洛奇将自己笔下这个极富自传性的退休教授由事业失势身体失聪而导致的各种喜剧情境，以典型的英式幽默手法展现得淋漓尽致。一方面，作者充分发挥贝茨教授作为语言学家的专业敏感性，对信手拈来的谐音、双关、暗指、讽喻等语言现象大做文章，使各种晦暗和凝重转眼就化作云淡风轻。如他对一幅街头涂鸦的描述：一个牌子上写着“Bill Posters Will Be Prosecuted”（随意张贴将被起诉），而牌子下面则被人加了一句“Bill Posters is innocent”（比尔·博斯特斯没有罪）。这里“Bill Posters”具有双重含义，既可指张贴传单、海报的人，也可以是人名，由此产生了幽默的效果。另一方面，他以高频性耳聋为抓手，通过不经意的误听和误读来平添人物的喜感。由于听不清辅音，non-stick saucepan（不粘平底锅）就变成了 long-stick saucepan（长把平底锅），tricycle（三轮车）变成了 icicle（冰柱），这样的例子在小说中时常出现。有时候是在夫妻间的对话中，有时候发生在众人聚会的场合。作家对于失聪的“喜剧性”渲染常常让读者忍俊不禁、拍案叫绝。他还擅长乘势借着小说进行自嘲：“我们聋人在聚会上所能做的事情之一，就是用自己的误会给大家带来几阵笑声，这一次我也并不吝啬。”

可是，谐音带来的不仅是喜剧色彩，也会隐含悲剧色彩。如小说的题目“deaf sentence”（失聪宣判）与“death sentence”（死亡宣判）只有一个辅音之差，在全书中，叙述者也经常拿 deaf，dead，death 的谐音做文章。这使得小说在层出不穷的喜剧氛围中也隐隐透出“人生无常”的悲剧意味，带上了“长日将尽”的阴郁色彩，由此成就了《失聪宣判》冷热杂糅、悲喜交融的丰厚意蕴。到了小说的最后几章，主人公记录了他参观奥斯维辛集中营的感受，描述了他的父亲在人生最后阶段的历程和葬礼，回忆了他的第一任妻子梅茜因患病疼痛难忍而让他帮自己结束生命的秘密往事。悲喜氛围的对比使得小说的情感渲染更加鲜明和突出，令人印象深刻。



小说情节简单，主要由日记体写成，主人公在日记中偶尔转换成第三人称叙述。简单的情节符合主人公的生活状况：因为失聪和退休，他避免与外人接触，同时他的社交圈也急剧变小，生活简单。而日记体的形式也契合主人公的心理，如他所言："当听说交流变得越来越困难时，游刃有余地驾驭书面话语的能力就显得越来越有吸引力。"作品中的叙述恰似听觉钝化、深居简出的聋人的自言自语、自我欣赏、自得其乐。日记中的人称转换也是主人公进行文字游戏、游刃有余地驾驭书面话语的表现。这些正体现了戴维·洛奇本人高超的语言技能和丰富的语言知识。

## "千万不要老"

"您肯定有自己想干的事儿。"我说。

"不，我没有。"他情绪低落地说，"我已经过了那个年龄了。如果晚上能睡个囫囵觉，而不需要起来三次以上，如果早餐后在厕所里能顺畅地解决问题，如果能好好地做顿饭而不把什么东西烧坏，如果电视上有什么值得看的节目……那就是我最大的希望了。那就算是过得好了。"

对此，我想不出任何可以使他振作的话。

“听我的建议吧，儿子，”他说，“千万不要老。”

“可是我已经老了，爸爸。”我说。

“还不是我说的那样老。”

“我已经退休。靠养老金过日子。我有老年人铁路卡和公交卡。晚上我总是得起来至少一次。而且我聋了。”

他脸上浮起一丝淡淡的笑容。“是啊，你那对耳朵的确不大管用，对吧？”他说，“我注意到了。我不明白你怎么会这样？我在你这个年龄，耳朵可好着呢。”

这是主人公贝茨教授去伦敦看望独居的父亲时，两人之间的对话。它是两个老年男人之间的交流，两人的区别是一个比另一个更老。老年期并不是一个短暂的阶段，从一个人60岁前后进入老年期，直至90岁左右去世，老年阶段可能长达30年。在这30年中，人的各方面状况也会迥然不同。64岁的贝茨教授刚刚进入老年期，虽然已经退休，但还能与社会保持一定的接触，和以往的熟人、同事还会有联系和交往，甚至还能依靠自己的专业经验结识和帮助年轻人。他的身体状况不如从前，尤其是听觉严重退化，一定程度上影响了他的家庭生活和社会联系，但是总体来看身体还能够维持正常，日常生活没有受到大的影响。与贝茨教授形成对比的，是他现年已89岁的独居的父亲。父亲已真正到了人生的暮年，身体状况的糟糕自不用说，经济方面也比较拮据，无法与外人有效沟通，因为年龄过老和几乎与世隔绝，对外界的变化也难以理解。由于这些因素的影响，贝茨的父亲生活俭省、拒绝走出自己阴暗破旧的老屋，更不愿意花钱去养老院生活，是一个典型的毫无希望、没有未来的老人形象。

这段父子对话简洁又恰到好处地表现了两个处于不同阶段的老年男人——老年初期的贝茨和老年暮期的贝茨父亲。贝茨的父亲象征着未来的贝茨，而贝茨象征着从前的父亲。他们两人由于状况不同，所关心和担心的事情也不一样。处于退休初期的贝茨每天早晨一醒来面临的问题是："我今天该干些什么？"于是他也设想父亲有想干的事情，但是当他提出这一点时，父亲却给予了否认，因为他"已经过了那个年龄了"，对于实现任何人生目标都已无能为力，也不抱幻想。父亲最大的希望是自己的身体能够维持正常的功能，能够做到正常睡眠和排泄，生活上能够做到自理，他已经无法考虑基本生存以外的事情了。贝茨的年老在身体上表现为每夜至少起来上一次厕所，在经济上表现在靠养老金过日子、使用老年人铁路卡和公交卡出行等。而这些对于他的父亲而言，已是不可能再拥有的幸福人生。于是，他令人震惊地对儿子说："千万不要老。"很显然，这句话里面的

“老”是指特别衰老的状态，对于贝茨的父亲而言是一种痛苦的人生体验。这样的衰老虽然到达了人们常常希望和羡慕的长寿状态，但亲历者却不一定感到幸福。能够给他带来快乐的不是长寿，而是健康的状态。在对话的结尾处，当他发现比自己小 20 多岁的儿子听觉却不如当年的自己时，不由得开心起来，这可能是他唯一能够引以为傲的资本了。

中国　鹿鸣
作家出版社　2010 年

# 香香女的老人国

李录明，又名李录民、鹿鸣，出生于1943年，山西原平人，高级记者，山西省作家协会会员。从事新闻工作35年，原任《忻州日报》副总编辑，1992年获得山西省优秀记者称号。1990年出版短篇小说集《指印》，1993年出版社会特写《烟雾中的困惑》。《烟雾中的困惑》一书受到有关部门重视，1997年8月作者在北京出席了有103个国家参加的第十届世界烟草或健康大会。2010年出版长篇小说《香香女的老人国》，该小说被誉为“中国老龄化社会的先行之作”。

《香香女的老人国》原名《老人世界》，创作于2005年至2008年，2008年开始在《忻州日报》和《五台山》杂志选载，因书中人物故事贴近生活、贴近现实，很受读者喜爱。该小说描写了老龄家庭面临衰老和疾病时的艰难生活，反映了中国的老龄化危机。作者通过观察现实生活中的老年人，发现老年人不仅需要健康的身体和基本生活保障，还需要拥有富足的精神世界，呼吁国家、社会和家庭要全方位地保障老年人的幸福生活。

作为从业多年的记者，作者对社会热点问题有高度的敏感性，他意识到了中国老龄化的问题，如他在小说题记中所言："举目四望，茫茫人海，黑发人一年年减少，白发人一年年增多，许多国家已老龄化，中国也将面临老龄化的困惑。"作者提到，在人物塑造时，最大的困难是寻找、选取、构思痴呆老人生活的细节。要把这样的老人写生动、写准确很难，既要写出他们的病态，让人同情，还不能让人讨厌、嫌弃。他所塑造的小说人物形象有一些来自新闻报道，如对患有痴呆症的老人的描写。在一次接受关于该小说创作经历的采访中，作者提到自己对老年痴呆病人很同情，每看到这样的病人，心里总是沉甸甸的难受，也替他们的家人着急。他所居住的忻州古城是晋北一个小城，电视节目播出时，经常会插播老年痴呆病人走失的广告。这些寻人广告给他的印象很深，所以他创作时很自然地刻画了这样一个人物。书中老年痴呆病人邢有鱼没有一个固定的原型，她是由许多病人身上的特点、细节组成的。邢有鱼第二次走失后，她儿子在电视台做了寻人广告，那段文字就是复制的现实中常见的寻人广告。

中国在21世纪初的老龄化问题也体现了一个特有的时代特征，因为在这个阶段，很多家庭因为独生子女政策而只有一个孩子。当独生子女长大后，他们要一个人赡养父母两个人，这意味着一对独生子女夫妇要赡养四个老人。在某些极端的例子中，三代同堂家庭的小两口要面对12位老人。在此背景下，中国家庭传统的孝文化和赡养老人的方式也在发生变化，养老逐渐社会化，而这又带来了一些新的问题，比如养老院的建设和管理。这些都是小说中所描述的主要难题。1971年，中国开始推行计划生育政策。1980年，中央发表公开信，倡议一对夫妻只生育一个孩子。2016年1月1日，修订后的《中华人民共和国人口与计划生育法》第十八条第一款规定："国家提倡一对夫妻生育两个子女。"（2021年，该条文进一步修改为"一对夫妻可以生育三个子女"。）施行了30多年的独生子女政策自此终止。随着家庭生育政策和观念的变化，以及社会条件改善和人们生活水平的提高，未来这样的难题应该会得到妥善解决。

## 家有老人的困境与幸福

本书通过两代人三个曲折的爱情故事，描写了一个家庭中各成员之间的爱情、亲情、友情纠葛。故事的主人公刘军香和杨永兴是一对30多岁的夫妻，他们有一个可爱的女儿，名叫杨柳。刘军香聪明贤惠，任劳任怨。她本是华北财经学院的高才生，毕业后在玻璃厂任会计，她苦练珠算基本功，参加全区业务比赛获得第一名，成为全市有名的“玻璃会计”。但是工厂倒闭，她下岗了，后来被劳动部门安排在市委大院当保洁工。杨永兴是北京大学的高才生，分配工作时，他原计划当一名教师，但因成绩好，阴差阳错地被选进市委办公厅当秘书。杨永兴书呆子气十足，只会埋头苦干，处处被他的顶头上司姚副秘书长利用和压制。

在杨柳5岁生日晚宴上，刘军香的养父刘有旺因饮酒过量导致脑出血，被送往医院抢救。经过紧急开颅手术后，尽管有妻子郭春花的精心照料，但还是过了很多天才苏醒，从此行动离不开双拐，而且说话也口齿不清。刘有旺是一名离休干部，原为某部队炮兵团团长，参加过抗美援朝，在战场上立过功。他在老家本来已经结婚，但隐瞒婚姻，又跟团里比他小18岁的护士郭春花结婚。法院让他选择，他选择了郭春花，因而受了处分，转业后任玻璃厂书记兼厂长。郭春花退休前是玻璃厂医院的护士，丈夫的疾病让她承担了很大的压力，她不久就被诊断患了胃癌，虽然做了手术但最终还是病逝了。

郭春花临终前告诉刘军香，她并非他们的亲生女儿，她的亲生父亲是部队里的一个连长，因前两个孩子都是女儿，就把第三个女儿送给了刘有旺夫妇，取名刘军香。后来，在刘有旺的一再催促下，刘军香到天津找到了自己的生母王枣叶，而她的生父早已因交通事故离世。非常巧合的是，王枣叶竟然与杨永兴的父亲杨根田是青梅竹马的恋人。当年王枣叶在自己父亲的安排下，被迫嫁给了部队里的一个连长，从此与杨根田分开。杨根田高考成绩很好，但是由于家庭成分问题没有被大学录取。他父母在政治运动中含冤去世，初恋爱人王枣叶又离他而去，这些都给了他沉重的打击。在亲戚的安排下，杨根田娶了同村的邢有鱼。直到“文革”结束后，杨根田才转为公办教师，现在是市教育局退休干部。邢有鱼老年后患有老年痴呆症，虽然杨根田精心照顾她，但一不留神她就会独自出门而找不到家，最终不幸在马路上被汽车撞死。单身的杨根田意外地与王枣叶重逢，两人在晚年终成眷属。在给父亲庆祝 80 岁生日时，刘军香意识到幸福不是名利和财富，而是一家人能够幸福地生活在一起。

## 简单化、类型化的表现手法

该小说属于现实主义题材的通俗小说，采用的也是典型的现实主义叙事方式。主要探讨的是中国的老龄化问题，但也涉及其他 20 世纪末、21 世纪初在中国存在的社会问题，如医院、官场中的不正之风。从字里行间可以看出，作者通过对各种现象的客观化描述，一方面弘扬了普通中国老百姓吃苦耐劳的优秀品质，另一方面也批判了一些假公济私、损人利己的势利小人。作为资深记者，作者能够敏锐发现这些社会问题，小说中很多材料都取自现实生活或者社会新闻，人物和情节都能在现实中找到原型。这样的选材和写作方式直接表现了人民的切身利益，容易让人感同身受，能够引起读者的兴趣。此外，小说采用章回小说的目录形式，每章的内容清晰明确；在大故事中不断嵌入小故事，环环相扣，这种写法也能吸引人不断阅读下去。

故事以一个家庭为核心（即刘军香和杨永兴夫妇），同时牵涉他们父母那一代人的感情纠葛以及他们自己在工作和生活中产生的各种人际关系，时间跨度大，涉及各种主次人物和线索较庞杂。在作者的精心构思和安排下，小说情节集中而巧妙，人物形象多样而鲜明，框架和主线清晰突出。但是，除了两个主人公刘军香和杨永兴以外，其他人物的塑造都有类型化、简单化、理想化的倾向，比如对人物的心理描写较少，生活细节刻画较少，人性的复杂性和内心冲突表现得不够，人物的性格特征、个人品质和思维方式让人一目了然，缺乏深度。小说即使是对刘军香和杨永兴心理成长的刻画也并不突出。这一方面可能是因为作者要在一部小说中塑造相对较多的人物而导致无法兼顾，另一方面可能是受新闻报道方式的影响，情节的发展靠事件推动，以事件为主，对人物的心理和情感描写为辅。

从创作角度来看，这样的简单化和类型化的表现手法似乎影响了小说的艺术性和精彩程度，但是也有其可取之处。第一，作者很明显是要突出在大的时代背景下，个体力量的有限性和个体思维的局限性。每个人的命运都会受到环境的制约，都不得不顺应外力而生长，在现实生活中，真正能够充分发挥主体性而突破环境束缚、改变命运的人是不多的。绝大多数人，无论取得多大成就，都必须顺应历史，适应环境，艰难求生。作者所表现的主要人物都是普通人，他们每天关注的只是一日三餐、柴米油盐、生老病死，与生活和命运妥协是他们不得不接受的最佳选择。因此，他们不会有复杂的人性和强烈的心理冲突，也没有与命运抗衡的雄心壮志，否则就与现实不符了。第二，当前在互联网和电子通信的影响下，人们的阅读方式和习惯也发生了很大变化，传统纸质文学的创作方式受到强烈冲击。中国目前兴起的网络小说正是以叙事和人物塑造的类型化、理想化，以快节奏的情节推动故事发展为主要特色，这符合当代人的审美特点和阅读习惯。该小说也可视为一部以 20 世纪末、21 世纪初的北方小城生活为主题的网络小说，它一经报纸和杂志选载就受到读者的欢迎。它和一般网络小说还是存在区别的，主要在于它坚持现实主义的人物刻画和叙事方式，一切基于现实，没有与现实不符的夸张和编造。

## “亲情真是比金钱更重要”

他在农村时，一心要好好学习、努力、奋斗、出人头地，羡慕城里人的生活，想离开农村。但离开农村四十多年后，忽然又留恋起农村来，做梦也经常回到他们那个小山村。那一条条山沟，那一道道山梁，那一层层梯田，那清清的山泉，那绿油油的树木和庄稼，那五颜六色欢快的小鸟，那叽叽喳喳嬉闹的喜鹊，那满山遍野蝈蝈的叫声……一切的一切是那么安谧悠闲。

这段话反映出杨根田年老后的心态。他从小在农村长大，青少年时遭遇多重不幸，是一个苦命人。在错误的时代中，一个孤儿只能勉强生存，直到成家后境遇才慢慢好转。年轻时的杨根田希望能够通过自己的努力离开贫穷落后的农村，到城里过上好日子，“文革”后，他终于如愿以偿。经过了几十年的城市生活，他的思想发生了转变，重新发现了农村的美好，希望能够回乡生活。这样的转变，从外部环境来看，是因为经过了几十年的发展，现在的农村和当年的农村已有很大不同，农民生活水平提高，生活环境改善，这些对于杨根田都有较强的吸引力。就个人心理而言，老年人难免产生落叶归根的念头，远离乡土的城市生活容易让人失去纯洁的本性，田园牧歌式的乡村才是杨根田内心深处根本的追求。他当年离开农村是为了个人发展需要，并不意味着就喜欢城市生活。现在年纪大了，心理需求也不一样了，才意识到自己最想要的生活是什么样的。

“入院手续都办好了。”永兴说。

“唉，那就走吧！”老妈无可奈何地从床上坐了起来。下地后，到客厅挂着的镜子前照了照，用梳子梳了梳头发。反过身来对拄着拐杖站在地上的老爸说：“你要按时吃上药，喝上水。”

老爸点点头。

老妈又对孙嫂说：“你照顾好老刘，他经常忘了吃药、喝水。唉，我就是对他不放心，撂不下他。”

孙嫂连忙答应：“你放心；你放心。”

老妈说完，呆呆地站在那里，还是不想走。她和永兴扶着老妈出门，孙嫂和老爸送到门口。她看到老妈哭了，泪水从脸上掉了下来。她也跟着老妈哭了。

这段话细致描写了刘军香和杨永兴准备带郭春花去医院治疗，临出门前的场景。一年多前，郭春花已经因为胃癌做过一次手术，现在癌症已经扩散，她不得不再次去医院。每个人心中都清楚，此行凶多吉少。尽管已经病入膏肓，但她出门前还是照照镜子，梳理好头发，这是她现在为数不多的能够为自己做的事情，也是她对维持自己形象的最后的努力。她放心不下比她大 18 岁的行动不便的老伴，但已无能为力，只能将老伴托付给其他人照料了。

人们会因为各种原因走出家门，甚至一天要出门好几次。对于很多人来说，总有一次出门后就再也不会回来，可能是搬到别处生活，可能是离开了这个世界。对于郭春花来说，这一次出门将会是最后一次，是与老伴和这个家的生离死别，在跨出家门的一瞬间，她的一生即将谢幕。

但今天她看到老人们这样愉快，突然想通了。一个人当了大官是实现人生价值；挣了大钱是实现人生价值；她辞掉工作，在家里照顾老人，家庭养老也是一种事业，也是实现人生价值。羊羔跪乳，乌鸦反哺，让老人们生活得愉愉快快，欢度晚年，也是值得的。她不爱小别墅，不爱名车，不爱穿金戴银，只求有吃有穿，一家人平安幸福。但愿三位老人都能长命百岁！她甘心情愿地伺候他们。此时此刻，她才体会到亲情真是比金钱更重要！

对于普通人来说，什么是最重要的？人生价值是什么？如何实现人生价值？什么样的人生才是真正幸福的人生？在小说的结尾处，刘军香对这些问题有了新的体会。她本是一个优秀的人才，会计专业技术非常优异，但是因为单位不景气，只能下岗做清洁工。后来她尝试找过几个工作，收入远高于做清洁工的工资，但因为要照顾家里生病的老人而不得不放弃。从事业、金钱、名利角度来看，她的人生是失败的。但是，她用自己的付出，让家庭能够正常运转，亲情能够得到维系，同时家里的老人能够得到精心的照料，尽量保持身体健康，心情愉快，这也是一种成功，而且更有价值。

很多人在名利面前迷失了自我，拼命追求功名利禄，甚至为此而不择手段，既伤害他人也伤害自己。最终可能发现，其实那些都不重要，也没有必要。很多时候人们忙于一件事情只是因为其他人也在这么做，而并没有意识到自己是不是有必要这么做。其实人与人有很大的区别，适合别人的未必适合自己，别人喜欢的自己未必喜欢。人生的意义不在于自私地追求个体的成功，每个个体最终都会湮灭，因此个体再大的成功最终都会归零。人生的意义在于帮助他人，就家庭而言，在于赡养老人、抚养子女，就社会而言，在于帮助有困难的人。这样人类社会才会兴旺发达、持续繁衍，人才能实现其价值，人生才会有意义。如小说作者所言："一个普通的人，一辈子早起晚睡，忙忙碌碌，流血流汗，但只忙着两件事：一件是把自己生养的人，培养成人；一件是把生养自己的人，养老送终。完成好这两件事就是成功的人生。"

英国　蕾秋·乔伊斯

黄妙瑜　译　北京联合出版公司　2017 年

原著出版于 2012 年

# 一个人的朝圣

蕾秋·乔伊斯（Rachel Joyce），1962年出生于伦敦，目前和家人居住在英格兰格洛斯特郡（Gloucestershire）。她是英国畅销书作家、BBC资深剧作家，2007年获泰尼斯伍德（Tinniswood）最佳广播剧奖。她还在皇家莎士比亚剧团、皇家国家剧院担任主要角色。经过20年的舞台剧和电视职业生涯之后，乔伊斯转向写作，主要著作包括《一个人的朝圣》（*The Unlikely Pilgrimage of Harold Fry*）（2012），《时间停止的那一天》（2013），《一个人的朝圣Ⅱ：奎妮的情歌》（2014），《奇迹唱片行》（2017）等。

2012年，乔伊斯为纪念父亲出版了自己的处女作《一个人的朝圣》。此书出版后立刻获得大众好评，入围2012年布克文学奖并获得当年英联邦图书奖提名，名列2012年英国最畅销新人小说、2013年欧洲最畅销小说、2013年春季英国最具影响力“理查与茱蒂”读书俱乐部书单第一名。她凭此书获得当年英国图书奖“年度作家”，并在2014年获得“英国年度作家”提名。《一个人的朝圣》在全世界已被译成至少34种语言。

据乔伊斯自述，她的家乡在伦敦，但不住在大家都觉得很迷人的伦敦中部，而是在一个比较边缘的地方，所以看起来很平常。“家乡”对她来说就是一个让人很有归属感的地方，但是在伦敦这么大的城市里长大，会觉得自己并不真正属于任何地方，因此她一直觉得自己是一个局外人，这对她的写作风格也有一定的影响。乔伊斯认为自己是一个安静的人，是一个聆听者、思考者。

作为一个剧作家，乔伊斯写了20年的广播剧本，也曾活跃于舞台剧界，拿过无数剧本奖。就创作剧本和写小说的区别而言，她觉得这两者的差别不大，因为“写故事”都会被当成一种手段，用来探索新的想法。但如果真的要说差异，她觉得两者之间只是使用的工具不同。她在写剧本时使用对话来讲述故事，但写小说时感觉更自由了，因为作者不仅可以用对话，还能用风景、动作来表达思想情感，而有趣的是，人们有时说的和做的完全不一样。

在小说创作的过程中，乔伊斯在一开始会花很多时间，甚至是几个月，来写这本书的开头。即使这个开头很短，她也会一遍又一遍地思考，做很多删减。对她来说写完故事的开头就写下结尾是很重要的。简单来讲，她觉得开头和结尾之间的距离必须很远，又必须有关联。所以如果开头是一个疑问，那么结尾就是一个回答，反之亦然。所以她会很早就计划好开头和结局，但中间的故事可以有很多曲折迂回，而这些她都没有计划过，会在写作过程中慢慢摸索。

## 哈罗德不可思议的徒步远征

《一个人的朝圣》讲述了一个退休老人为探望病危友人而独自踏上漫长旅程的故事。小说的主人公哈罗德住在金斯布里奇，他于4月中旬的一个星期二早晨突然收到一封信，信是他20年前的老友奎妮·轩尼斯寄来的。奎妮在信中说她得了癌症，住在贝里克郡的一个疗养院，已不久于人世。这位老友奎妮原本是他在酿酒厂工作时的一个同事，后来因为替哈罗德顶罪被解雇之后再也没有了联系。多年未联系，突然收到的来信竟然是告别信。这封信一下子打破了哈罗德退休后索然无味的平淡生活，他立刻给奎妮回信并决定寄出。但是，当他走到离家最近的邮筒时，觉得自己的回信写得过于简

《一个人的朝圣》英文版封面

单，因此羞愧得不想将信投进去，只得继续向前走。路过几个邮筒后，他来到一个加油站。在一个在加油站工作的女孩的鼓励下，哈罗德终于决定亲自去看望这个多年未见面的老友。两地相距很远，他要一步一步地走着去，不是开车，也不借助其他交通工具，仿佛只有这样才最能显示出他的关心和诚意，仿佛这样做奎妮就会好起来，等着他的到来。因为这样一个信念，哈罗德从金斯布里奇步行到了贝里克，历时 87 天，行程 627 英里。

这一路充满艰辛。老人出门时并未做好远行的准备，身上没有带手机，也没有任何装备，脚上的“帆船鞋”走不了远路。他唯一能做的就是每天在路上不断地把一只脚挪到另一只脚前面，一点一点地向着目的地前进。在他感到饥饿、疼痛、极度疲乏时，在他犹豫自己的做法是不是正确时，在他迷失方向心力交瘁时，他不断受到陌生人的鼓励和帮助，甚至还有人追随他，从他那里得到了激励。他在途中接触了很多人，也感受到了每个人不同的人生境遇，明白了人生就是一个即使遭遇困难也要不断向前的过程。

一路上他回忆起自己过往的生活。小时候，父母不合，母亲离家出走后他就再未见过，酗酒的父亲在他 16 岁时将他赶出家门。他结婚后与唯一的孩子戴维始终存在隔阂无法沟通，最终戴维患抑郁症自杀。儿子的离世、与妻子莫琳感情日渐冷淡直至后来的分居，这些回忆都深深地折磨着哈罗德，都是他不愿面对的过往。在哈罗德离开的这段日子，妻子莫琳也想起了以前的生活，反思为什么会和丈夫走到如此地步。莫琳一直将戴维的离世怪罪到哈罗德头上，说他不是一个好父亲，从来没有给过戴维关爱。后来莫琳在一部相册中看到哈罗德和戴维的合影，感觉到他们父子是尝试过好好沟通的。在哈罗德行走的这段时间，哈罗德和莫琳都直面了这 20 年来不愿面对的内心世界，他们想起了刚认识时的场景，想起了 20 多年来一起经历过的一切，最终得以化解隔阂。最后莫琳决定开车去接丈夫回家，而哈罗德也目睹了老朋友的安详离世，他顺利完成了使命。

## 物理空间和心理空间交织的人物形象

作者展现了高超的叙事技巧，物理和心理的两条叙事线索同时展开，它们仿佛用来精心编织的经纬线，共同织成了描绘主人公一生的彩色画布。物理线是哈罗德的徒步旅程，在这条线索中，时间和空间都是单向延伸的。时间一天天流逝，而哈罗德一步一步地向前，每天都在面临不一样的景色和环境。老人在旅途中也在不断变化和成长，一开始他害怕路途的危险，还每天住旅馆，但终于有一天他决定露宿，而且以后几乎每晚都住在外面，这样的经历让他非常喜悦，因为他发现了一个新的世界。乔伊斯在小说中展现了她对自然风景细致的观察，呈现了对精彩的天地间光线和色彩变化的描写。这些景色大多是哈罗德在旅途中所见到的，可谓老人艰辛旅程的意外收获，既促进他对自己处境的感悟，也鼓励他克服困难不断前行。在老人旅行的过程中，作者巧妙地插入了形形色色的人物，甚至还有一条小狗，他们在老人所处的不同时空中与他产生交集。每一个人似乎都有自己的困境，也都在力图解决自己的问题。他们与老人经过或长或短的相聚后又各自分开，老人最终一个人抵达了疗养院，整个物理的叙事线索得以完成。

相比之下，心理线索更加复杂，也是这部小说的重点内容。作者通过一封来信切入故事，这封信引发了后来的一系列事件，也触动了哈罗德内心尘封多年的记忆。哈罗德首先要做的是如何回应老友奎妮的病情，经历了一系列心理斗争，他一开始写了一封不痛不痒的回信，然后才下定决心采取疯狂的举动。一路上老人的心态起伏不定，身体上的伤痛不断折磨着他，为了拯救奎妮而产生的压力也越来越大，最终在即将到达目的地时老人崩溃了，他在一天深夜打电话给妻子说：“我坚持不下去了。我走不到了。”作者没有塑造一个具有强大意志力、能够不断战胜困难的英雄，而是刻画了一个试图有所成就却不断在失败边缘徘徊的老人。

在乔伊斯笔下，老人的心理负担远不止对老友奎妮的愧疚之情，还有与儿子、妻子、父母的关系给他留下的心理创伤。离开日常生活中的各种杂务，被压抑的往事才有机会从潜意识中浮现，被一点一滴地“唤醒”。作者巧妙地让老人在徒步过程中适时地不断产生片段、零碎甚至有点杂乱的回忆。但是这种“杂乱”其实也是有规律可循的，在小说前半部分，基本上是老人所经历的各种创伤性的事件或场景的浮现，而在小说后半部分更多的则是对往事的反思。经过一路对往事的回忆和反思，老人的思想情感得到了升华，也逐渐开始解脱，正如他对妻子所说：“人一定要放手。刚开始我也不懂这一点，但现在我知道了。要放开你以为自己离不开的东西。”

经过物理空间的持续延伸和心理空间对记忆碎片的不断整合，老人逐渐找到了失去的自我，意识到更加重要的是“保持真我，诚实地做一个哈罗德而不是扮演成其他任何人”。乔伊斯将每一个零碎的回忆都作为伏笔进行暗示，如小说中哈罗德和莫琳不断回忆起或提到戴维，但直到最后读者才得知原来他们每天想到或谈到的戴维早已自杀，这给读者造成了心理冲击。这样的叙事也让读者能够在阅读过程中参与老人记忆碎片的拼贴，渐渐了解老人所作所为的原因。这不是一部普通的“在路上”的旅行小说，其中的所有人都在不断寻找失去的生命意义。一个人的朝圣改变了无数人的生存状态，这些人不仅是其他小说人物，也包括小说的读者。

## “奎妮可曾透过窗口看到这一切”

这段路他和奎妮开车不知道走过多少回了，路旁的风景却还是一点都没记住。一定是脑子里塞满了那天的日程，总想着一定要准时到目的地，总以为前头最多不过又是一片绿地，靠着一座貌不惊人的山做背景。但真真正正地走过一遍后，他发现原来完全不是那么一回事。田埂间的土地高低起伏，被划分成一个个方块，周边围着高高低低的树篱。他忍不住驻足遥望，自觉惭愧：深深浅浅的绿，原来可以有这么多种变化，有些深得像黑色的天鹅绒，有些又浅得几乎成了黄色。远处，阳光捕捉到了一辆驶过的汽车或是一扇窗户，因为有个亮点远远地穿过层叠的丘陵映入眼帘，如一道忽明忽灭的星光。从前怎么没注意到这些呢？几近苍白的不知名小花，带着一抹浅紫淡黄，簇拥在树篱脚下。不知道那些年，副驾驶座上的奎妮可曾透过窗口看到这一切。

这段描述发生在哈罗德踏上旅程的第二天。前一天他经历了内心的反复斗争后，终于下定决心徒步前去看望遥远的病入膏肓的老朋友。第二天天气不错，当时路上真正的困难还未到来，他还有心情欣赏沿途的风景，这也使他有了新的发现。以往哈罗德为了卖酒的工作总是驱车匆匆赶往各地，又匆匆回家，无暇顾及路边景色。有很多次，奎妮会搭他的车去各处的小酒馆查卖酒的账目，也常陪他在这条路上经过。以前在哈罗德眼中，公路两侧只是千篇一律的绿地和起伏的山丘，毫无特别之处。这次因为要徒步看望奎妮，他终于有机会仔细欣赏这些风景，发现了以前从未仔细关注的世界的美好。

在哈罗德很少留意的大自然中，生机盎然，植被茂盛，色彩斑斓，连常见的绿色都有多种变化。一座座小山并不是单调的存在，它们层层叠叠，山上山下生长着各种植物，土地也被农民根据需要划分成不同的区域，用以种植庄稼或蔬菜。大自然中一切都无比动人，光线、色彩、树篱，甚至路边不知名的小花都在展现着自己的美。也许很多人也像哈罗德一样，受到充满压力的异化了的人类社会的影响，将自己与自然隔离开来，为了谋生而赶路，却忽视了路上的风景。

哈罗德对世界和自我的重新发现，也让他突然意识到自己忽视了当年奎妮的心情，不知道当时奎妮有没有仔细欣赏路边的这一切，有没有感受到美景，有没有心怀喜悦。年年岁岁花相似，岁岁年年人不同，人们曾经做过的事情，随着时过境迁会渐渐淡忘，当相同或相似的景象再次出现，勾起似乎早已忘怀的往事时，可能已经很多年过去了，早已物是人非。

他想起戴维差点溺水那天自己摆弄着鞋带。想起和莫琳从殡仪馆开车回来，知道一切都结束了。还有，妈妈离家出走后，他看见还是一个小男孩的自己一动不动地伏在床上，想着是不是自己越不动，就越有机会死去。而在这里，在过了这么多年之后，却躺着一个与他相交不深但亲切体贴的女人，她努力地抓紧剩下的最后一丝生命。袖手旁观是不够的。

沉默中他走到奎妮的床旁。她把头转过来，找到了他的目光，看着他在身旁坐下。他伸手去握她的手，那样脆弱的一双手，几乎一点肉也没有。它微微地蜷曲起来，也碰到了他的手。他笑了。

“离我在文具柜里找到你那天好像已经过了好久了。”至少这是他心里想说的话，只是不知道有没有说出口。

这段描述发生在哈罗德经历了艰苦的长途跋涉后，终于见到躺在病床上奄奄一息的奎妮时。在一路走向奎妮的过程中，哈罗德也在不断回忆反思自己的过往，曾经受到的伤害和在内心深处造成的创伤一点一滴地被揭露出来。可能是出于恐惧和懦弱，他在孩子戴维差点自杀溺亡那天没有第一时间跳下海去救，反而选择先解开鞋带。在那紧要关头，一个救生员没有脱鞋就冲下海把戴维救了上来（后来患抑郁症的戴维还是自杀了）。哈罗德小的时候经历了妈妈离家出走，那天他无法挽留住妈妈，只能希望自己快点死去。失去妈妈和孩子是哈罗德心里永远的痛，过去的创伤已无法弥补，现在他要抓住机会自我救赎，不能让自己的人生再有遗憾。奎妮给了他机会，他的艰苦长途跋涉看似在试图挽救奎妮，其实是在挽救自我。

哈罗德和奎妮在分别20年后见了面，奎妮已变得非常瘦弱。20年时间可以改变人的外貌，却不能改变她的内心。哈罗德想起很久以前他们第一次见面的场景。那时奎妮刚刚入职不久，是酒厂的一名会计。奎妮沉静、谦逊，工作认真负责，却常受到老板的苛求和同事的嘲弄。有一天，奎妮躲在文具柜里哭泣时碰巧被哈罗德发现，在哈罗德的安慰下，奎妮度过了困难时期。此时，奎妮已无法开口说话，两人没有交谈，只能握着手，通过目光短暂交流。哈罗德无法得知奎妮是什么心情，但是他的努力成功了，他如愿见到了奎妮，他们以这样的方式久别重逢了。一生很漫长，要经历无数事；一生似乎又很短，转眼就到了终点。

# 一个人的朝圣 II

## {奎妮的情歌}

〔英〕蕾秋·乔伊斯 著

袁田 译

THE LOVE SONG of
MISS QUEENIE HENNESSY

北京联合出版公司

---

英国　蕾秋·乔伊斯
袁田　译　北京联合出版公司　2017 年
原著出版于 2014 年

# 一个人的朝圣Ⅱ：奎妮的情歌

蕾秋·乔伊斯（Rachel Joyce）的小说《一个人的朝圣》（2012）出版后受到大众的关注和好评。《一个人的朝圣》讲述了退休老人哈罗德为探望病危的友人奎妮而独自踏上漫长旅程的故事。小说从哈罗德的视角叙述了整个故事，而病重卧床的奎妮除了一开始给哈罗德写了一封信之外几乎没有再发出自己的声音。在故事中，奎妮一直等到哈罗德徒步 87 天来到她身边后才去世，那么在这么多天里，奎妮的内心是什么样的，她在离开的 20 年当中又有什么样的经历？这引发了人们的好奇心。作者乔伊斯也在思考这一点，虽然乔伊斯最初不打算再继续写哈罗德和奎妮的故事，但是奎妮的视角确实也很重要。于是，2014 年《一个人的朝圣Ⅱ：奎妮的情歌》（*The Love Song of Miss Queenie Hennessy*）问世，它从另一个角度补充叙述了哈罗德和奎妮之间的感情故事，将整个故事完整地呈现在了读者眼前。

为了更加真实地表现奎妮最后所处的环境，作者和几位麦克米伦癌症慈善机构的护士相处了一段时间，并拜访了两家收容绝症晚期病人的疗养院。在这些机构里，乔伊斯没有遇到她所担心的可怕的情景，反而为它们内在的生命力所震撼。那里光线通明、充满欢笑，护士们有无穷无尽的搞笑故事可讲，欢快冲淡了疾病的痛苦和死亡的阴暗，给人不一样的体验。于是，作者创作了她自己的圣伯纳丁疗养院，以及里面和奎妮在一起生活、治疗的几个病人。照顾这些病人的修女们的灵感则来源于一个修女团体，她们住在作者家附近，作者经常遇到她们。小说中奎妮生活了 20 年的海边小屋，则是在作者和丈夫、孩子参观了诺森伯兰郡绝佳的海岸线之后，经过反复思考创造出来的，而海上花园是她在研究过诺森伯兰的花园以及滨海小路之后，逐渐在脑海中成形的。总之，乔伊斯精心设计了奎妮的生活环境和人生历程，这是小说得以成形的基础。

根据乔伊斯的自述,《一个人的朝圣》是为了纪念她的父亲而作，在《一个人的朝圣Ⅱ：奎妮的情歌》中同样有她父亲的影子。比如，奎妮所患的那种毁容的癌症正是作者父亲曾经得过的病，奎妮在幻觉中看到玛丽·安贡努修女的灵感也来自作者父亲临终前的经历。

在作者父亲生命的最后几天，他看见他们的花园里有一个男人。那时候他已经非常虚弱，但还是让妻子扶着他走向那个男人。他妻子没看见任何人，但他们还是一起走到那个地点，走了好几次，而且他对花园里有这个男人非常开心。这个只有他一人能看到的男人让他感到平和，他渴望和这个人待在一起，大约一天后他就去世了。这种奇幻的感觉能够缓解病人的痛苦，被称为临终体验，无法被解释，却并不罕见。

## 病床上的忏悔录

在等待哈罗德徒步过来的日子里，躺在疗养院的奎妮也用生命的最后时光，日复一日写下一行又一行的忏悔文字。24 年前，39 岁的奎妮在科比怀孕了，而那个男人却不愿让她生下孩子，认为这会影响自己的声誉，于是伤心的奎妮离开科比，来到了金斯布里奇。她在这里的啤酒厂找到了一份会计工作，虽然她在牛津大学读的是古典文学专业。

那是奎妮上班的第一天，下起了雪，哈罗德正在偷偷地将几个空啤酒罐丢进啤酒厂外面的垃圾桶，然后趁着四下无人跳起舞来。这一幕正被楼上的奎妮远远地看

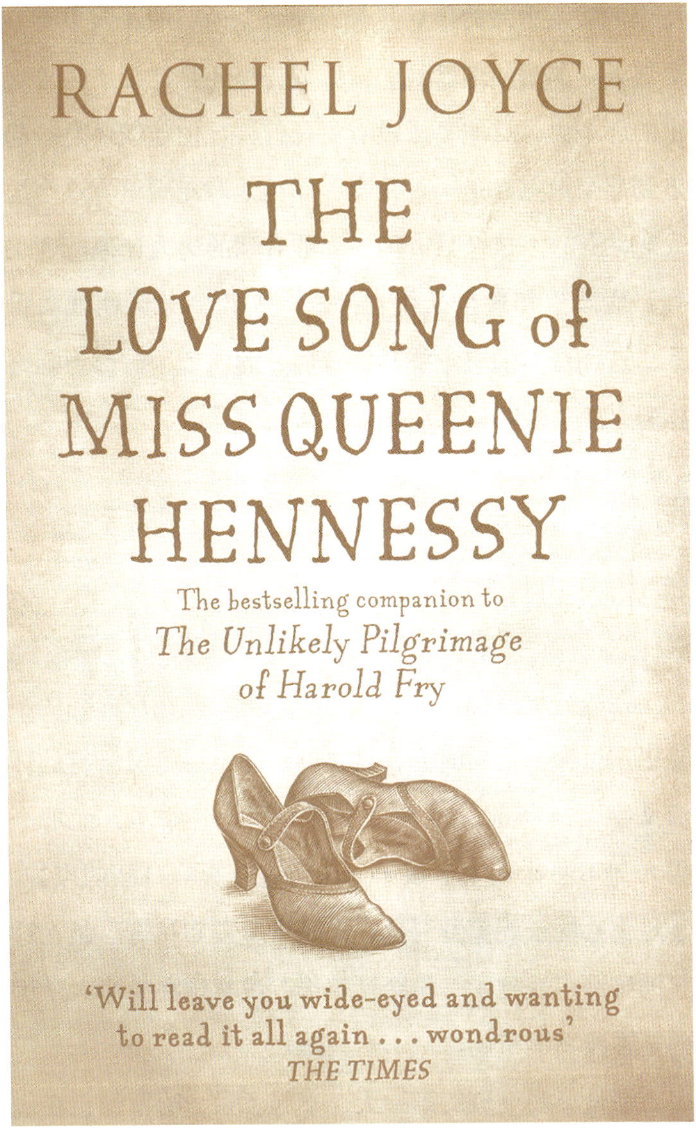


《一个人的朝圣Ⅱ：奎妮的情歌》英文版封面

见，奎妮被哈罗德的举动逗得开怀大笑，她很久没这么开心过了。奎妮渐渐爱上了哈罗德，而哈罗德自始至终对此一无所知。后来奎妮才知道，那些空酒罐是哈罗德的儿子戴维喝过的。过了几个月，奎妮本来打算辞职，但是为了改变老板纳比尔想要解雇哈罗德的念头，她同意让哈罗德当司机带自己帮老板到各处小酒馆查账。于是奎妮和哈罗德有了很多单独相处的机会，哈罗德以为自己在帮助奎妮，其实是奎妮一直在帮他。

有一次，奎妮偶然遇到了哈罗德的儿子戴维，并把他从街头与人发生的冲突中解救出来。戴维虽然令人羡慕地上了剑桥大学，但他的精神状态一直都不稳定，患有抑郁症，常常酗酒、抽大麻，并且不时地来找奎妮要钱买酒喝。奎妮希望能够帮他恢复心理健康，让他和父母好好相处，但无济于事。奎妮从未告诉哈罗德自己认识戴维，但是戴维发现了奎妮对自己父亲的暗恋，并以此嘲笑她。终于有一天晚上，喝醉的戴维又来要钱并且讽刺奎妮时，奎妮再也无法忍受，斥责他只会向他人索取，而不承担应有的责任，并且拒绝他在她家借宿一晚的请求。戴维默默离开了，当晚选择了上吊自杀。这件事成了奎妮埋藏在心底多年的秘密和伤痛。

戴维的死造成了哈罗德的崩溃，滴酒不沾的他喝得酩酊大醉，并且在夜里闯入了老板纳比尔的办公室，打碎了纳比尔视若珍宝的母亲送给他的20个玻璃小丑。这一幕碰巧被在厂里加班的奎妮看到了。奎妮决定承担罪责，第二天向老板承认是自己不小心打碎了玻璃小丑。老板在盛怒之下将她赶走，她不得不离开金斯布里奇，来到英格兰北方的海边，买下了被废弃的海边小屋。小屋屹立在悬崖峭壁上，下面便是汹涌的大海。她改造了海边小屋，在屋前建造了一个海上花园。海上花园很漂亮，还有旧浮木拼的木头人，它们代替哈罗德等人陪伴着奎妮。奎妮就这样独居了20年，直到身上长了肿瘤。

到了生命最后的阶段，奎妮被送进了疗养院，这里都是静等生命消逝的病人，因为哈罗德的出现，这群生而无望的人找回了活下去的希望。虽然人们相继离去，但奎妮坚持到了最后，等到了哈罗德。其实奎妮每天忙着在纸上涂画的这些信并没有真的写出来，它们几乎都是难以识别的混乱的符号，就连帮忙打印信件的玛丽·安贡努修女都是她想象的。不过奎妮还是完成了对自己的救赎，在内心和想象中走完了自己的朝圣之旅，她终于说出了压在心底20多年的秘密，安详地离开了。

## 临终者亦真亦幻的感知和回忆

小说包含了大量女主人公奎妮的内心独白。在即将离世的这段日子里，过去的经历断断续续地在她脑海中闪现。她想到了许多和哈罗德在一起的场景，与戴维的冲突，如何逃离金斯布里奇，以及在海边小屋 20 年生活的点点滴滴。回忆中奎妮不断表达对戴维之死的忏悔，但是直到故事的末尾，作者才将奎妮忏悔的真正原因揭示出来，或者可以说，奎妮在将压抑进无意识中的许多不堪回首的记忆逐一讲述出来后，终于做好准备来挑战她最不愿面对的一幕，即导致戴维死亡的直接原因。她认为戴维之死和她有关，是受了她的刺激而死。而即使这最后的告白，奎妮也未能一次性表达出来，而是尝试了两次才勉强完成。这样的叙事手法既将悬念保持到最后才揭示，又符合人物内心情感的逐渐深入发展，可谓自然而然、水到渠成。

奎妮作为一个临终病人对周围世界的体验也是小说叙事的一大特色，作者借奎妮之口描绘了她在疗养院里亦真亦幻的感知。真实的一面是几个病友的生活和义工、修女的工作，以及他们谈论的即将到来的哈罗德；虚幻的一面最主要的是她所“看到”的安贡努修女。在并不存在的安贡努修女的鼓励下，奎妮开始写她给哈罗德的第二封信，这封信一直写到她在这个世界的最后一刻。奎妮常常和安贡努修女交谈，一直认为修女在用打字机把信打出来，但是小说最后告诉我们，其实只有奎妮一个人能够感知到修女，她只存在于奎妮的意识之中。安贡努修女的形象可被解读为奎妮脑海中投射的另一个自我，这个自我行动自由，积极乐观，促使奎妮向哈罗德坦承一切，包括对哈罗德的爱和对戴维之死的忏悔，还告诉奎妮，戴维的死不是她的错，是戴维自己的选择。最终，在这个臆想中的自我的陪伴下，奎妮获得了内心的安宁，她写完了最后一个字，放下铅笔和笔记本，进入梦乡，离开了这个世界。

小说叙事的另一特点是从女性视角对男人进行凝视和观察。很多文学作品从男性视角出发来看待世界和他人，在这些作品里女性往往处于被看、被观察的位置，因此它们会表现一种隐含的男性优越感和占有欲。在该小说中则出现了不少奎妮观察哈罗德的场面，如奎妮第一天上班偶遇哈罗德雪中跳舞的情景，那是美好的第一印象，使得哈罗德在奎妮心中从此与众不同。随后在与哈罗德一起到各处酒馆查账途中，奎妮又有多次机会观察哈罗德，不仅是他的穿着、动作、外貌，也包括他的神情和身体。这样的描写在小说中多有出现，也是小说表现奎妮对哈罗德感情的重要方式，比如，“我记得我看着你的时间稍微久了一点，你瞥见我时脸红了……我只是在欣赏你眼睛里的蓝……”，以及“我也记得我第一次看到你露出手臂……我情不自禁地盯着你柔软的皮肤看……我就是忍不住看你看得入迷。我不能从你裸露的手臂上移开目光……”。与通常小说里描绘的男性对女性的凝视不同，奎妮的观察和凝视不含任何的优越感和占有欲，反而怀有强烈的仰慕之情。奎妮不是要占有所爱的对象，而是要守护和保护他，这种无私的爱也成为她后来为哈罗德顶罪的原因。从这一点来看，小说的叙事是合情合理的。

## “永远不再回来”

“请给我一张单程票，”我说，“永远不再回来。”

在被啤酒厂老板纳比尔开除后，奎妮唯一的选择就是离开金斯布里奇，走得越远越好。于是，当火车站的售票员问她是要买单程票还是往返票时，她说出了上面这句话。她是带着无比痛苦的心情离开的：纳比尔痛恨她，哈罗德的妻子莫琳厌恶她，她怀着造成戴维自杀的悔恨和对哈罗德无可诉说的爱，而哈罗德对这一切都一无所知。奎妮承担了本来与她无关的很多罪责与惩罚，更可悲的是，在戴维之死的整个事件中没有赢家。

然而，离开金斯布里奇并没有让奎妮得到解脱，人离开了，心却一直系缚在这里。一方面，她对哈罗德的想念丝毫没有减少，每天都在期盼哈罗德能够突然出现；另一方面，她对戴维自杀的悔恨也丝毫没有减少，唯有通过不停地忙碌来转移注意力。因此，这20年奎妮并不开心。她的独居生活是为了赎罪，但这样的救赎不可能成功，因为已经发生的事情不可能得到改变，而她又不愿重新理解这段经历来卸下心中的负担。到最后，当她将整件事都讲述出来后，才能够重新解释戴维的死，借着幻想中的安贡努修女告诉自己："那么些年来，你一直自责，但戴维的死不是你的错。你阻止不了他的。人们想做什么还是会做。"这时候，她终于解脱了。

我想起旅馆的门，它不能拉也不能推，却只能从右向左滑动。有时，哈罗德，前路出其不意。你试图把一件事向熟悉的方向硬拗，却发现它需要向不同的维度移动。前方的路不在前方，却在掉头一侧，在一处你以前没有留意的地方。

奎妮逃离金斯布里奇，一路漫无目的地向北走，从火车换到大巴，最终抵达了英格兰最东北部的海边，这里似乎不仅是她旅程的终点，而且将是她人生的终点。

她迈着沉重的步伐，拖着行李箱来到海滩，一步一步踏入海水。冰冷的海水刺痛了脚踝，但她没有停止前进。就在海水快要没到膝盖的时候，她看到了海水下面的世界："成串的绿色海藻在脚踝边缠绕。贝壳和石头在沙沟里组成图案。每一波海浪过去，图像就变形一点，散失不见，然后又回来。"这样的情景让奎妮产生了感悟，其实这个世界上有很多美景她还没有经历过。她联想到前一天晚上在旅馆里的经历，这家旅馆的门不是推拉式的，而是左右方向的移门。清洁工一开始告诉过她开门的方法，但她心不在焉，没有听，于是后来她始终无法打开门，直到清洁工再次来帮忙。这同样让奎妮领悟到：人生并非只有一个方向，换一个方向也许就会有新的出路，就会欣赏到更多美景。奎妮由此打消了轻生的念头，回到岸上。

"我希望你我在几年前相遇，"他说，"我们或许能享受一段时光。但这就是命。又或许，放在几年前，你和我不会注意到对方。我们得对现在知足。"

这是亨德森先生在与奎妮共进晚餐时对她说的话。在疗养院度过生命最后时光的大多数是老人，其中一位是苏格兰人亨德森先生。亨德森先生一开始认为从超过600英里以外的地方徒步过来是不可能的事情，哈罗德在愚弄大家。后来，随着哈罗德逐渐接近，包括亨德森先生在内的所有疗养院的病人都有了新的人生目标，大家都想尽量活下去，等待哈罗德的到来。虽然很多人并没有能够等到那一天，但是哈罗德让他们活着的每一天都充满了希望。原以为自己活不了多久的亨德森先生也在哈罗德精神的鼓舞下，活到了玫瑰盛开的 6 月，而且也与自己过去创伤的经历做了了断。他意识到，人生本来就是不完美的，要坦然接受命运的安排，珍惜眼前人。与奎妮共进的这顿饭是亨德森先生最后的晚餐。

瑞典　弗雷德里克 · 巴克曼
宁蒙　译　四川文艺出版社　2019 年
原著出版于 2012 年

# 一个叫欧维的男人

弗雷德里克·巴克曼（Fredrik Backman），1981年6月2日出生于瑞典赫尔辛堡，曾在大学修读宗教学，但没有毕业，后来曾当过卡车司机、专栏作家，2009年起成为博客作者，如今他和妻子及两个孩子居住在瑞典的斯德哥尔摩。2012年，巴克曼发表处女作《一个叫欧维的男人》（*En man som heter Ove*），一举成名。这部小说被翻译成超过25种语言，成为国际畅销书，曾连续霸占《纽约时报》畅销榜70周，2015年被改编成同名电影，获第89届奥斯卡最佳外语片奖提名。2013年，他出版《外婆的道歉信》（*Min mormor hälsar och säger förlåt*），仅10个月全球销量突破150万册。2014年出版的《清单人生》（*Britt-Marie var här*），2016年出版的《熊镇》（*Björnstad*），均登上了《纽约时报》畅销书榜。巴克曼的成名源自某天他把自己和爸爸在宜家吵架的过程写在博客上，妙趣横生的对话让他瞬间爆红，吸引众多网友到巴克曼的博客讨论和吐槽自己的家人。亲情尤其是父子间的感情也常常在巴克曼日后的作品中呈现。《长长的回家路》(2017)便是基于此主题而作。

巴克曼对老人和小孩格外关注，他的几部作品中，无论是《一个叫欧维的男人》，还是《外婆的道歉信》，或是《清单人生》，主人公都是老人和小孩。在现实生活中，老人和小孩的情感往往被我们忽视，巴克曼却把目光锁定在这两个群体上。巴克曼对老人和小孩的关注，不是出于同情，而是因为“被吸引”。巴克曼在一次采访中说：“最吸引我的就是55岁以上的中老年人和10岁以下的小孩，因为他们是最不会在意那些社会既定法则的人。到了一定年龄以后，人的价值观会渐渐变成这样一句话：‘你知道吗，别人他妈的怎么想，关我屁事。’然后小孩子也还没学会应该怎么去适应这个社会。我对这些人很感兴趣，他们不会跟随别人人云亦云，而是只挑自己的路走，但也不至于是别人眼中的奇葩。他们只是夹在人群中，步调和别人不太一样。”因为老人和小孩对社会的既定规则“不是很在乎”，所以我们往往能从他们身上看到人的一些别样美好的东西。

随着巴克曼对老人和小孩的逐步了解，他慢慢发现，这两个群体的情感往往不被重视。青年人有了委屈能和朋友诉诉苦，还能上网看剧看视频，但是老人和小孩的发泄方式与渠道往往有限，情绪一旦积压久了，就会对自我价值产生怀疑，他们会有一种“不被需要”的感觉。无论是《一个叫欧维的男人》中决定自杀的老爷爷欧维，还是《外婆的道歉信》中的7岁的另类小女孩爱莎，或是《清单人生》中的必须记清单的63岁的布里特－玛丽，他们都是因为感觉自己“不被需要”，才会出现一系列问题，而最终，因为他们认识到或者努力让自己“被需要”，才转变了对自己、对别人的看法，从此爱上这个不算太糟糕的世界。

小说《一个叫欧维的男人》反映了瑞典21世纪以来的社会变化，例如伊朗移民已占瑞典总人口的2%，2009年5月同性婚姻在瑞典合法化，像iPad这样的电子产品日益普及等。此外，小说也反思了社会养老问题。在瑞典，政府提供养老服务，但现实情况是政府雇佣的私营养老机构越来越多，到2013年已有24%的养老服务由私人公司提供，而很多私人公司被指控追逐利益而忽视服务质量。

## 欧维屡遭挫折的自杀计划

小说以一个 59 岁的老人欧维 3 个星期的经历为核心，穿插叙述了他一生的遭遇。欧维一生命运多舛，幼年时母亲病逝，少年时父亲意外身亡，随后父亲留给他的旧房子被烧毁，他在铁路公司工作时被人诬陷偷窃而转岗当清洁工，婚后不久和妻子索雅到西班牙旅行遭遇车祸，妻子重伤瘫痪，她腹中即将出生的胎儿夭折。夫妻二人一起生活了 40 年，但半年前索雅不幸患病去世了。欧维在一家建筑公司兢兢业业工作了 30 多年，现在突然被辞退，这是压垮他生存意志的最后一根稻草，他感觉人生所有存在的意义都已消失，决定结束自己的生命。

但是，欧维的自杀计划屡遭挫折，始终不能完成。他尝试过上吊、在车库吸入汽车尾气、撞火车、过量服用止疼药、用猎枪等方法，但每次都因意外而未果。欧维在天花板上安装挂钩准备上吊时，正赶上他的新邻居搬家。这一家人是话痨夫妇帕特里克和帕尔瓦娜（帕尔瓦娜正有身孕），以及年龄分别为 7 岁和 3 岁的两个女儿，他们总是不经意地给欧维找各种麻烦。帕特里克驾驶挂着拖斗的车不熟练，蹭到欧维的房子，还碾进了花坛，欧维只好出来处理此事，还帮他们把车停好。第二天欧维继续安装挂钩，帕特里克夫妇又来借梯子。终于欧维可以上吊了，绳子却断了。欧维决定吸汽车尾气自杀，但碰巧那时帕特里克从梯子上摔下来骨折了，帕尔瓦娜来敲门请欧维帮忙送她们母女去医院陪护，欧维只好停止这次自杀行动。

欧维来到火车站，准备在火车开来时跳下站台被车撞死，但是在他之前有一个中年男人因脑病发作掉下了站台，倒在铁轨上，火车即将进站，欧维只得下去把他救上来。在火车疾驰而来的最后一刻，欧维因为不想让年轻的火车司机目睹自己被撞的惨状也爬上了站台，因此这次自杀计划又失败了。欧维随后的新计划是大量服用索雅留下的止疼药，但还没来得及吃药就被开车随意进入小区禁行区域的政府社保人员激怒了，不得不出去与之理论，服药的事情也只得作罢。当他决定用家里一支老猎枪自杀时，因为要出去驱赶邻居的狗并救他养的流浪猫而耽搁。最后他再次准备开枪自杀时，之前认识的两个年轻人阿德里安和米尔莎德突然来敲门，原来米尔莎德是一个同性恋者，被父亲赶出了家门，希望能在欧维家借宿一段时间。欧维只好同意，猎枪也只得收了起来。

在 3 个星期的时间里，欧维的计划屡次失败，就像他这一生的命运一样。但是这些失败不仅挽救了欧维，也让欧维有了帮助他人的机会。在小区里欧维显得脾气古怪，好管闲事，但他认为自己是恪守原则。他不允许任何人破坏小区的秩序，用实际行动维护了小区的安全和安宁。他痛恨政府里那些“穿白衬衫的男人”，这些人象征着僵化无情的官僚体系，他们不仅丝毫不能解决他的困难，还使他的生活变得越来越糟糕。在与“白衬衫”的斗争中欧维屡战屡败，最后一次终于在众人的帮助下，击退了想把老鲁尼从他夫人身边夺走送进养老院的“白衬衫”，拯救了自己这个数十年来唯一的好友兼对手。在欧维和邻居们互相帮助的过程中，人们渐渐了解了他，他的愤懑也渐渐消散，坚硬的内心慢慢融化，他和邻居们开始像家人一样融洽相处，享受天伦之乐。4 年后他安详地离开了这个世界。

## 似有社交障碍的老人形象

小说最成功之处是对欧维这样一个似乎具有社交障碍的老年人物形象的塑造。欧维天性善良正直、有责任感、坚持原则、不圆滑世故，但一生不幸遭遇的累积使他变得愤世嫉俗、怀疑一切，于是读者首先看到的是一个古怪、固执、老套、刻薄、斤斤计较、不合时宜的老头。但是巴克曼在叙述老人3个星期的生活时一再用不同方式、从不同角度穿插他一生的经历，使读者清晰地了解了造成欧维负面性格的原因，也能看出这是一个具有多面性的老人：脾气暴躁却内心温暖，古板固执却正直勇敢，不擅交际却见义勇为、帮人解难，钢铁直男却对妻子温柔专一、体贴入微。这种对比鲜明的性格特征在作者笔下恰到好处地体现在一个人身上。巴克曼在小说中暗示了这两种性格源自父亲和妻子给他带来的影响。他们是对他影响最大的两个人，但在小说的一开始他们就去世了，这给欧维的故事带来天然的悲剧性。父亲教给他处世原则，而妻子则让他学会放下内心的执着，平息难以遏制的怒火。欧维用自己的方式挑战命运，但常常碰得头破血流。他们两人是欧维的精神支柱，即使已经离开了他，仍然在指导他的生活，帮助他艰难地应付这个复杂的世界。

小说的特色之一，是巴克曼善于用幽默夸张的笔触描写固执的欧维对世界的不满以及与邻居交往时的冲突。例如，当欧维发现帕特里克开车蹭到他的屋子时，立刻冲了出来，而作者对这一场景的描写视角则是他家的大门："几秒钟后，他的大门'嗖'的一声开了，就像怕欧维破门而出自动打开似的。"这样的描写形象地突出了欧维动作的粗鲁迅速，表现了他的愤怒。当欧维对帕特里克训话时，作者这样描述：“欧维把脸紧贴过去，话传到盲流的耳管之前都来不及接触空气。”这同样夸张地表现了愤怒的欧维语言中的速度和力量。

推动小说情节发展的核心线索或矛盾是欧维的几次自杀行为，围绕自杀展开的叙事循环往复，吸引读者不断往下阅读。当欧维第一次自杀失败后，读者就意识到他以后的自杀行为可能都会受阻，因此会非常想知道究竟是什么意外会阻止欧维的自杀。在作者的精心安排下，每次欧维自杀时都有新的外力介入，使他不得不中止计划，卷入这种力量带来的事件并且与事件中的人或物产生联系。这些人或物常常在欧维眼前出现，看似随机或者无意，却隐藏着改变命运的力量，他们随时会参与进来，成为改变欧维命运的重要一环。

## “这是他一生中最出色的决定”

她穿双红色的鞋，戴硕大的黄色发卡，胸前别着的一枚金色胸针调皮地反射着从车窗投进来的阳光。早晨六点半，欧维刚下班，本应该坐上另一班火车回家。但他看见了站台上的她，棕色的头发，蓝色的眼睛，还有悠扬的笑声。于是他又回到火车上，自己都不知道为什么。他从来就不是那种随心所欲的男人，对女人也没什么特别的兴趣。但看到她以后，他感觉自己就像一把走了火的手枪。

他说服一个乘务员借给他一身便服，这样就看不出他是个清洁工了，然后欧维走上前坐在了索雅身边。这是他一生中最出色的决定。

这一段回忆了欧维和索雅第一次见面时的场景。当时欧维是铁路上的清洁工，而索雅是师范专业的大学生。一天早晨欧维下班时，恰好遇到了乘火车上学的索雅，立刻就被她所吸引，从此开始了一段终生不渝的感情。那一天，欧维眼中的索雅仿佛落入凡尘的天使，索雅是丰富多彩的：红色的鞋、黄色的发卡、棕色的头发、蓝色的眼睛。相比之下，欧维仿佛一个单调乏味的黑白存在，是索雅将色彩带进了欧维的生活。为了接近索雅，欧维甚至撒谎，这是他以前从来不会做的事情。

他们两人的性格和生活方式截然不同。欧维没读过什么书，关注现实，喜欢摆弄机器和工具，衣着简单朴素，沉稳内向，不擅言谈；索雅喜欢读书，崇尚浪漫，穿着打扮有情调，乐观外向，爱开玩笑。但是他们两人都欣赏对方，因为爱而接受了对方。

这一次偶遇和欧维的勇敢改变了两人一生的命运。索雅的出现是欧维人生的转折点，从此他找到了幸福，有了依靠，也有了人生方向。欧维同样也是索雅的依靠，尤其在索雅因为车祸失去腹中胎儿和自由行动能力后，欧维几十年一直照顾着坐轮椅的索雅，一直到她去世。

“爱上一个人就像搬进一座房子，”索雅曾说，“一开始你会爱上新的一切，陶醉于拥有它的每一个清晨，就好像害怕会有人突然冲进房门指出这是个错误，你根本不该住得那么好。但经年累月，房子的外墙开始陈旧，木板七翘八裂，你会因为它本该完美的不完美而渐渐不再那么爱它。然后你渐渐谙熟所有的破绽和瑕疵。天冷的时候，如何避免钥匙卡在锁孔里；哪块地板踩上去的时候容易弯曲；怎么打开一扇橱门又恰好可以不让它嘎吱作响。这些都是会赋予你归属感的小秘密。”

这是索雅用比喻的方式表达自己对爱情的看法。她把爱上一个人比喻成搬进一座房子。爱情的心路历程分为三个阶段。开始时就像住进新房子一样充满新鲜感，一切都是新的，一切都是无比美好的，甚至好得让人害怕会失去这样的美好。但是，渐渐的，就如新房子会慢慢变旧一样，爱情也会失去新鲜感，逐渐趋于平淡。曾经似乎完美无瑕的感情渐渐有了缺陷，爱情似乎在消失。然而，爱情并没有真正消失，只是融入了日常生活。随着岁月的流逝，房子里的家具和陈设会产生越来越多的瑕疵和小毛病，但是那些都是居住者所熟悉的，已成为居住者生活的一部分。爱情也是如此，虽然已不如当初想象的那样美好，但也已成为生活不可或缺的一部分。索雅似乎在表示：真正的爱情不是一时的激情，而是持久的温暖；不是一味地追求完美，而是适当地接受不足。

瑞典　弗雷德里克·巴克曼
孟汇一　译　天津人民出版社　2017 年
原著出版于 2013 年

# 外婆的道歉信

弗雷德里克·巴克曼凭借《一个叫欧维的男人》一举成名之后，很快发表了他的第二部长篇小说《外婆的道歉信》。《外婆的道歉信》是一部在2016年掀起全球阅读狂潮的温情小说，版权售出至40个国家。该小说曾引发万人晒照推荐，自上市后连续霸占《纽约时报》畅销榜50周，仅10个月全球销量突破150万册。2016年全年，《外婆的道歉信》稳居美国亚马逊总榜前100名，巴克曼位列美国亚马逊作家排行榜第一。全球最大在线读书社区Goodreads超过5万人参与评分，好评率高达91%。巴克曼因此成为2016年瑞典年度作家。不仅读者喜欢，业内也对该书给出了高度评价。《商业内幕》将该书评为“2015最佳图书”，并称在你准备读《外婆的道歉信》前，请准备好纸巾，并且准备好笑到肚子痛。“如果今年错过这本书，你一定无法原谅自己。”《出版人周刊》则表示，巴克曼这次抛给我们的是一个神奇又温暖人心的故事。《图书馆杂志》称该书充满希望、谅解和宽容。

巴克曼的成功让“巴克曼现象”席卷全瑞典，他已然成为瑞典史上最成功的作家，也是瑞典拥有最多读者的作家。巴克曼对日常生活极具洞察力，使得他的小说无论是人物塑造还是情节描写都非常贴近生活。他笔下的人物来自瑞典不同阶层，具有不同的年龄，从小女孩到流浪汉，这些角色都非常接地气，充满生活气息。同时，得益于博客和专栏的写作经验，他的故事风趣幽默又感人至深，让读者笑中带泪，领悟人生。巴克曼接受瑞典媒体采访时曾表示，“我得感受这些角色，我的每一个句子都是在感受角色……小说是用情感做素材的，有时我会离开朋友，离开我的社交圈，也有时候是他们离开我。因为我这个人天生难以和别人保持一段长久的关系，所以我笔下的人物会在空房间里一个人对着自己生闷气，这不是凭空瞎写的，我就是这样的人。”

2017 年 5 月，《外婆的道歉信》的简体中文版由天津人民出版社首次出版，巴克曼特地从瑞典的斯德哥尔摩发来对中国读者的寄语：“这本小说是关于想象力的伟大力量，还有伟大的爱与友情，真心希望你会喜欢。”据开卷数据显示，该书在 2017 年新书零售榜上位于第

68位，在当当小说榜排名第30位。中文版问世以来销售超过100万册，在中国读者中收获了较高人气。译者孟汇一表示，这是一本读来很轻松的书，译起来却没有想象中那么容易。作者巴克曼是个非常会写故事的人，时不时地从里面扒拉出自带双引号的字词、精妙的双关语和恰当得令人发笑的比喻。“这次为了贴近原作文风，抛弃了文绉绉的漂亮词汇，尽量用最简单的词语，试图还原这个与众不同的女孩和她与众不同的外婆的世界。”孟汇一表示，“外婆”真的很酷，相信看了这本书的读者都会有这样的感叹，都会有点羡慕爱莎。她称这样的故事很容易让人想起自己的童年，我们也有过这样的年纪，在平凡中硬是幻想出波澜壮阔，在日常生活中进行着一场又一场的冒险。成年人在孩子们的眼中既是怀揣巨款无所不能的天神，又是管东管西根本不知道什么事才重要的白痴。外婆说，要大笑，要做梦，要与众不同。人生是一场伟大的冒险。于是，小孩们心目中的超级英雄似乎就是像爱莎外婆这样的成年人，她是个不像成年人的小伙伴，懂得真正重要的事情，但又见过许多风景，经历过无数冒险，拥有着巨大的能力。

《外婆的道歉信》英文版封面

## 爱莎的送信之旅

7 岁的爱莎父母离异，各自组成了新的家庭。爱莎和母亲乌尔莉卡、继父乔治住在一起。她 77 岁的外婆也住在同一栋楼里，就在他们家的对面。爱莎生活中充满了烦恼：她母亲怀孕了，这让她极度没有安全感；父亲每隔一周会来接爱莎放学，但他总是迟到；爱莎还因为自己独特的性格和款式特别的围巾常常遭受同学的暴力。好在爱莎有个古怪又疯狂的外婆，这个四处惹麻烦的外婆是爱莎唯一的朋友，也是她心中的超级英雄。不管什么情况下，外婆都会站在爱莎这一边，为了她去跟全世界拼命。外婆还给爱莎构建了一个童话世界——不眠大陆，她们两人之间甚至有别人听不懂的秘密语言。外婆的衣橱总是能随着爱莎的长大而变大，让她舒服地躺在里面。

但是，外婆不幸得了癌症去世了，留给爱莎一项艰巨的任务——帮外婆送道歉信。收信人都是同一栋楼上的邻居们，包括一只爱吃糖果的巨型黑犬（名为呜嘶，给呜嘶的“信”是巧克力），一个不愿见人的身材高大的“怪物”（外号狼心），一个酗酒的心理医生（穿黑裙的女人），一对老年夫妇（莱纳特和莫德），一个生病的男孩和他的妈妈，一个出租车司机（阿尔夫）和一个“烦人精”（布里特－玛丽）。外婆在去世前一天还给自己的女儿，即爱莎的妈妈，写了一封道歉信。最后，爱莎自己也收到了外婆写的道歉信。在这些信中，外婆表达了心里的缺憾，请求收信人原谅她，但她却没有提及自己曾对这些人的帮助。

这一趟送信之旅让爱莎渐渐发现，住在这里的人都有着不为人知的过往和难以言说的伤痛，每个人都有需要克服的恐惧。外婆和爱莎家都在顶楼，在外人看来，外婆过得潇洒自在，似乎没有任何烦恼。但实际上她作为医生过去常年在国外奔波，与女儿感情疏离，关系紧张，直到爱莎出生后女儿还常跟她吵架。住在外婆楼下的，是生活优越的家庭主妇布里特－玛丽和丈夫肯特。布里特－玛丽衣着光鲜，举止得体，总是摆出一副阔太太的架子，但只有熟悉她的人才知道，她大半辈子都活在被忽视、被抛弃的阴影中，小时候不被父母喜爱，现在明知丈夫出轨还不敢声张。布里特－玛丽家的对面住着一个不苟言笑、爱穿黑裙子的女人，一场海啸夺走了她的丈夫和孩子，也抹去了她生命中所有的色彩和欢乐。黑裙子女人楼下住着出租车司机阿尔夫，阿尔夫是肯特的哥哥，当年他也爱上了布里特－玛丽，但阴差阳错没能与她结婚。阿尔夫对过住的是年老的莱纳特和莫德夫妇，他们非常和善、亲切，但有一个恶魔般的儿子山姆，山姆吸毒、赌博、家暴老婆孩子，几乎无恶不作。莱纳特和莫德不得不将儿媳和孙子偷偷接来，隐姓埋名住在一楼。一楼的另一住户“怪物”看起来高大魁梧、凶神恶煞，实则比谁都胆小。他曾在战场上留下了严重的创伤后遗症，一直拒绝与外界接触。“怪物”旁的公寓房里关着大型猎犬呜嘶。这些人和犬都曾得到过外婆的帮助，甚至有几个是外婆带来住在这儿的，因为外婆早就买下了这栋带有九间公寓的楼房。

外婆为不能陪伴自己的女儿成长道歉；为没能给呜嘶糖果道歉；为不能让“怪物”走出战争伤痛道歉；为不能带黑裙女人走出失亲之痛道歉；为曾救下生病男孩的父亲山姆这样一个粗暴的男人而向生病男孩的家庭道歉；为没来得及归还的螺丝刀向阿尔夫道歉；为对布里特－玛丽的种种对抗和捣乱道歉；为不能陪伴爱莎长大道歉。在外婆的道歉信的作用下，这些人内心的创伤被慢慢抚平，包括爱莎和爱莎妈妈在内的所有人渐渐走出了阴霾。

## 不眠大陆童话与爱莎的世界

从叙事结构来看，小说包含了两条线索，一是在外婆的安排下，爱莎不断在各处发现并送出一封封的道歉信，以及由道歉信引出的每个人的故事；二是外婆为了让爱莎不再害怕入睡，给她讲述的不眠大陆的童话。不眠大陆在小说叙述中不时地穿插出现，具有重要的象征意义。在作者的精心设计下，小说人物居住的公寓楼与不眠大陆相似，而小说人物也对应着不眠大陆的居民。这样的两条线索交织着，帮助爱莎理解周围的世界和人们。对于读者而言，小说一实一喻两条线索的不断切换使叙述显得比较凌乱，增加了理解的难度。但这种表现方式的好处是，一方面能借助信息差产生一种陌生化的效果，引起读者的兴趣，另一方面也符合人物心理认知的发展过程。小说叙事基于爱莎作为一个小女孩有限的视角，一点点地扩展视野，让读者随着爱莎的历险逐渐接触到更多的信息。虽然和同龄人相比 7 岁的爱莎显得“太老成”，但她的知识无法完全与社会接轨，她甚至都无法理解发生在身边的一些事情，常常不得不依靠网络上的维基百科知识。在这种情况下，外婆所讲述的童话给爱莎带来重要的帮助，从小孩的认知层面帮助爱莎理解自己和世界，让爱莎不再害怕陌生人。例如，不眠大陆海天使的原型就是住在三楼的穿黑裙的女人，狼心的原型就是住在一楼的不敢见人的“怪物”，爱莎因此不但不再害怕陌生的邻居，还更加理解他们。读者循着爱莎的视角，就能顺利地像玩拼图游戏一样，渐渐得到一个完整的画面。这就使得两条线索的交叉发展具有合理性，并成为该小说叙事的一大特征。

小说作者是瑞典人，瑞典是北欧神话的起源地之一，小说中的不眠大陆以及相关人物和故事显然受到北欧神话的影响，体现了其文化底蕴。北欧神话是一个多神系统，大致上可分成五个生命体系：巨人、诸神、精灵、侏儒以及凡人；同时北欧神话有九大世界，包括有“中庭”之称的人世，它们由世界树相连接。与其他神话不同的是，北欧神话的神灵经历了灾难和死亡，例如持续三年严寒的芬布尔之冬与让无数神明丧生的诸神黄昏。小说作者设计的不眠大陆由六个王国组成，童话世界中有很多神奇的生物，其中包括最可怕的敌人暗影和在无尽战争中击败暗影的狼心。不眠大陆的王国在战争中被摧毁，无数生物丧生，最终获得重建。可以看出，不眠大陆的童话或多或少受到了北欧神话的启发和影响，北欧神话反映了早期的北欧人对世界的认识，而不眠大陆的童话则帮助童年的爱莎认识世界。北欧神话、不眠大陆童话和小说主要人物的故事这三个体系相互联结、相互观照、相互诠释，增加了小说的深度。

## “每个七岁的小孩都应该拥有一位超级英雄”

每个七岁的小孩都应该拥有一位超级英雄。这是毋庸置疑的事实。所有不同意的人都需要去检查一下脑袋有没有毛病。

这段话出现在小说的开头，相似的段落也出现在小说的结尾，因此可将它视为小说的主旨所在。这是爱莎的外婆所表达的观点。对于爱莎而言，外婆就是一位超级英雄。当爱莎不被人理解，常常被大人批评甚至被同学欺负时，只有外婆能够挺身而出拯救爱莎，因为只有外婆理解她。为了让爱莎不再恐惧，外婆甚至编出了精彩的不眠大陆的童话。在童话世界中，爱莎被封为密阿玛斯的骑士，她可以骑乘云兽并拥有自己的佩剑。自从外婆每晚用童话故事带她去密阿玛斯后，她再也没有害怕过入睡。从大人现实主义的视角来看，所谓“超级英雄”是一种荒谬的想法，世界上根本没有什么超级英雄。但是对于儿童来说，超级英雄既能帮助他们克服对未知世界的恐惧，也能帮助他们达到向往中的虚拟的美好世界。

外婆不仅是爱莎一个人的超级英雄，也是很多人的超级英雄。外婆以前是一位医生，曾多次奔赴世界上那些最可怕的地方，在世界各地救人性命，对抗邪恶，就像超级英雄一样。但是，外婆并没有能够真正解决所有人的问题，这也是她写道歉信的原因。爱莎顺利找到一封封信并成功送达后，了解了在不同的人的世界里外婆扮演了怎样的角色。经历了这场送信的冒险，爱莎才彻底读懂了外婆的童话，学会了如何去爱、去原谅、去成长。爱莎和外婆这样一个奉献了自己一生的超级英雄达成了和解，她原谅了外婆，她将代替外婆成为下一个超级英雄，守护她们的城堡。

不是所有的怪物一开始都是怪物。有些因为悲伤才变成了怪物。

故事里面的人物都显得有些“另类”，他们是一群思想单纯但遭遇心理创伤的人，在他们不太正常的行为背后都隐藏着受过的伤。为了掩饰自己的悲伤，人们往往会矫枉过正地做出一些出格的举动。他们意识不到这样做的不正常，而企图通过这些举动来让自己恢复正常，但往往事与愿违。对于那些不熟悉的人们，我们能看到他们每个人的脸，可是却看不到他们的内心；我们能看到他们每个人的现在，但是却看不到他们的过去。因此，我们也会和爱莎一样，凭第一印象就下结论，把和我们不一样的人当成怪物，或者对他们指指点点，甚至还会横加指责。

作者讲述的与其说是爱莎的故事，不如说是外婆的故事。外婆要解决的不仅是别人的问题，也是她自己的问题。外婆希望爱莎在了解了她的过去后，不要恨她，她给爱莎等人的道歉信实际上也是自我救赎，帮助自己弥补遗憾。

瑞典　弗雷德里克·巴克曼
孙璐　译　天津人民出版社　2018 年
原著出版于 2014 年

# 清单人生

继《一个叫欧维的男人》（2012）和《外婆的道歉信》（2013）引发阅读热潮之后，弗雷德里克·巴克曼于2014年出版了他的第三部小说《清单人生》，这部小说同样关注了老年人。在《外婆的道歉信》中，主要角色之一、63岁的布里特－玛丽被塑造成“烦人精”的形象，她在家里家外都希望一切布置得井井有条，不能容忍一丝混乱，每天照着写在清单上的内容按部就班地生活。她的人生轨迹也是各种规划的结果，为了家庭奉献了自己的大半辈子，本来可以毫无波澜地度过一生，但是丈夫肯特的出轨打乱了她的人生规划，她决定和丈夫离婚，而这样的选择会给她带来前所未有的挑战。作者利用《外婆的道歉信》中这一冲突所产生的伏笔，在新小说中挖掘了布里特－玛丽的后续故事。《清单人生》叙述了布里特－玛丽勇敢地走出家门，开始了新的人生的第一步，在作者的精心构思之下，她的这一举动不仅改变了自我，也改变了他人。小说告诉世人，任何时候迈出人生新的一步都不算晚，有时候我们必须勇敢地走出家门，挑战自我，哪怕已是白发老人。

这部作品继承了巴克曼幽默又催泪的风格。《出版人周刊》评论道："《外婆的道歉信》之后，巴克曼再次送上一个暖心故事，关于一个女人经历人生危机后，重新发现自己。"《图书馆刊物》的评论是："巴克曼迷倒了全世界……他的小说从不天真幼稚，也不会靠比惨来赚取眼泪。他总是用人与人之间美妙又痛楚的相遇来打动读者。"

## 布里特－玛丽的新生活

布里特－玛丽小的时候乖巧懂事，从来不需要父母操心。但正是因为太过懂事，父母经常忽略她。她有个姐姐，在一次全家外出的旅途中，深得父母欢心的姐姐不幸在车祸中丧生，父母从此一蹶不振，布里特－玛丽更是因为自己无力拯救姐姐而深深地陷入自责中。后来，为了照顾生病的母亲，布里特－玛丽没有外出工作。母亲去世后，她和离异、带着两个孩子的肯特结婚。肯特是个企业家，婚后他经常挖苦布里特－玛丽过于消极、不够随和、不会社交。但是，每当布里特－玛丽想外出工作时，肯特就用各种理由加以阻止。在孩子们小的时候，他说服布里特－玛丽留在家中，照顾自己和前妻所生的孩子；孩子们长大后，肯特说服她继续留在家里，支持自己的事业。就这样，布里特－玛丽不曾开始过自己的事业，四十年来照顾家庭就是她全部的工作，家庭以外的所有事情都依赖肯特。她养成了一个喜欢列清单的习惯，所有的事情都要先列好清单，然后严格按照清单内容执行。

现在，肯特的出轨打碎了布里特－玛丽的所有梦想和期待。尽管已经过了退休的年纪，但想独立生活的布里特－玛丽急需一份工作。于是，她找到劳动就业办公室，在软磨硬泡之下，几天后她终于获得了一份工作，但只有三个星期，而且地点在一个公路边上的荒凉小社区——博格。那里经济萧条，居民盼望搬走，曾经的足球场、学校、药房、卖酒商店、医疗中心、超市等服务社区的公共机构和店铺已所剩无几，只剩下半死不活的娱乐中心和比萨店。比萨店不得不兼有医疗中心、邮局、小超市和修车行等多重功能，而布里特－玛丽成了破旧的娱乐中心的管理员。

布里特－玛丽喜欢一切事物都井井有条，但博格

BASED ON THE BESTSELLING NOVEL BY
FREDRIK BACKMAN AUTHOR OF A MAN CALLED OVE
BRITT-MARIE
WAS HERE
STARTS SEPTEMBER 20
IN SELECT THEATERS

《清单人生》电影海报

却是个毫无秩序的地方。她刚踏入博格的那一刻，车就出了故障，慌乱中一个足球突然砸在她的脑袋上，直接把她打晕在地。这里的一切——破旧的房子，坐在轮椅上会修车的女人，无人看管却热爱足球的孩子，牵着白狗、脾气暴躁的房东以及娱乐中心那只爱吃士力架的老鼠——对布里特－玛丽来说都是那么的陌生与可怕。面对新的环境，布里特－玛丽曾偷偷哭泣过、害怕过，她想念家、想念以前的生活。与此同时，鸡飞狗跳的新生活为她打开了另一扇窗，让她的生命充满爆发的张力，内心感受到前所未有的丰盈和富足。为了实现孩子们的梦想，不喜欢足球的她居然同意当孩子们的临时教练，带着孩子们到镇上参加比赛，她还三番两次跑到镇议会，请求委员们在博格建足球场。布里特－玛丽真诚地爱那群孩子，孩子们也敬重她，就连博格那些刚开始不喜欢她的人也慢慢接受了她。

布里特－玛丽一直有一个去巴黎看看的梦想，但胆小怕事的她迟迟不敢行动。而博格那群从来没有放弃过生活的人，那群疯狂爱着足球，对梦想执着的孩子，那个一直以照顾他人为己任，为保护朋友而丧失自己年轻生命的萨米……他们的一举一动深深震撼着布里特－玛丽，在共情和悲悯中，她拥有了重新选择自己人生的勇气，生平第一次有了“自我实现”的愿望。破产的肯特来到博格，请求布里特－玛丽和他一起回家，因为没有了布里特－玛丽的家一团糟。一直对她有好感的当地警员斯文，则希望布里特－玛丽能接受自己的追求留在博格。但是，小女孩薇卡鼓励布里特－玛丽："明天谁的门都不要敲，钻进您的车，只管向前开！"当白昼之光完全倾泻在屋顶的时候，布里特－玛丽开着自己那辆带着一扇蓝门的白车，带着孩子们的鼓励和凑钱买来的汽油，向着自己的梦想之地出发了……

## 开放式的结局

巴克曼为主人公布里特－玛丽设置了原生家庭、婚姻生活和小镇博格这三个环境，以顺叙和插叙交叉的方式叙述了她的成长历程。故事以老年时期的布里特－玛丽在劳动就业办公室找工作展开，其中穿插她原生家庭中的痛苦、婚姻生活的不如意和离家的原因。在小说的前半段，作者以现实和回忆交织的方式为读者展现了布里特－玛丽的一生。随着故事的发展，作者将叙事重心放在布里特－玛丽如何应付当前所遇到的困境上，过去的创伤对她的影响越来越淡化，她逐渐改变自我以适应新的环境，与小镇上的居民相处越来越融洽，甚至还迎来了一份新的爱情。当读者以为这个故事即将落入俗套地演绎下去时，带有悔过之心的肯特的突然出现立刻打破了所有人的期待，巴克曼通过反转在这部小说中设置了情节上的悬念，让读者无法根据已有的情节推测后续发展。在他的前两部小说《一个叫欧维的男人》和《外婆的道歉信》中，虽然叙事有其鲜明的特色，但是读者很容易就能掌握故事叙述的模式，并毫无意外地读到小说的结尾。《一个叫欧维的男人》中的模式是欧维屡次自杀，但都不成功，而他在此过程中不断地帮助他人，最后的结局皆大欢喜。《外婆的道歉信》中，小女孩爱莎不断地发现一封封的道歉信，每封信的出现都会解锁一段故事，最后所有的故事拼成一幅完整的画面，每个人都能获得成长。而在《清单人生》中，巴克曼给布里特－玛丽设置了一个开放性的结局，无人知晓她将会做出何种选择，唯一确定的是，她此生第一次有了自主选择的机会。总之，和前两部小说相比，悬念和开放性的结尾是作者在叙事方式上的最大变化，也符合人物成长的特征——人生不是事先列好的清单，而往往是出乎意料的多样化的体验。

生动幽默的细节描写也是小说叙事的特征之一。如在描述布里特－玛丽的性格特点时，作者用她视若珍宝的清单和小苏打来表现。她凡事必列清单，甚至还有一张记录所有清单的总清单，而且强迫自己必须要按照清单的内容做事。此外，无论走到哪里，她身上都带着“万能的”小苏打，衣服上、沙发上、床上，甚至花盆里都要仔细地撒几遍。这样的细节生动表现了她的刻板固执，布里特–玛丽习惯用几种固定的做法来应对生活中所有的事情，这样机械的思维方式和行为方式产生了夸张有趣的效果，突出了缺乏社会生活和人际交往经验的她与世界的格格不入。布里特–玛丽过于实在，不擅与人打交道，她的话往往会让别人产生不快。例如，她一边称赞劳动就业办公室的女孩发型很时髦，一边又说“您的额头非常宽，剪这么短的发型需要很大的勇气”。类似的情况在小说中出现了好几次，布里特–玛丽并没有刻意要恭维或者批评别人，只是如实表达自己的看法，但她的表述方式让他人获得了前后截然相反的心理感受，这种突如其来的对比使小说充满了喜感。

## “光阴虚掷，来日无多”

就这样，一年变成了几年，几年变成了一辈子。直到某天早上她醒来，才发觉光阴虚掷，来日无多，却不明白为什么会这样。

步入老年的布里特－玛丽某天突然意识到，自己这一生似乎一成不变，也将一事无成。她为家庭付出了大半辈子的时间和精力：照顾生病的老人，照顾年幼的孩子（还不是自己所生），照顾丈夫的生活，甚至还要适时地成为丈夫社交圈优雅的点缀和背景。她从没有能够走出家门成为完全的社会人，也从没有能够开始自己的事业，她所有的聪明才智都只能用于日复一日地做饭洗衣、打扫卫生、照料一家老小。渐渐地，她成了家庭这个生态链条最底端的一环，成了丈夫的附属品和家庭的保姆。她必须按照家人的要求奉献，却无法成就自我。在全世界，像这样受制于家庭束缚的女性有很多，她们自己的梦想不值一提，终其一生默默无闻地在以家为名的房屋、田地中操劳，直至死后埋入黄土。布里特－玛丽不明白为什么会这样，其实这种状况归根到底主要因女性的社会地位低于男性所造成，女性即使走进职场，所从事的也多为低层次的工作，她们职业的天花板普遍低于男性，而且往往和男性同工不同酬。布里特－玛丽年轻时也多次尝试出去工作，但是每当肯特知道那些工作的报酬时，就不免嘲笑她，还说她不如就待在家里，自己给她发钱。这进一步打击了她出去工作的意志，也让她的人生缺少了很多本可很丰富的色彩。

到了一定的年龄，人生的所有疑惑几乎可以全部浓缩成一个问题：应该如何生活？

人在年轻时，未来似乎存在着各种各样的可能性，为了更美好的未来可以有很多努力和尝试的机会，即使失败了也还有机会翻身。年轻人的时间似乎也不是问题，总有大把的时间可以挥霍。但是，进入老年后，人们会想到自己已经没有未来了，时间已所剩无几。那么，现在该如何生活？这也是布里特－玛丽面临的问题。“她想知道，一个人在老去之后，灵魂中还剩下多少自我改变的空间，还会遇到什么样的人，他们会怎么看待她，会如何让她认清自己。”布里特－玛丽在潜意识中希望自己能够过上快乐的生活。她在童年时期也曾有过不少快乐，但是自从姐姐死于交通事故后，一切都改变了。结婚以后，能够让她开心的事物也非常有限。对于布里特－玛丽而言，人生的乐趣本来就少得可怜，快乐总是短暂的，成年后更加不敢痛痛快快地大笑。一个在拘谨、郁闷中度过大半生的人，到了老年后还有机会重拾童年的快乐吗？布里特－玛丽勇敢地走出家门后，幸运地获得了这样的机会。在足球场上，当她所带球队的孩子们终于在比赛中进球后，她“大声喊了出来，她的脚跟也离开了地面，仿佛被体育馆的地板弹到了半空”。此时，布里特－玛丽仿佛回到了童年，和那些十来岁的孩子们一道欢呼雀跃，享受成功带来的狂喜和激情。老年人应该如何生活？答案可能多种多样，但是布里特－玛丽的经历告诉我们，老年人也可和小孩一样不断接触新的世界和新的人，不断改变自我、帮助他人、追求成功。

“最高层次的需要是‘自我实现’，我觉得我现在就有这个需要，肯特，我想自我实现。”

美国著名社会心理学家马斯洛提出了产生广泛影响的需求层次理论。该理论早期是一个五阶段模型，从层次结构的底部向上，人的需求分别为生理（食物和衣服）、安全（工作保障）、社交需要（友谊）、尊重和自我实现。这种五阶段模式可分为不足需求和增长需求。前四个级别通常称为缺陷需求（D 需求），而最高级别称为增长需求（B 需求）。后期该理论更加成熟，发展成为一个八阶段模型，从低到高分别是生理、安全、归属和爱、尊重、认知、审美、自我实现、自我超越。这些需求的层级由低到高，而人们产生这些需求的程度或强度却越来越低。生理需求是人人都有的，而自我超越的需求则大多数人没有。需求层次理论认为，人们在较低层级的需求得到满足后才会产生更高层级的需求，比如人们在生理需求得到满足后，安全需求就会成为关注的焦点，安全需求得到满足后，会依次关注其他需求。当然在一些非典型的情形中，人们也可能会为了某种较高层次的需求而放弃较低层次的需求。

博格的独立新生活彻底改变了布里特－玛丽，她不再自卑，不再取悦他人，开始表达自己的真实情感。故事的最后，她既没有跟随丈夫回归婚姻生活，也没有接受警察斯文的追求，而是为自己开启了又一段全新的旅程。很多老年人早已失去了追求梦想、实现自我价值的勇气，不再憧憬生活中的各种可能性。而布里特－玛丽离开了她无比熟悉但缺失自我的生活，在令人绝望的环境里实现了自我价值。人们即便是在年老的时候，抑或是在穷途末路的时候，也应该有重新开始的勇气和信心，追求自我实现。人这一生，不能总是在别人的故事里当配角，有时候也要担任自己故事里的主角。

日本　三浦紫苑
周慧　译　北京联合出版公司　2017 年
原著出版于 2013 年

# 假如岁月足够长

三浦紫苑是日本当代新锐女作家，1976年9月23日出生于东京都，1995年4月进入早稻田大学第一文学部，1999年3月大学毕业后进入外资系出版社工作，三个月后辞职，之后在町田站前大型旧书店“高原书店”工作至2001年。以编辑为志愿的三浦紫苑在大学四年级时面试了多家出版社，虽然她的求职之路并不顺利，但在面试过程中，早川书房的编辑村上达朗看中了她极佳的文笔和近乎成痴的阅读热情，推荐她在网络上每周发表阅读随笔，这也成了三浦从编辑转为职业作家的契机。2000年4月，三浦紫苑出版了以自身求职经历为题的小说《女大学生求职奋斗记》(书名原文意为《给搏斗的人一个圈》)，从此踏入文坛。而后经过了数年的风格探索，三浦紫苑2006年出版的《真幌站前多田便利屋》荣获出版界的重要奖项——第135届直木奖，她是第四位于30岁之前获得直木奖的作家。《真幌站前多田便利屋》是三浦紫苑奠定其写作特色的作品。她2010年的小说《哪啊哪啊神去村》和2012年的小说《编舟记》分别入选日本书店大奖（本屋大赏），2015年以《居住在那个家中的四个女人》摘得织田作之助奖。

三浦紫苑的小说清新隽永，以平实而风趣的笔触勾勒出一个个鲜活的形象，多部作品被改编成影视剧，深受年轻人的喜爱。她的小说除了文字精练外，题材也常选择冷门的职人，擅长描写人物心境，再借助具有超高共感度的细腻文笔，每部作品都能带给读者不一样的体验，在读者中享有高人气。三浦紫苑一直都有一种“妄想力”，比如在咖啡馆通过观察陌生人的交谈，来想象这些人身上发生的故事。当然她的写作并不全靠“妄想力”，还由各种现实的细节组成。她的长篇小说常以冷门职业做主题，所以动笔前期要做相当充分的调查，阅读大量相关资料甚至亲身体验，让这些极少被描述的职人工作能够随着小说中的情节而非常真实地展现在读者面前。《假如岁月足够长》（书名原文意为《政与源》）也描述了一个冷门职业——细工花簪手艺，是她继《真幌站前多田便利屋》《编舟记》《强风吹拂》之后再次书写工匠精神。该小说是三浦紫苑荣获书店大奖后的全新力作，融合了她多样的写作特征，是她的“集大成之作”。

到写完第四部作品《秘密花园》时，三浦紫苑才下定决心辞掉高原书店的工作专心写小说。之前她一直担心写小说不能养活自己，以及不能坚持写下去，到创作《秘密花园》时，她终于感到自己内心还有很多想写成小说的东西，也第一次对“写作”这件事有了某种切实的感触。她常以年轻男性作为小说主角，同时也喜欢写老年人。她觉得写比自己年轻的人更困难，因为如今年轻人的文化在不断变化，而写年长的人就有点“我将来也会这样吧”的感觉，是可以想象得到的，因此相对容易些。

## 两个老人一生的友谊

居住在东京东部墨田区Y镇的有田国政和堀源二郎两个人是发小，现在都已73岁了，过的却是完全不同的两种晚年生活。国政退休前在银行工作，性格比较内敛。他有老婆和两个女儿，按照世俗的观点，晚年会儿孙绕膝，生活幸福。可是事实正好相反，两个女儿出嫁后再也不回来了，也不看望他，老婆在前几年突然离家

《假如岁月足够长》日文版封面

出走，和大女儿一起生活，不肯回来，把他一个人孤零零地扔在家里不管不问。国政尝试与妻女修复关系，但一直都没有效果，去女儿家拜访也被冷淡对待。国政年轻时一直被老婆照顾得无微不至，年老了却要一个人做饭、洗衣服、收拾屋子，腰伤发作时躺在床上无法动弹。女儿和老婆一个也指望不上，还是老朋友源二郎主动赶来照顾他。甚至新年期间也是孤身一人，只好到源二郎家去蹭吃新年饭，驱赶寂寞。

与国政完全相反的是源二郎，他曾经娶妻，夫妻俩恩爱异常，但是老婆花枝在40多岁就生病去世，源二郎没有再娶，单身一人生活。源二郎是一个细工花簪匠人，自称手艺世界第一，他为人开朗，性格大大咧咧，不拘小节，和谁都能聊到一块，还经常换着花样把耳朵上方仅存的一点头发染成各种颜色，别人看着他觉得很奇怪，可是他自己却乐呵呵的。源二郎做事没有什么耐心，除了他热爱的花簪艺术。老婆死后，源二郎一个人守着自己的花簪店，凭着手工艺养活自己。70多岁的源二郎突然想把自己的手艺传承下去，于是收了一个徒弟彻平。

彻平是一个20岁的青年，两年前来到这里。他有时做事毛毛躁躁的，有时又很细心，在性格上与师父源二郎很像，师徒两个人相处起来完全没有隔代感，像朋友一样，说话也没有禁忌。彻平的出现给两位老人带来了新的人生体验。彻平帮他们干活，而他们帮彻平解决问题。彻平曾经做过黑帮的小混混，现在已脱离帮派，但以前的帮派成员三番五次来骚扰他，国政和源二郎亲自出马，把那些坏蛋打得落荒而逃。彻平的女朋友麻美在美容院上班，两人感情非常好，国政和源二郎也乐于帮他们撮合，国政甚至还硬着头皮答应当两个年轻人的媒人。但是媒人必须是夫妇两人同时参加，国政不得不给妻子清子打电话，希望清子能来助一臂之力，但清子立刻拒绝了。国政迫不得已，每天给清子寄一张明信片，希望能够说服她。在明信片上，国政诉说了这几年自己的经历，介绍了彻平和麻美，还渐渐回忆起了往事，并且意识到自己过去只顾工作，没有顾及家庭，忽视了对妻子和孩子的感情付出。清子从来没有回过一次信，但是最终还是回来作为媒人参加了婚礼。虽然婚礼后清子立刻又回到女儿家去了，但国政还是喜出望外。婚礼宴会结束后，国政和源二郎一同摇摇晃晃地往回走，夕阳西下，漫天樱花飘然落下，他们悠然地驾船离开，虽然不知道明年樱花盛开时自己还能不能看到。

## 不同老年状态的比较

三浦紫苑的小说特别关注人与人之间的关系，喜欢写男人和男人之间、女人和女人之间，那种既不是朋友，也不是恋人，也不是家人，但不知怎的就意气相投的关系，这部小说也是如此。小说中有两个男主角，他们的性格迥然不同，生活经历也大不一样，却能够几十年融洽相处，互相关心，虽然偶有不满，但不影响两人的情谊。以两个老男人作为核心的故事非同寻常，作者却处理得恰到好处。一方面，作者使两个老人的相处合理化。小说人物的设置中，源二郎的妻子早已去世，而国政的妻子离家不归，于是两个老男人有更多机会（或者是不得不）互相依靠、互相帮助，共同参与完成一些事情。另一方面，作者使得两个老人的相处有意义。如果只写老人，可能故事线会很平淡，而作者在老人的故事中加入了彻平和麻美这两个年轻人，正是年轻人的出现，让老人有机会在晚年实现自己更多的价值，而年轻人反过来也能够帮助老人弥补缺憾。整部小说的故事几乎都发生在这个小地方的几个人当中，以小见大，充满温情。

小说有明、暗两条线索。明线是国政和源二郎两人的日常生活以及当前面临的种种问题，暗线是国政和源二郎的过去。两人都经历过战争的创伤和亲人的死亡，他们将创伤埋进记忆深处，不愿提及。源二郎不愿提及的除了战争中去世的亲人，还有他过世的妻子花枝，花枝的早逝是他终身的遗憾。小说所塑造的两个老人都受到一生经历的影响，面临老年期遇到的新挑战。作者刻画了两个拥有共同创伤记忆的老人相互扶持，共同迎接挑战的理想境界。

以老年人为题材的小说容易让人伤感，而该小说则用幽默的叙述来冲淡这样的伤感，无论是人物形象、心理还是行为，处处反映出有趣搞笑的特征。小说中的幽默感主要通过夸张和对比的方式表现，如秃顶的源二郎耳朵上方仅余的少量头发。小说的开头，源二郎带着染成红色的头发出席了一场葬礼，新年时又染成了蓝色，更离谱的是，徒弟婚礼时又染成了绿色。这样的发色与小说中的仪式场合格格不入，却很符合人物的性格特征。小说对国政的心理描写较多，常从国政的视角来展开叙述。当国政的妻子清子终于回家来整理作为媒人参加婚礼的衣服时，国政非常开心，“就连清子的训斥，在今天听起来也格外美好”。这段心理描写很有趣，通过对比的方式，恰到好处地反映了长期受到妻子冷淡对待的国政在突然见到妻子回家后的情绪变化。

## “水的尽头也许就是死者的安息之地”

小的时候，国政常常幻想，水的尽头也许就是死者的安息之地，然后有一天，载着死者灵魂的小船会悄无声息地停靠在他家后面的停船场。在Y镇，沿河的人家都会搭个停船的地方，国政家也不例外。

这个想法让国政心里少了份落寞。母亲过世的晚上，国政也是像这样在客厅凝视水道，想象着运河、川流、大海，以及这之后更远的某个地方。

它们连在一起。某一天，我一定也会顺着这水流，在其尽头与那些亲爱的人们相见吧。

“我在想……”源二郎把视线重新投向红色的果实，静静地开了口，“人死后去的不是什么死后的世界，会不会是亲密的人的记忆？我爸妈、我的兄弟姐妹、我师父、我老婆，是不是都进了我记忆里。打个比方，就算你先死了，在我死之前，你应该都会在我的记忆里吧。”

上面两段话出现在小说不同的部分，但叙述了相同的主题。国政和源二郎的家乡是一座小镇，其中大大小小的运河河道错综复杂分布，以前居民出行往往用船走水路，国政和源二郎家也是如此，现在源二郎还常常驾船出行。河道与河水影响着人们的生活，也影响着他们的思想和感情。死亡是人们无法逃避的，对死亡的解释也多种多样，很多解释都反映了人们对死后世界的美好愿望。在童年国政幼小的心中，将死亡形象地理解为灵魂在水的尽头的聚集。他想象载着亲人灵魂的小船将会从他家后面的小码头出发，顺着水流一路漂下去，直至最终进入大海深处的某个地方。这有点像盂兰盆节人们为超度鬼魂放的河灯，河灯随水漂流，寄托着人们对逝去的亲人的哀思。他觉得自己的母亲的灵魂已经到达了水流尽头，而他自己也会在某一天乘船踏上旅途，在那里与亲人相聚。这样的想法给国政带来了些许安慰，缓解了他因亲人去世产生的悲伤。

源二郎虽然看上去大大咧咧，乐观豁达，其实他的命运比国政悲惨多了。源二郎上小学时，父亲战死，母亲和弟弟、妹妹死于东京大空袭造成的火灾，家也完全被烧毁，从此变成孤儿。后来他的妻子又早逝，没有留下子女。源二郎将对亲人和爱人的思念埋进心里，从来不提及。对于有没有死后的世界，源二郎提出了和国政不一样的观点。他认为没有外在的死后世界，如果说有死后世界，那只能是亲密之人的记忆。这个念头来自他自己的人生体验，对于他来说，所有去世的亲人和爱人都存在于他的记忆中。他知道，只要自己活着，亲人和爱人就不会死。正如基于墨西哥古老传说的电影《寻梦环游记》(2017)中所表达的，一个人虽然已离开了这个世界，只要还被人记得，就没有真正死亡。在墨西哥原住民的传说中，死亡并不是一个终点，而是一个过渡，已逝去的灵魂可以在亡灵节那天回到这个世界，与活着的亲人重聚。

“这几天一直很冷，不知道大家过得好不好。今天我和源二郎在荒川聊了聊‘永远’。我心里有很多悔恨，总觉得‘那个时候要是那样就好了’，但是绝大部分事情都已经无法挽回了。一想到剩下的时间也不多了，我打从心底觉得你就按照你自己想要的方式生活也挺好的。就算我们没有住在一起，我也一直在祈祷你和女儿们过得幸福。这一点绝对是真的。细想下来，让我真心祈祷其幸福的人并不多。这么说还是有些丢脸的，毕竟这就等于把我荒凉寂寞的一生摆明了给你看，不过我还是很庆幸，你是这为数不多的人中的一个。不要感冒了。”

国政一直无法解开的心结就是妻子到老年突然离家，对他不闻不问，他和已成家的女儿们也非常疏远。他一开始难以理解为什么会这样，正如他对源二郎说的“我和我老婆在一起快五十年了。加上有了孩子，我才那么拼命工作的。每天对上奉承拍马，还要帮不中用的下属擦屁股……结果倒好，老婆闺女到现在都还无视我。”国政退休前虽然不怎么顾家，但他觉得自己辛苦工作养家糊口，也做出了不少贡献。随着不断反思，国政渐渐认识到了自己以往忽视了家人和亲情，理解了妻子女儿们对他的态度。上面这段话引自他写给妻子的明信片。国政在这封明信片中向妻子表达了对当年错误做法的后悔，以及对妻子的理解。他意识到自己和妻子都老了，来日无多，希望妻子女儿们能够幸福生活，即使她们不在自己身边，也不回来照顾自己。国政在和源二郎的交谈中，领悟到了其实人生追求的一切都没有“终点”或者“正解”，因此也就不会有“结束”。人生就是一个没有结果的过程。

奥地利　罗伯特·泽塔勒
刘秋叶　译　南海出版公司　2018 年
原著出版于 2014 年

# 大雪将至

罗伯特·泽塔勒（Robert Seethaler），奥地利作家、电影编剧和演员，1966 年出生于维也纳，目前生活在维也纳和柏林。40 岁发表第一部小说《碧内和库尔特》，荣获 2007 年“布登勃洛克之屋”新人奖，从此一鸣惊人，人气急剧上升。2008 年荣获下奥地利州文化奖。他是电影《第二个女人》(*Die zweite Frau*）的编剧，该片描述了 40 多岁的欧文和母亲在德国一个偏僻的角落经营着一家加油站的故事。该片由汉斯·斯特恩比奇（Hans Steinbichler）执导，荣获 2009 年德国格里姆奖（最佳影片）。泽塔勒曾在意大利著名导演保罗·索伦蒂诺（Paolo Sorrentino）执导的《年轻气盛》(*Youth*）中饰演过角色，该片讲述的是两位老人在阿尔卑斯山脚下的一家酒店度假时发生的故事。《年轻气盛》于 2015 年上映，获得第 28 届欧洲电影奖最佳导演奖，并获得第 68

届戛纳国际电影节金棕榈奖提名、第41届法国电影恺撒奖最佳外语片奖提名、第73届美国金球奖电影类最佳女配角提名和最佳原创歌曲提名。2018年，泽塔勒出版长篇小说《原野上》（*Das Feld*），该书中，一座德国小城墓园中的29个亡灵讲述各自的人生的故事。

他的小说《大雪将至》（德语书名为 *Ein ganzes Leben*，字面意为“一辈子”）面世后大受读者欢迎，数月雄踞畅销书排行榜，荣获2015年德国格林美尔斯豪森奖，并入围2016年布克国际奖终选短名单，为奥地利当代文学赢得了荣誉。该小说后被改编成同名电影，由汉斯·斯特恩比奇执导，于2023年10月1日参加苏黎世电影节，2023年11月9日在德国上映。《大雪将至》的主题是爱、生命和死亡，描写了一个普通人的平凡一生。英国著名作家伊恩·麦克尤恩（Ian McEwan）评价该小说：“本书如同一场美好的思索，思索着远离尘嚣的山谷中一段孤独的生命，以及现代世界如何缓缓地到来。”《法兰克福报》评论该小说：“这本书以一种美丽的语言，安静地、聚精会神地、不带激情地叙述一个人所能承受的事。这是一位多么令人赞赏的作者，以一本令人无法忘怀的书如此深刻地感动人心。”

## 艾格尔见证死亡的一辈子

安德里亚斯·艾格尔一生见证了许多死亡。他是一个私生子，从不知道自己的父亲是谁，1902年大约4岁时母亲病故，于是他被送到了山里交给母亲的姐夫康茨施托克尔抚养。艾格尔在那里度过了备受凌虐的童年，8岁时被康茨施托克尔用榛木马鞭打断了右腿，从此不得不瘸着腿。1910年，村子里建了一所学校，这让他有机会认字，可以进行简单的读写。随着年龄的增大，艾格尔变得越来越强壮。18岁那年，艾格尔不小心打碎了碗，当康茨施托克尔又想用鞭子抽打他时，他威胁道："你打我的话，我就杀了你！"这是他第一次反抗，这次康茨施托克尔没敢动手，但把他赶出了家门。

艾格尔虽然残疾、行动慢、话很少，但是很强壮，是个干活能手，而且能吃苦耐劳。29岁时，到处打零工的艾格尔攒够了钱，租下了一小块有一个干草棚的地皮。那块地方地势陡峭，土质贫瘠，布满了无数的漂砾乱石，但他毕竟有了自己的家，感到很满足。几年后，1933年2月一个大雪纷飞的早上，艾格尔到山上找到了病得奄奄一息的牧羊人"羊角汉斯"。艾格尔想把"羊角汉斯"背下山，但不愿跟他下山的"羊角汉

《大雪将至》德语版封面

斯”半路上逃走了，从此不知所终。当天下午，艾格尔独自回到村里，在金岩羚羊客栈喝酒取暖时，初次遇到了在此做服务员的玛丽。

渐渐地，艾格尔和玛丽谈起了恋爱。为了给玛丽更好的生活，艾格尔鼓起勇气去比特尔曼公司求职。比特尔曼公司的施工队是几个月前刚到他们这里来的，任务是在附近山上架设电动索道和缆车。艾格尔得到了这份工作，每天帮忙砍树和搭建巨大的钢铁支架。到了秋天，艾格尔终于决定向玛丽求婚，他采用了一个特别的方式：花钱请同事们在山坡上事先布置好 250 个装满锯末、用煤油浸透的小麻袋，然后点燃麻袋，巨大的火焰呈现出“献给你，玛丽”的字样。从此，艾格尔有了一个关爱他的妻子，这一年他 35 岁。

可是，好景不长，仅仅一年多后，1935 年 3 月底的一天夜里，雪崩冲毁了他的家园，也夺走了玛丽的生命，双腿骨折的艾格尔侥幸活了下来，但承受了难以言表的痛苦。半年后，他回到公司，伐木之类的重活没法再干了，只能做一些在高空维护保养索道和塔柱的工作。几年后，战争爆发了，艾格尔想去应征入伍，但是因为年纪太大而且腿部残疾被劝回了。又过了不到四年，到了 1942 年 11 月，他却被征召入伍了。在前线，他的任务是到高山岩石上打孔，为放炸药做准备，但是仅仅两个月后他就被俘虏了，此后当了 8 年战俘，很多人死于战俘营，他直到 1951 年夏天才被释放回家。

返回家乡的艾格尔住进了学校教室后面一间用木板隔出来的房间里。几星期后，他遇到了已经衰老的康茨施托克尔。康茨施托克尔的两个儿子没能从战场回来，他每天生活在痛苦中。战后的世界发生了很大变化，比特尔曼公司早已破产，艾格尔只得靠当杂工谋生。在和平年代，经济发展，越来越多的人到山区来旅游，村子也在不断变化，旅游业开始兴旺。1957 年夏天的一个早上，艾格尔偶然在山上帮助了一对迷路的老年夫妇，这件事启发了他，从此开始从事登山向导工作。到了 20 世纪 70 年代初，他经历了一次没有开始就结束的“恋情”：当村里的退休代课教师安娜·霍勒尔向他表示爱意时，他拒绝了。就在那一年圣诞节前的一天，几个滑雪的游客发现了羊角汉斯在冰川中冰冻了几十年的尸体。在生命的最后几年，艾格尔不再当向导，他头脑中的记忆和对周围事物的感知出现了混乱。最终他死于 79 岁。这就是艾格尔的一辈子。

## 舒缓淡然的叙述

小说最能吸引人的是富有诗意的文字，无论是美丽的风光、美好的邂逅，还是生活的艰辛、痛苦的遭遇，作者都能够以一种平静淡然的笔触缓缓道来。这样的表现方式很契合主人公艾格尔的性格特征及其情感状态，甚至也与他缓慢的动作相一致。作者在塑造艾格尔的形象时，突出了其善良宽容的天性，他用自己的善良包容命运一次又一次给他带来的不幸，他从不抱怨也没有仇恨，反而依靠生命中极少的美好瞬间来鼓舞支撑自己，用自己的努力和付出得到作为人的尊严。与此同时，作者聚焦人物内心，从艾格尔的主观感受出发来描述他周围的世界，有时候是他在某一个特定处境下的心理体验，有时候是他回忆过去时的感情流露。例如，作者这样描述劳作一天后躺在温暖夏夜草地上的艾格尔："当他在草地上躺得足够久的时候，他会感觉到，大地在他的背下十分轻微地起伏。在这样的时刻，他知道，这是周围的群山在呼吸。"自从4岁时来到这个山村，艾格尔已经与周围的大山和山中的一切融为一体，他在山中艰苦劳作，安身立命。山坡上点燃的火焰让他拥有了爱人，山顶突发的雪崩又将她夺走。艾格尔孤独的身心都牢牢系缚于山中，大山也是他最后的归宿。他的主观意识是天性和环境相结合的产物。

作者擅长通过对动作行为的细节描写来表现人物心理，常常一个简单的举动就能充分表现人物当时的心情。例如，在描述艾格尔和玛丽第一次在山林中漫步时，作者几乎没有写他们的对话，一方面艾格尔本来话就很少，另一方面双方当时都很腼腆，于是此处小说重点描绘了山中风景和两人的动作：“玛丽摘了几朵花，艾格尔用力把一块脑袋大的石头扔进了矮木丛，没什么原因，就只因为他正好想这么做，也有这个力气。”玛丽摘花和艾格尔扔石头的行为非常别致地表现了两人内心的喜悦或兴奋，两个孤独的灵魂找到了伴侣。在讲述村里小学教师上完退休前最后一节课时，作者这样写道：“这位老教师在上完最后一节课后，打开窗户，把粉笔盒连同里面剩下的粉笔都倒进玫瑰花坛里，当天就离开了村子。”这个举动表明了老教师一方面因为退休而终于从他不喜欢的教职中得到了解脱，另一方面也表现了他的不满和与教学彻底告别的决心。毕竟，那个封闭的山村和乏味的生活不是人人都想要的。

## “这整整的、漫长的一生啊”

这个意外的重逢让艾格尔很震惊，在羊角汉斯的失踪和他又重新出现之间几乎隔着艾格尔的整整一生。

大约40年前，艾格尔眼睁睁地看着羊角汉斯消失在雪山中，现在他又看到了被几个滑雪者从冰川中发现的羊角汉斯。一转眼40年过去了，人生轨迹究竟是自己的选择还是命运的安排？很多时候，遇到的不一定能长久陪伴，失去的竟然还会重现。艾格尔原以为能与玛丽终身厮守，却在短短一年多后就阴阳两隔；而失踪很久的羊角汉斯却以这样奇特的方式回到艾格尔面前。羊角汉斯的再次出现对于艾格尔来说充满了寓意。当羊角汉斯的尸体静静地躺在冰川之中时，世界在一天天地变化，艾格尔不断遭遇各种苦难，从开始时的一无所有最终又回到了一无所有。到底哪一种存在的状态更有意义？很显然是后者。至少艾格尔曾经给了玛丽一个温暖的家，虽然只有短短一年多的时间，但是幸福是不能用时间的长短来衡量的。

1933年2月的那一天是艾格尔命运中最重要的一天，他上午在漫天大雪的山上无助地目睹羊角汉斯奔向死亡，下午在温暖的客栈与玛丽美好地邂逅。世界由一个个因果组成，每个人的每一个举动都会让世界发生变化。正是羊角汉斯放弃自己的生命逃离艾格尔，艾格尔才能在那天下午遇到玛丽。这两个人、两件事给艾格尔带来了重大的影响，那一天改变了他的一生。在短暂而又漫长的一生中，艾格尔多次与死亡擦肩而过，但他不曾怨恨，也没有怒火，而是平静地接受着降临到身上的一切，坚定地在大地上留下自己的足迹。

“这么久你去哪儿了？”他喊道，“我有好多话要向你讲！你都不会相信，玛丽！这整整的、漫长的一生啊！”

她没有转身。她没有回答。只能听到风的声音，只能听到它吹过大地，把今年最后的一些余雪卷走的哀嚎和叹息声。

因为村里学校扩建，年过七旬的艾格尔搬到了山上一座已废弃几十年的牲口棚里，离群索居。在生命最后的时光里，他已无欲无求，唯有对玛丽的思念没有改变。一天夜里，他辗转难眠，出门沿着山坡向上漫步。此时山中雾气很重，突然他看到一团白雾仿佛玛丽的身形，在地面上向前飘动。异常激动的艾格尔想快步追上白雾，但那个虚幻的身影不断远离，最终消失。这显然是艾格尔把团雾臆想成了玛丽。

艾格尔最美好和最痛苦的记忆都与玛丽有关。他终生难忘第一次见到玛丽的那个下午，她在客栈轻轻发出噼里啪啦声的炉子前短暂的微笑，也始终无法忘记被雪崩冲毁的房子的门槛，他和玛丽有很多夜晚坐在上面享受美好时光。艾格尔一生孤独，在玛丽面前他才能够吐露心声，玛丽离开后，他无人可倾诉，无数的话只能藏在心里。甚至有一次在战俘营中，他还用捡到的纸和铅笔给玛丽写了一封短信，告诉玛丽自己的情况，然后把信埋在了脚下的泥土里。因此，毫不奇怪当突然见到“玛丽”时，他的第一反应是要向她讲述这漫长的一生，想要告诉她，当她不在的时候，自己独自经历的一切。

有时候他在睡觉前把他的小凳子搬到窗边去，向外望着，希望在夜晚的背景上会浮现出一些回忆，至少给他混乱的头脑中带来一点儿秩序。事情的发生时间和先后顺序越来越频繁地在他的记忆中变得混乱。那些事情相互跌撞在一起。在他内心的眼睛前，每当一幅画面好像快要组合起来时，它就马上又滑落了，或者是像润滑油滴在灼热的铁块上一样快速消融了。

这段话形象地表现了一个思维混乱的老年人的状态。当艾格尔到了生命最后阶段时，他的记忆出现了混乱，生命中的很多经历都越来越模糊，并且逐渐消失，以致在记忆中出现了成片的空白。他已经无法形成符合逻辑的思维，难以依靠清醒的大脑来完成诸如做饭之类的日常琐事，也很难记得最近发生的事情，比如前一天用过的东西第二天就想不起来放在哪里了，尽管他的小棚子并不大，里面东西也不多。他的意识处于游离状态，思想中的各种元素都变得支离破碎，无法组合成完整的画面。生命的终点即将来临，所有的梦想和渴望都将烟消云散，脑中的空白象征着生命之空。

中国　薛忆沩

华东师范大学出版社　2014 年

# 空 巢

薛忆沩，1964年生于湖南郴州，在长沙长大，现居蒙特利尔。1985年在北京航空航天大学获计算机科学与工程学士学位，其后在蒙特利尔大学获英美文学硕士学位，1996年在广东外语外贸大学获语言学与应用语言学博士学位。1996年至2002年任教于深圳大学文学院，2002年移居蒙特利尔，2006年至2007年为《南方周末》及《随笔》杂志撰写读书专栏，2009年至2010年受聘为香港城市大学访问学者，2013年受聘为中山大学高等人文研究院驻院学人。

他出版作品近30部，包括长篇小说《遗弃》(2012年深圳读书月“年度十大好书”)、《白求恩的孩子们》(台湾版)、《一个影子的告别》(台湾版)、《空巢》、《希拉里、密和、我》，中短篇小说集《不肯离去的海豚》《流动的房间》《首战告捷——战争系列小说》(《南方都市报》2013年度“十大中文小说”)、《出租车司机——“深圳人”系列小说》(2013年度“中国影响力图书奖”),随笔集《文学的祖国》《一个年代的副本》《与马可·波罗同行——读〈看不见的城市〉》,“文学三十年”自选虚构作品集《被选中的摄影师》、非虚构作品集《大地的回报》。2018年7月,他出版了随笔集《异域的迷宫》和访谈集《以文学的名义》,首次讲述他在异域16年的求学和生活经历。作品被译为英、法、德、意、瑞典、保加利亚等多国语言。1991年获台湾《联合报》文学奖。2009年,小说《通往天堂的最后那一段路程》入选花城出版社林贤治、肖建国主编的“中篇小说金库”。2014年获第二届“林斤澜优秀短篇小说作家奖”。2017年,获得加拿大蒙特利尔“蓝色都市”国际文学节多元文化奖,该奖表彰他第一部被译成英文的短篇小说集 *Shenzheners*(《深圳人》)对当地文化生态做出的贡献,这是蒙特利尔最大的文学节创办20年来第一次向中国作家和译自汉语的文学作品颁奖。2020年9月,他的长篇小说《李尔王与1979》获得第五届华侨华人中山文学奖评委会大奖。

薛忆沩常被媒体评价为“特立独行”“异类”“边缘化”等,他主动疏离文学圈,从不参加官方组织的文学活动,也很少与文坛人物往来。因为他相信文学是个人的事业，是孤独的事业，而“孤独是艺术家保护精神世界的‘铜墙铁壁’”。他的生活方式也“落伍”于时代，比如，他不使用手机，不太关心新闻，对外联络主要靠座机和邮箱。通常 5 公里以内的路程，他都会选择步行，而非搭乘交通工具。他喜欢跑步和游泳，将其视为对意志和体能的训练。他总是在寻找将生活简化的可能，对外在物质生活的要求极低，而对精神生活的要求极高。他曾说：“做时代的落伍者有许多的快感，落伍者可能会保存下一些最精致的趣味。”

《空巢》是薛忆沩根据发生在母亲身上的真实故事所创作的。他深刻剖析母亲及她那一代人一生的境遇：他们在青春期迎来了新社会，在历次政治运动中耗尽了自己的精力和智慧，又在一个浮躁的社会里遭受着最后的病痛和孤独。他借小说结束时母亲幻想中举着“救救老人”标语的游行队伍发出呐喊：救救老人！他相信通过对《空巢》的阅读，读者会对书中“空巢”母亲所处的时代和与这个时代密切相关的历史有更多的理解，也会对自己的父母有更多的理解，并会认真思索“救救老人”这个主题。小说已改编成由张唯执导、祝希娟主演的同名电影，于 2020 年上映。

空巢
The Empty Nest
根据薛忆沩同名小说改编
Based On the Novel by Xue Yiwei
导演 张唯
领衔主演 祝希娟 张优 主 演 龙姑姑 马东延 张洪杰 魏晓璇

《空巢》电影海报

## 受骗老龄女教师生命的最后一天

小说描述了一位老龄退休女教师在一天中的受骗经历和心理体验。老太太姓赵，育有一子一女，儿子在伦敦，女儿在纽约，她和子女很少有机会见面，主要通过电话联系。她的老伴已去世，妹妹远在千里之外。她孤身一人生活在“空巢”之中，平常也没有什么社交，获取外部信息的渠道很有限，是一个“真空”级的“空巢”老人。经常与她联系的，倒是那些向她推销各种伪劣商品的人，她被骗了很多钱却不自知。老人体弱多病，患有阵发性房颤和肠胃功能紊乱，遭受严重便秘的痛苦。4个月前，一个名叫小雷的保健品推销员带她去参加免费系列保健知识讲座，怂恿她购买了所谓能够治疗便秘的药物，钱花了不少，便秘却更加严重了。小雷非常热情，比亲生女儿还关心她，在小雷几乎每天都打电话来的密切“关怀”下，老人对她深信不疑。

再过3个星期，老太太就要80岁了。这天她突然接到了一通电话，对方说自己是公安局刑侦大队的，认为老人已经卷入了犯罪集团的活动。电话里一个自称顾警官的人要求老人将她所有的钱都集中转入一个安全账号，以避免犯罪分子将她的钱转走购买毒品。一生重视“清白”的老人，在极端惊恐之下按照“顾警官”的指示去转账，她瞒过了所有人，偷偷独自一人到银行去，并且骗银行职员说自己认识转账对象，结果将活期账户里面所有的 13 万元一起转入了对方指定的账号。但是，她在电话里面告诉“顾警官”转账已成功完成后，公安局就再也不来联系她了。

老人陷入了更深的恐慌之中，从对电话里的“警察”深信不疑到渐渐产生疑惑，再到确信自己上当受骗，最终越来越自责和懊悔。这种心理体验让她不断回忆起自己一生中的创伤和悔恨。在社会政治环境和个人性格的双重影响下，她与丈夫婚姻一直难以保持和谐，离多聚少，丈夫还不断外遇，直至患病去世；在政治运动中，她曾经在单位领导压力下写信与属于“剥削阶级”的父母划清界限、断绝关系，直接导致了父母后半生的不幸。现在，她意识到自己又一次犯下了大错。儿子、女儿和妹妹发现了她的不正常，轮番打电话来询问、责怪或者安慰她。邻居老范也发现了异常，希望能跟她谈谈。她只将真相透露给了儿子。被骗的 13 万中有一部分是女儿的，儿子决定帮她隐瞒，并且自己出钱帮她还给女儿。但是儿子要求老人去派出所报案，这是给老人出的新难题。当老人终于鼓起勇气来到派出所，凑巧的是，接待他报案的竟然是一位姓顾的警官，这让老人异常害怕。一个年届八旬的老人，在巨大的精神压力之下，身心受到极大打击，已无法区分真实与虚幻。随后，老人又发现小雷竟然因为诈骗被抓进了派出所，这是压垮老人的最后一根稻草，她逃离了派出所，在精神错乱中离开了这个世界。

## 扭曲的一天与异化的一生

电信诈骗让无数中国家庭受害，人口老龄化是目前中国面临的重大社会问题，这部小说通过一个具体的诈骗案件将这两个“热点”巧妙地结合在一起。小说用第一人称叙述，通过受骗老人的视角，采用顺叙与插叙相结合的方式，将老人扭曲的一天与异化的一生相交织，不仅细腻地呈现出受害者在案发24小时之中复杂的心理变化，而且从宏观的角度再现了一位中国知识女性的心路历程和荒诞的人生经历。小说用各种欺骗来表现主人公人生的荒诞性，她一辈子都活在形形色色的骗术中，到老年后所受到的欺骗变本加厉，让她深陷其中而无能为力。在这里，充满现实关怀的文学第一次发出了“救救老人”的呐喊。作者在书的题记中写道：“献给所有像我母亲那样遭受电信诈骗的‘空巢’老人，那一天的羞辱摧毁了他们一生的虚荣。”

薛忆沩善于采用象征和隐喻的叙事手法来表现小说的主题思想，比如通过主人公在臆想中见到已去世的母亲和与母亲对话，来突出主人公的内心压力和产生这些压力的原因。母亲象征着老人的过去，过去既有美好的一面，也有创伤性的一面。作者在情节发展的不同阶段设计了 5 次老人与母亲的对话。老人寻求母亲的原谅，说自己“现在比任何时候都更需要”母亲，而母亲在安慰老人，让她“永远都不要责备自己”。可以看出，老人在诈骗电话的恐吓之下出现了幻觉，仿佛看到母亲在身边。这一方面可以理解为老人在所面临的严峻处境中无法做出清醒的判断，不得不求助于臆想中的母亲；另一方面也是作者用这种方式打通现在与过去，让读者获悉老人所面临的现状的历史原因，使小说叙事前后的衔接融洽。母亲的出现有两个作用：一是安慰老人，缓解老人的精神负担；二是原谅老人，让老人不再对曾经的错误耿耿于怀。然而，作者也通过老人最后的结局表明了，这种幻想中的安慰是无力的自我救赎，不能解决任何实际问题，反而让老人陷入精神内耗而无法解脱。

“空巢”不仅是小说标题，而且在小说中也具有强大而复杂的象征意义，隐喻生命中的某种缺失，表现出明显的负面含义。首先，独居老人所处的屋子是一个“空巢”，对于老人而言，这个地方承载了太多不愉快的回忆，家人以各自的方式离开，只留下老人自己。同时它也很脆弱，容易受到各种骗子的入侵，因此这个“空巢”并非一个安全之处，更不可能是一个能够让人颐养天年的安乐居所。此外，小说中不止一处提到，老人的婚姻就是一个“空巢”。婚后不久老人就后悔了，她和丈夫来自不同地区，生活习惯有很大区别，更重要的是，两人的人生观和价值观也相差很大。雪上加霜的是，在特殊年代的社会政治环境中，两人的人际关系和互相之间的关系也受到了冲击。于是，夫妇之间本就不深的感情很快冷却，婚姻成为一个空壳，“家”成为她最陌生的地方，作者借此隐喻揭示了老人一生痛苦的根源。

## “可能任何时代都不适合老年人生活”

子宫是空巢，坟墓是空巢／生命是空巢，死亡是空巢／记忆是空巢，想象是空巢／孩子是空巢，老人是空巢／时间是空巢，世界是空巢／语言是空巢，沉默是空巢／思想是空巢，梦想是空巢。

这是一首《空巢歌》，最初是老人小时候她舅舅的好友所作。这位好友是一个左翼文艺青年，因为积极从事革命活动，被旧社会的反动政府秘密处决，从此她的舅舅变成了疯子。诗中将世间万物和人的思想都视为虚空的建构，甚至连死亡和时间都不具有实在性，否认一切存在的价值。它将一切都比喻为空巢，既可说它很颓废，也可说它反映了世界和人生的某些真相：人所孜孜不倦追求的，各种各样的世俗梦想和愿望，最终都会消失成空。老年人对这一点感触尤其深刻，因为相对于年轻人而言，老年人已去日无多，年龄越大，剩下的日子就越少，就越能看清人生的真相。老人的母亲则在遭受了另一重大打击后，感悟到“色即是空，空即是色”的道理，“她在那幻灭之后已经看到了绝对的‘空’。”这种对“空”的感悟，已经超越了“空巢”观，因为她已彻底放弃了对“巢”的依赖，意识到万物都是短暂的，只有“空性”才是唯一持久的真实。

在我丈夫的追悼会快要结束的时候，我却第一次感觉到自己的一生真是一事无成。

老人一生生活在各种束缚当中，被命运驱使，随波逐流。她被迫与父母划清界限，严重地伤害了他们并导致父亲过早地去世；与丈夫长期分居，虽未离婚但早已被他抛弃；与子女疏远，既不能亲近孩子们也与他们没有共同语言。她被折磨多年后终于醒悟过来时，已到暮年，从当初的孤身一人又回到了孤身一人，从一无所有又回到了一无所有。

其实可能任何时代都不适合老年人生活。

这是老人邻居老范的话，和老人相比，老范对人生看得更加通透，不受困扰，思想充满智慧。老范的话表明了，无论在什么时代，老年生活都是很艰难的。一方面，老年人是容易被边缘化的群体，常常被社会所忽视或者无视；另一方面，老年人容易受到伤害，成为各种骗术的受害者。人生仿佛是一个无解的难题，对于老年人而言尤其如此。进入老年，人们会无奈地目睹着时间像流水一样日复一日地逝去，自己一天天地走向人生终点，却对此无能为力。

经过这最特殊的一天，经过目不暇接的波折，我已经知道生活是多么的荒唐，多么的不可理喻。这最特殊的一天比我之前经历的全部生活都更让我懂得了生活，都更有意义。我甚至觉得应该感谢那位始终没有露面的顾警官，感谢让这一天变成我一生中最特殊的一天的所有骗子。他们用一个电话就改变了我的一生。他们用他们的“假”让我看到了生活的“真”。

老人一生最在乎的就是自己的“清白”，她一生受到各种打击，想尽办法也要保证自身清白，甚至有时候明知被骗也不敢声张，她意在掩饰自己的问题，树立一个良好的形象或者人设。这一次之所以受到电话诈骗，主要也是因为骗子说她卷入了犯罪集团活动，攻击了她的“清白”，使她产生极大的恐慌，无法明辨真伪。但是，这次老人被骗了13万元巨款，无法再靠自欺欺人蒙混过去，不得不直面现状，承认自己的问题。这也让老人有机会进行自我反思，看清了自己，也看清了这个世界。她身处的环境中充满了各种“假”，迫使她自己也不得不参与谎言和欺骗。对于她而言，生活的“真”由“假”所组成，因此“真”就是“假”，“假”就是“真”，假作真时真亦假。

西班牙　安赫莱斯·多尼亚特
蔡学娣　译　上海人民出版社　2018 年
原著出版于 2015 年

# 高山上的小邮局

安赫莱斯·多尼亚特（Ángeles Doñate），1971 年生于西班牙巴塞罗那，从事新闻和教育工作。她已经出版的著作有游记《从智利圣地亚哥到威廉姆斯港的旅行日志》等非虚构作品，以及与马里韦尔·比拉合著的长篇小说《一只狗的微笑》。《高山上的小邮局》（2015）是她独立完成的第一部小说。

安赫莱斯是巴塞罗那人，有一次去家附近的邮局寄包裹，发现里面一个顾客也没有，工作人员告诉她现在的人都已不写信了。这次经历引起了她的思索，如果大家都不再写信寄信，那邮差、邮箱、邮局的命运又将如何？安赫莱斯回忆起曾经寄给别人的信和珍藏的别人寄给她的信，她仍保存着与同学互寄的圣诞节明信片，以及抹去寄信人姓名的情书和从世界各地寄来的信件。写信寄信的过程是对自己所爱的人花费心思的付出，她生活中一些重要的时刻都在书信中留下了痕迹，比如父亲生病或者她离家求学的日子。这些都给她带来了创作的灵感，她开始构思这部小说。由于她对亲笔书信的这种热爱，以及对于它可能带来幸福的信念，这个治愈的故事得以诞生。故事发生在一个名叫波韦尼尔的小山村，波韦尼尔的意思是“未来”。作者希望通过小说表现所有人团结一致，用无私的付出让这个世界变得越来越美好的主题。

在小说的《致谢》中，安赫莱斯写道：“感谢所有给我写信或者读我的信的人。这个故事是向我们在远程交谈中所度过的所有那些时光致敬。这于我而言就是一封信：一场在纸上发生的关于友情、爱情、乡愁、梦想的对话。它是用墨水封存的我们生活的片段。”同时，作者也指出：“这部小说不只关乎书信，也涉及了友谊和做小事的勇气。”因此她要将这些文字献给那些赠予她珍贵友情的人们。

## 山村里的匿名书信接龙

在西班牙山村波韦尼尔，年近40的萨拉是仅存的一位邮差，丈夫弃她而去，留下了三个未成年的儿子，母子四人艰难生活。因为电子通信的普及，人们渐渐不再写信，邮政总局打算关闭波韦尼尔邮局，将萨拉调到首府。80岁的老太太罗莎多年来一直是萨拉的邻居和房东，她不愿意萨拉失去这里的工作，要想一个办法把萨拉留下来，于是她暗暗决定寄一封信，并让收信人也像她一样，给村里的人写信，创造一个匿名书信接龙，从而向邮政总局证明，村民们依然需要手写书信，需要萨拉的存在和她提供的服务。

罗莎把信写给了失联多年的好友路易莎。年轻时的罗莎和路易莎是形影不离的闺蜜，但罗莎爱上了路易莎暗恋的男子并与之结婚，路易莎因此远走他乡，两人失去了联络。60年后，罗莎希望通过自己的信来弥补多年前的裂痕。罗莎不知道的是，路易莎早在十几年前就已去世，现在住在她家旧居并收到信的是刚刚搬来的路易莎的孙女阿尔玛。

阿尔玛爱好诗歌，与期望她能从事稳定工作的父母格格不入，她临时搬来故乡的祖屋也是为了逃避。经过一番犹豫后，阿尔玛决定加入这场接龙，她之前从友人那里偶然得知，自己仰慕已久的美国女诗人波斯基正隐居在波韦尼尔村，于是写了一封信给她，表达了自己对诗歌的爱好和为实现梦想遭到的阻力。

波斯基曾是普利策奖得主、诺贝尔奖提名候选人，但是现在却陷入创作灵感枯竭的困境，于是躲在这个无人知道的西班牙小山村里。一开始她对写信接龙也是抗拒的，但慢慢认同了这个主意，也写了一封匿名信寄出去，波斯基在信中回忆起自己过去的一生，谈到目前遇到的痛苦。她在电话簿里随机找了一个亚历克斯的名字，以为这是一个女性，但亚历克斯是一个年轻男子。

亚历克斯收到匿名信很开心，他是目前还留在村里生活的为数不多的年轻人，朋友们早已一个个出去闯荡了。亚历克斯留下来是为了照顾得了老年痴呆症的父亲，他很小时母亲就已去世，哥哥也在外地工作，只有他一人在家照顾父亲。他非常渴望能够到世界各地旅行，他如饥似渴地阅读各种游记，研究各大洲的地图，却一直被困在原地。

收到亚历克斯信的是希帕蒂娅。这是一位几乎不识字的老年家庭主妇，小时候家庭困难，她为了照顾弟弟妹妹而付出很多，没有受过教育。结婚后她每天的工作就是给家里人做饭，突然收到一封专门寄给她的信让她感到非常惊喜。她希望能加入接龙，于是在外孙汤姆的帮助下写了一封信，而这封信阴差阳错地寄给了以心理咨询热线为生的中年妇女曼努埃拉。

曼努埃拉出生在波韦尼尔村，不到 10 岁离开此地，结婚生子，到了 45 岁那年，突然不愿再被这样的生活束缚，决定离家出走。经过一系列挫折后，感觉一生都很失败的曼努埃拉年近50时一人回到出生地。曼努埃拉小时候被家附近的一所豪宅所吸引，梦想着能有和豪宅主人一样奢华的生活，于是她把叙述自己人生境遇的匿名信寄给了那所豪宅。

然而，曼努埃拉并不知道那所宅子早已人去楼空、腐朽破败。送信的萨拉找不到收信者，只得自己打开信件希望能够找到寄信人的信息，她也因此发现了书信接龙的事情。为了让接龙不致中断，萨拉本人也参与进来，写了一封信给从南美来西班牙、在邮局打杂的卡罗尔。在信中萨拉倾诉了自己的心情，尤其是对孩子的感激和意外获得的爱情给她带来的喜悦。而卡罗尔也写了一封信讲述自己的经历，她将信寄给了雇佣自己打扫卫生的曼努埃拉。

在大家的努力下，村子里邮局要投递的信件大幅增加，总局终于决定暂时不裁撤这个邮局，萨拉和卡罗尔都可以继续在这里工作了。在这个冬天，一封封的信件将人们联系在一起，人们既是在帮助萨拉，也是在帮助自己，每个参与者都从中有所收获，解决了自己遇到的难题，生活变得更美好。

## 以书信为主要叙事手段

这是一个精心创作的、以信件为载体和媒介的故事，信件是叙事主体的重要表达手段。在小说中，信件承载了人们内心的孤独和倾诉的渴求，表现了人们试图挽救过去和改善现状的努力。作者刻画了以女性为主的书信参与者，其中大多是中老年人。她们的出身背景、人生经历各不相同，但都在同一时间段聚集在了这个小山村里。她们的日常交往并不能深入内心，情感交流也不充分，这时信件成了加深情感纽带的一个重要手段。作者表现了老年人、中年人和年轻人之间在信件的帮助下互相关心帮助的温情场景。

书信体小说或以书信为主要叙事手段的小说有很多，这部小说的与众不同之处在于作者有意识地对信件的历史和意义进行了研究与探讨，并且在叙事中嵌入了丰富多彩的人类文学与思想中有关信件的论述。它们以各种形式散落在小说各处，读者随时都可发现。首先，作者引用了很多作家或思想家有关书信的睿智言论。例如在第一章伊始引用了拜伦的话“阅读旧书信的快乐之一是知道它们已经无须回复”，在第四章则引用了若泽·萨拉马戈的名言“电子邮件永远不会沾上泪水”。这些言论增加了小说的思想深度，也在一定程度上有助于读者理解情节发展。其次，在第四章中，作者借阿尔玛所选修的书信文学课的老教授之口，讨论了人类写信的悠久历史。“在两河流域文明时期和古埃及就已经有书信了。在古典时期，政治家、商人或者哲学家之间的通信发挥了重要作用……由于平民百姓的贡献，书信自 16 世纪开始进入鼎盛时期”。书信曾在很长时间里成为人们生活的重要组成部分，但是阿尔玛也提出了一个疑问：在数字通信时代书信会消亡吗？阿尔玛的疑问似乎也是小说作者的忧虑，她试图通过小说来唤醒人们对书信的记忆和需求。第三，在小说的倒数第二章，村子里的书信接龙者举办了第一次关于书信文学的读书会活动，主讲者波斯基通过大量例子解释书信“不仅表现了大历史也表现了小历史”。书信不仅在社会宏观层面发挥作用，也能深入人的内心，反映人们的种种真实生活和情感。这部小说中接龙的所有书信、费尔南多寄给萨拉的 40 封微型情书、亚历克斯和父亲各自写给对方的信等，都是最好的证明。

小说的叙事体现了环环相扣或交叉联系的网状特征，每一封信都会引发一个新的故事，随着信件的增加，卷入的人和事越来越多，引发了一系列连锁反应，包括阿尔玛和亚历克斯的相遇、相知、相爱以及读书会的产生等。事件之间的联结看似出自各种偶然因素，但它们背后又有其必然性，是每个人善良人性的必然选择。大家在通过写信表达自己心情的同时，又是在通过实际行动帮助萨拉，爱心汇聚的高潮是萨拉的40岁生日宴会，而罗莎在阿尔玛的帮助下找到并祭拜路易莎的坟墓则是整个事件完美的尾声。与此同时，邮局得以保留象征着小山村传统价值的回归，这是每个参与挽救邮局者所取得的集体胜利，也是他们在现代社会的压力之下力图寻找真我所获得的奖励。

## “实现幸福的最佳日子就是今天”

实现幸福的最佳日子就是今天。我们留待将来的事情也许我们将永远无法实现。

这句话出自亚历克斯之口。之前邻居和好友们一直在偷偷筹备萨拉的生日聚会，但是亚历克斯患有老年痴呆症的父亲突然去世了，大家请阿尔玛打电话给亚历克斯，问他是否要推迟萨拉的生日聚会。亚历克斯回忆起他父亲60岁和70岁的生日都因故未能如愿举行，因此主张如期举办萨拉的生日聚会。亚历克斯体会到，那些重要的、有意义的事情千万不能推迟或拖延，否则就可能永远不能实现。幸福只能发生在今天，而不能指望明天。今天不幸福就永远不会幸福。

为了照顾我，你放弃了去看所有那些地方。

你看到这个信封里有一把小钥匙吗？

等到我不在的那一天，也就是你看到这封信的那一天，我希望你拿上这把钥匙去银行，请人打开一个以你的名字保存的盒子。在那里你会找到另外一封信。没有神秘的东西，只有钱。那是给你的。离开银行，不要往后看，去车站，踏上你遇到的第一列火车，奔向你的梦想。快点，因为你已经延误了很多年。

我为你骄傲。

我爱你，儿子。在这段日子里我没有一天不爱你，我很肯定。

这段话来自亚历克斯的父亲给他写的信的结尾。父亲数年前得知自己得了老年痴呆症后写了一封信给亚历克斯，并嘱托邻居托马斯在自己去世后把信交给他。老人在信中表达了对儿子的感谢，因为虽然亚历克斯喜欢旅游，但是为了照顾老父亲，一直没有离开家乡。他经常整天在图书馆研究地图，如饥似渴地大量阅读历史和地理书籍，这些都被父亲看在眼里。父亲唯一的愿望就是亚历克斯能够尽早出发，踏上旅途，实现梦想。

这封信中表现了深深的父子之情。儿子为了父亲放弃梦想，而父亲为了帮儿子实现梦想，趁着自己还未完全丧失记忆，做了精心的准备。在信的末尾，父亲告诉儿子，即使自己已经完全不认识他了，对他的爱也不会消失。每个老人心中都曾怀有热忱的情感和美好的愿望，即使他们已经羸弱不堪，即使他们已经忘记了一切。

她在那些乱七八糟的东西里一通乱翻，然后拿出一张硬纸片。

她看都没看就把它递到罗莎颤抖的手中。迎面而来的是两个兴高采烈的女孩的微笑。六十年后，罗莎不到一秒钟就认出了她们。

她任由雨伞从手中掉落，阿尔玛赶紧捡起来重新给她撑上。

老太太用食指指尖摩挲着她心爱的自行车和母亲给她缝制的格子裙。她一遍又一遍地抚摸着那张黑白照片上她最好朋友的脸，她小心翼翼，仿佛生怕抹去了她某个温柔的地方。她看着那抹令她如此怀念的微笑。

在故事的结尾，罗莎和阿尔玛走在村子的墓地，她们来参加亚历克斯父亲的缅怀仪式。但是，阿尔玛还有另外一个计划，即向罗莎透露自己正是她曾经的好友路易莎的孙女，而路易莎十几年前已去世并安葬在该墓地中。路易莎的墓碑上刻的是她第二次婚姻时用的法语名字，因此罗莎一直都没有发现路易莎的坟墓早已在自己附近。

当阿尔玛拿出那张照片时，一切都已明了。照片摄于60年前一个阳光明媚的下午，罗莎和路易莎一同出去郊游，当时两人之间还没有隔阂。那时候，两个天真的女孩不知道以后会发生什么，只是沉浸在简单的欢乐中。60年的时光转瞬即逝，她们经历了欢乐和痛苦，收获了成功和遗憾。当老人突然看到几十年前的照片时，时光仿佛倒转了，一切仿佛又回到了从前。她看到了心爱的自行车和漂亮的格子裙，还有好朋友青春洋溢的笑颜，这是她永远无法磨灭的美好记忆。现在，故人的孙女儿唤醒了她的过往，也抚慰了她充满遗憾的内心，让她的人生拥有了完美的结局。

智利　伊莎贝尔·阿连德

叶培蕾　译　人民文学出版社　2021 年

原著出版于 2015 年

# 日本情人

伊莎贝尔·阿连德（Isabel Allende），当代西班牙语世界最畅销的作家之一，1942 年出生于秘鲁利马，在智利长大，从 17 岁起致力于新闻事业和文学创作。1973 年，智利发生政变，她的叔叔萨尔瓦多·阿连德总统遇害，她踏上了流亡之路。1988 年，她和第二任丈夫、美国律师威廉·戈登（William Gordon）结婚，后一起居住于美国加州圣拉斐尔市，2003 年加入美国国籍。2019 年，77 岁的她开始了第三段婚姻。伊莎贝尔的文学成就斐然，曾荣获 50 项以上文学奖项，作品至今被译成超过 40 种语言，全球总销量超过 7 500 万册。其 1982 年出版的《幽灵之家》以魔幻现实主义的手法展现了一个智利大家族几代人的变迁，这部小说奠定了她在拉美文学界的重要地位。当时由于加西亚·马尔克斯获得诺贝尔文学奖，拉美文学大爆炸的冲击波达到了顶峰，魔幻现实主义的光环极其耀眼，《幽灵之家》的出版也非常引人注目。伊莎贝尔作为这一阵营中少有的女性，被冠以“穿裙子的加西亚·马尔克斯”，从此迅速走红。她著述丰富，作品包括长篇小说《爱情与阴影》(1984)、《月亮部落的夏娃》(1987)等，1994年创作了追忆女儿的非虚构作品《宝拉》，她的女儿因病于1992年去世。

伊莎贝尔致力于女权运动，一直笔耕不辍，2021年出版了一部女性主义的非虚构作品《一个女人的灵魂》，2022年80高龄时出版了小说《维奥莱塔》。这位智利女作家创立了与自己同名的基金会，在国际上为支持妇女和儿童的权益做贡献。在她的作品中总会强调女性在社会中的不同角色，以及身为女性在整个历史进程中所承受的重压。她笔下的人物为读者带来鼓舞，大量作品被改编为电影、戏剧、芭蕾舞及音乐剧。她1994年入选美国加州马林县妇女名人堂，2004年获选为美国文学艺术院院士，2010年获智利国家文学奖，2014年获美国总统自由勋章。

《日本情人》出版于2015年，小说表现了20世纪社会剧烈动荡的大时代之中的个人命运。第二次世界大战让主人公阿尔玛和福田一命各自经历了心酸的往事，两人陷于一段不可能有结果的爱情。他们从小相识，无缘相聚却相爱至终老。这本小说中，除了人物的情感和生活主线，作者还着重讨论了她所关注的移民（尤其是二战时在美国的日本人）的处境、女性权益保护和老年社会的话题，特别是最后一项。她在《日本情人》中特别安排了一对年轻人观察老年阿尔玛的生活，通过代际互动，发现不管生活得多么诗意浪漫，衰老总是令人沮丧。老人为何会选择在养老院中度过自己的余生？他们在这里过着怎样的生活？他们怎么打发孤独的时光？他们对于爱情、年龄、衰老和死亡有什么样的看法？这些都是作者在小说中探讨的问题。

## 阿尔玛和福田一命的爱情故事

1999 年，12 岁的伊莉娜从摩尔多瓦移民到美国。2010 年，23 岁的伊莉娜来到位于伯克利郊区的拉克之家工作。拉克之家是一个成立于 20 世纪中期的养老院，它坚持依据每位住户的收入情况收取费用，旨在为低收入老人提供体面的住处，但现在的 250 个住户都是中产阶级白人，平均年龄 85 岁。从 2010 年到 2013 年这 3 年多的时间里，伊莉娜在拉克之家过得很幸福，同时也有机会接触了一位老人，成为她的雇工和朋友，了解到她的世界和往事。在此过程中，伊莉娜也开始直面自己过去的不幸经历。

这位老人名叫阿尔玛，2010年初带着老猫内克一起入住拉克之家，当时她已有78岁。她是一位在丝绸上作画的艺术家，从事创作已有60年之久。她的作品品位很高，广受欢迎，在画廊中以惊人的价格出售。她的穿着打扮和行为举止具有谜一般的气质，让人难以接近。现在她每周会在患唐氏综合征的助手科斯藤的陪伴下在工作室待上几个小时，主要目的是打发时间，使老年生活不那么无聊。阿尔玛雇用伊莉娜当她的秘书，主要任务是帮自己整理各种过去的文件、照片，为孙子赛斯提供写作素材。赛斯爱上了伊莉娜，对写作却不太上心，两个年轻人在此过程中逐渐获知了阿尔玛的曲折人生历程，以及她和福田一命的爱情故事。

1939年，在纳粹德国入侵波兰、迫害犹太人的巨大阴影下，未满8岁的波兰犹太人阿尔玛被父母送到了美国加州，投靠姨父姨母一家，从此竟与父母永别。初到美国的阿尔玛想念父母和家乡，每天哭泣不止，后来渐渐地恢复正常，开始享受她一生中仅爱过的两个人的友谊：纳撒尼尔和福田一命。将满13岁的纳撒尼尔是她的表兄，不到8岁的一命是她姨父家日裔园丁的小儿子。纳撒尼尔一直都爱护和帮助自己的表妹，甚至在她怀上一命的孩子却不能嫁给一命时，毅然和她结婚。阿尔玛和一命之间的感情更加曲折。1941 年日本袭击珍珠港后，美国西部沿海各州的日本移民都被像囚犯一样迁入内陆地区，关进集中营，直至战争结束。一命也因此与阿尔玛分离，一开始他们还有书信来往，但渐渐失去了联系。后来两人逐渐长大，分别走上了各自的人生轨迹。在两人相识的 70 年中，阿尔玛和一命有过一些见面的机会，尤其是 1955 年他们在加州一家汽车旅馆里每天相聚，度过了美好的几个月。

阿尔玛入住拉克之家以来，常常一个人开车出去，回来时她的脸上总是洋溢着罕见的幸福表情。谁也不知她去了哪里，伊莉娜和赛斯猜测她肯定与自己的情人相见了。阿尔玛日益衰老，有一天她带着一命的照片独自驾车出去，坠下悬崖，被送到医院几天后不治而亡。两个年轻人直到最后才发现真相，原来 2010 年阿尔玛突然决定入住养老院是因为获知了一命的死讯，他死于心肌梗死。多年以来维系两人情感的是信件，阿尔玛一共收到了 114 封，这些信在她死后都留给了伊莉娜。3 年来，阿尔玛把一命的来信一件件地重新装入信封，再次寄给自己，回味两人的爱情。她独自驾车出去也是为了重演当年快乐的时光。

## 神秘的信件和充满悬念的叙述

《日本情人》的封面和封底别具一格，它们被设计成了一个蜜桃红色的信封式样。封面上用勾线画勾勒了五朵鲜花和一个花蕾，看上去就像书中反复提及的、阿尔玛常常收到的栀子花。这些画面象征着小说主人公的爱情和承载着他们爱情的通信，也让整本书仿佛是一封为读者而作的长信。封面上（或封面所象征的信封上）分别用中文和西班牙语点出了小说的主题："衰老，距离，都不能阻止爱"。

伊莎贝尔的叙事节奏舒缓，娓娓道来。作者似乎是在回忆她所认识的一些老朋友的往事，随着一个个人物逐渐展现在读者眼前，他们的形象越来越清晰和饱满。小说的语言风格也随着叙事的发展而变化。一开始作者用幽默风趣的语言描述养老院里的老年人和老年生活，但当养老院其他老人的生活成为背景，而作者逐渐过渡到主人公阿尔玛的故事时，这种幽默消失了，代之以略带伤感的叙述。因此小说的大多数篇幅充满一种哀伤的美感。小说聚焦人物情感，情感上的冲突和矛盾使人物形象充满张力。每一个人物都在以自己的方式奋力对抗命运，但他们的抗争往往既无奈又无力。于是作者笔下的小说人物之间唯有通过感情互相联结，用无私的爱来对抗动荡的世界以及杀戮、压迫、种族隔阂等残酷的现实。

伊莎贝尔善于在叙事中设置悬念。小说通过伊莉娜和赛斯这两个年轻人挖掘阿尔玛的经历来展开叙事，一条条零散的线索不断出现，慢慢汇聚，一点一滴地重现老人的过去和她一生的爱情。但是，最关键的信息，即阿尔玛突然决定来到养老院和她在养老院一些奇怪的行为的原因，直到小说结尾才被两个年轻人发现，也被读者所知。小说里阿尔玛和福田一命的两条线索互相交织，最终汇合，此时所有人才对阿尔玛人生最后 3 年的所作所为恍然大悟。

给两个年轻人提供线索的除了阿尔玛自己的回忆，还包括福田寄给阿尔玛的信件。小说穿插引用了 114 封信中的 10 封，它们没有按时间顺序排列，而是随着故事发展适时出现，与故事内容相一致，作者通过这样的方式丰富了叙事。这些信件的内容一方面可以帮助两个年轻人更好地发现和理解真相，另一方面让没有能够直接出现在故事中的福田一命有机会吐露自己的心声，包括他对阿尔玛的感情、对世界和人生的领悟等。

小说的另一特点是对带有魔幻现实主义色彩的奇异场景的描述，比如在阿尔玛弥留之际，陪护她的伊莉娜在半夜看到了福田一命来到病房（当时伊莉娜还不知道一命3年前已经去世)。伊莉娜为了不打扰两人最后的告别，溜出病房，但护士却说那时根本没有访客。当她回到病房时，一命已经消失了，而阿尔玛也离开了这个世界。这个神奇的场景满足了阿尔玛再次见到一命的愿望，使他们的爱情故事有了一个神奇的完美结局。

## “他们觉得自己衰老而快乐”

他们开怀大笑，笑声让他们有了兴致到食堂去看看套餐里是否包括了什么有吸引力的菜。雷尼让阿尔玛挽着他的手臂，他们从玻璃走廊上出去，朝着主楼，也就是巧克力大亨的豪宅走去，他们觉得自己衰老而快乐，问自己为什么要说那么多伤心和烦恼的事，而不谈论幸福。“我们要如何对待这种没有特别的原因就来到我们身边的幸福，这种无需任何东西就能够存在的幸福呢?”阿尔玛问。他们彼此搀扶着，颤颤巍巍地小步向前走，他们觉得有点冷，因为秋天就要结束了，这份他们共有的幸福侵入了那些顽固的回忆，爱情的回忆，它们汇成的洪流让他们不知所措。阿尔玛把公园里惊鸿一瞥的几抹粉色纱幔指给雷尼看，然而夜幕正在降临，也许那并不是预示着一场灾难的艾米丽，而是拉克之家里随处可见的一个幻象。

这段话出现在小说倒数第二章的末尾，这时小说即将迎来故事的结局。这一章讲述了阿尔玛的表哥和丈夫纳撒尼尔的秘密——他是一个同性恋，不幸患上了艾滋病，已于30年前去世。当年，他在发病后把秘密告诉了阿尔玛，阿尔玛没有计较，反而请他的男朋友雷尼一起来照顾他。几个月后，纳撒尼尔终于熬到了生命尽头，随后伤心的雷尼也告别了阿尔玛。直到30年后，他们两人才又偶然在拉克之家重逢，但此时的雷尼和阿尔玛都已衰老患病，不久于人世。文中提到的两人所处的即将结束的秋天，也象征着即将走向人生终点的老人。

经历过世间的悲欢离合后，苍老的雷尼和阿尔玛一起回忆往事，谈论现在。曾经的一切，无论是开心还是悲伤，都已成为久远的过去。年老时回头来看，别有一番滋味，那些遗憾已渐渐淡然。共同的经历让雷尼和阿尔玛体会到幸福感，这种幸福感部分源于有人能够理解自己和分享秘密，部分源于年老带来的释怀。雷尼和阿尔玛多年前曾经拥有过同一个亲密的爱人，这让他们产生了特别的友谊，也让双方在人生的最后阶段有心理依靠，摆脱了孤独感。

文中的巧克力大亨是捐献自己的豪宅做养老院的

人，艾米丽则是他的女儿。据说在 20 世纪 40 年代，艾米丽 3 岁的儿子在房子的泳池溺亡，艾米丽也伤心而死，因为这个不幸遭遇，巧克力大亨抛弃了这座房子，成立了基金会。小说在第一章中提到，传说那两个亡灵至今还会在房子里出没，艾米丽穿着一身粉纱连衣裙。当雷尼和阿尔玛离开公园去食堂时，阿尔玛似乎看到了一闪而过的几抹粉色纱幔。这样的描述带有魔幻色彩，会让读者联想到艾米丽，一方面呼应了小说开头部分的传说，另一方面暗示了阿尔玛即将发生变故。实际上，这段话是小说最后一次讲述身处拉克之家的阿尔玛，在下一章，即全书的最后一章，阿尔玛将带着一命的照片最后一次驾车独自出行，坠下悬崖，受了致命伤去世。阿尔玛和她的日本情人用一生坚守一份爱情，最终一起去了另一个世界。

日本　垣谷美雨
吕灵芝　译　湖南文艺出版社　2021 年
原著出版于 2015 年

# 老何所依

垣谷美雨，1959年（昭和34年）生于兵库县，明治大学文学部毕业，日本当代畅销书作家、心灵生活导师、编剧。2005年（平成17年），凭借《龙卷风女孩》获得第27届推理小说新人奖，作为小说家出道。她以创作结婚难、高龄化、看护、住宅老化等现实社会问题为题材的小说而闻名，著作有《复位》《结婚对象抽签》《七十岁死亡法案，通过》《新城黄昏》《丈夫的女朋友》《你的人生，我来整理》《寻找真正的幸福的方法》《女人们的避难所》《不进丈夫的坟墓》《整理婆婆的遗物，很麻烦》《因为我的孩子不结婚》等，有多部作品被改编为影视作品，主演包括野村周平、铃木保奈美等，大获好评。

小说《老何所依》出版于2015年，日文原题为『老後の資金がありません』，意为“没有养老金”，揭

示了日本人的养老问题，尤其是如何获得充足的老年生活经济保障的难题。小说在日本出版两年加印30余次，推动了中年危机与养老话题的热议，精准击中老龄化社会的痛点。该小说被改编成由天海祐希主演的喜剧电影，于2021年上映，并获得2022年第45届日本电影学院奖最佳女主角提名（天海祐希）和最佳女配角提名（草笛光子）。天海祐希评价这部小说说：“每个人都在变老，而这部以关注‘养老资金’的主妇及其家人作为主角的小说，是非常深刻而又不失笑点的优秀作品。看过这部作品后，能让我们对老年生活有一些了解，从而能一边思考自己的人生，一边为将来打算了。”

## 笃子家的经济危机

后藤笃子53岁，丈夫章先生57岁，两人育有一子一女。女儿沙也加28岁，儿子勇人上大学四年级。章先生在一家规模中等的建筑公司工作，笃子在一家小公司的财务部工作。笃子勤俭持家，舍不得花钱，过着连100日元都要斤斤计较的节约生活。精打细算了半辈子后，她和丈夫终于供两个孩子上完了私立大学，而且只差两年就能还完房贷。她和丈夫要到65岁才能领退休金，家里存款只有1 200万日元，因此他们的生活不能有任何闪失和计划外大额支出。

但是，现在笃子面临着一系列的烦恼，首先是对丈夫和女儿的不满意。丈夫从不做家务，也从不参与孩子的教育和抚养，但无论什么事情都认为自己很有道理，随时炫耀自己的历史和政治知识，更过分的是，明明自己什么事情都不闻不问，家里也没有钱，在母亲和妹妹面前还要打肿脸充胖子，把要花钱的难事都揽过来，其中包括每月给父母交9万元的赡养费。其实章先生父母长期在高档养老院过着奢侈的生活，而且他的妹夫收入很高，这与生活紧张的笃子家形成了鲜明的对比。笃子的女儿沙也加自小懦弱胆小，性格内向，上学时成绩不好，工作表现也很一般，好不容易找到一个对象，对方家里却要求举办豪华婚礼，需要花费600万元的巨资，即使两家平摊也要300万元。

最终，女儿的婚礼花掉500万元，公公的丧事花掉400万元，笃子发现本来准备用于养老的存款已所剩无几。雪上加霜的是，紧接着她和丈夫先后都失业了，无力再给婆婆每月9万元的赡养费了。万般无奈下，笃子只好给小姑志志子打电话，要求取消赡养费，但志志子死活不同意。笃子一气之下，宣称要将婆婆接到自己家里来住，正好最近儿子勇人也搬出去住实习单位的集体

《老何所依》电影海报

宿舍了，家里房间多了出来。和婆婆一起生活是一个挑战，因为习惯于高档养老院的婆婆可能不愿接受这种苦日子。但是，出乎意料的是，婆婆竟然非常通情达理，坦然接受这种安排，还将自己每月6万日元的养老金交给笃子使用。笃子家的生活出现了转机。

笃子有一个在花艺课上认识的好朋友皋月，两人已相识将近30年。皋月开蛋糕房，平时生活非常俭省，也没有笃子那种为了面子而大操大办的烦恼。但是在笃子的婆婆搬来不久，皋月就打电话来请她们帮忙。原来，皋月自己的婆婆数月前突然走失了，为了应付政府的抽查，她想请笃子的婆婆帮忙冒充一下自己的婆婆，以免被政府认为自己有冒领去世老人的养老金的诈骗行为，因为有很多人就是隐瞒老人去世而冒领养老金的。笃子本想拒绝，但是婆婆答应只要皋月付10万日元就帮忙。后来他们有惊无险地应付了检查，婆婆帮笃子“挣到”了一笔钱补贴家用。不久之后，皋月的婆婆被找到了，但是很快就因病去世了。笃子和婆婆一起去帮忙操办葬礼，同时也学习了如何举行一场温暖而简朴的悼念仪式。这些事情增进了婆婆和笃子之间的感情。志志子知道后，不仅理解了笃子的难处，还因为渴望母爱而把妈妈接回了家，这让笃子松了一口气。婆婆搬来前两周她已在一家便利店找到了一份店员的工作，现在婆婆搬走了，而丈夫也放下脸面在昔日好友那里找到了新工作，她所忧心忡忡的女儿的婚后生活也很顺利，所有的烦恼和压力都解除了，笃子度过了 53 岁时的人生危机，未来的生活会越来越好。

## 对比和反转叙事

小说的主题鲜明突出，聚焦于经济困顿的老年生活，非常贴近现实。作者借笃子本人的家庭以及她朋友和熟人的家庭，生动刻画了当代日本老龄社会中的老年人因为各种原因所遇到的经济压力。作者善于通过对比的方法来展现不同的人生，首先是笃子和好友皋月形成了明显的对比。笃子家里本有一些积蓄，却不得不为了面子而花费巨资操办女儿的婚礼和公公的葬礼，一下子就掏空了家底。家境较差的皋月的公公则亲力亲为，在世时就策划好了自己节俭的葬礼，总共只花费了 25 万日元，连笃子家的十分之一都不到。笃子羡慕皋月，但迫于各方压力无法按照自己的意愿做出选择，对每一次过度开销都觉得非常后悔。除了这两个主要人物以外，作者还顺带刻画了一些看似体面实则承载了巨大生活压力的老年人，通过他们表面情况与实际状况的偏差而形成的反转来表现人物，70 多岁的花艺老师城崎绫乃就是其中一位。在小说的开始，城崎老师被描述为举止优雅、气度不凡，大家都猜测她纯粹是因为个人爱好才出来当老师。到小说结尾读者才发现，城崎老师其实生活非常窘困，她丈夫因脑梗卧床十多年，家中经营的画廊负债累累，40 多岁的儿子至今未婚，而且还在家里啃老。最终，城崎老师令人震惊地把丈夫杀了。作者通过这样一个人物，揭露了陷入家庭经济危机的老年人难以承受的生活压力，也呼吁人们更多地关注老年人真实的生存状态。

反转法还被作者使用在主人公笃子的处境和由此带来的心态变化上。小说用前三分之二的篇幅竭力渲染了笃子因为各种不如意而心力交瘁的感受，比如，对于女儿的婚礼和公公的葬礼，虽然不情愿但还是不得不花很多冤枉钱，而她自己连喝一次下午茶和吃一个甜点都要在内心反复煎熬。在巨大的压力下，“她感到内心深处涌出了无尽的焦虑”。后来，丈夫失业但还要负担婆婆高额的赡养费这件事成了她反抗的导火索，同时也扭转了事态的发展。在小说后三分之一的叙述中，笃子各种不顺心的事情逐一得到解决，负面情绪也逐渐缓解。甚至连她一直都非常担忧的女儿沙也加可能婚后遭到家暴的事情，最终也发现真相是强势的女儿在家管教丈夫。通过这样的反转，小说的氛围也从开始的低沉阴郁转向了轻松明快，甚至连因杀人而坐牢的城崎老师也得到了安慰。最终，作者表明了老年人的幸福一方面需要金钱，另一方面也需要人与人之间真挚的感情的观点。

## “人生本来就是如此”

每个人结束母亲的生涯，总算能够做回原本的自己时，必然已经老去。遗憾的是，人生本来就是如此。

笃子辛辛苦苦将两个孩子抚养大，她几乎是独自一人完成这样艰巨的使命，因为丈夫章先生从不做家务，也几乎从不过问孩子。当两个孩子终于先后完成大学学业，走上社会，能够自立时，笃子发现自己已年过半百，过去的时光一大半奉献给了家庭和子女。此时她可以拥有更多的自由时间，但总有一种为时已晚的失落感。“她在五十岁生日那天，突然意识到自己的人生已经剩余不多了”。这是一种无法消除的遗憾，同时也是一种无解的矛盾：辛苦几十年将孩子培养长大，只是为了让他们更好地离开自己，自己最终还是孤身一人。最明显的变化，就是当初为了孩子买下的三个房间的住宅成了空巢，“买下这座三房住宅时，她压根没想过有一天会只有他们夫妻俩住在这里。”孩子们曾在这所房子里一天天地长大，这里有过各种或大或小的悲欢得失，现在留下的只有记忆。

养育子女是一项艰苦的工作，但是，人类就是靠养育后代才能延续到现在，至少在可以预见的将来，这还是人类繁衍生息的基本方式。每一代人都是靠牺牲自己的时间和精力来培养下一代的，如果人们变得越来越自私，因为不想让自己受苦而拒绝生育，甚至不愿结婚，人类离灭亡也就不远了。反过来讲，即使不愿意为了下一代付出，日子还是会一天天过去，当衰老来临时，他们是否会后悔？是否真的会觉得没有后代的人生更加有意义？

她已经跟年轻时不一样，能够随时用场面话应付别人了。然而，那只是她越来越擅长假装宽容，其实随着年龄增长，她的心胸变得越来越狭窄。

笃子和老家从小学到高中的同学植田铃与本来是好朋友，偶尔会电话联系。但是不知从何时起，笃子开始对铃与心怀戒备，因为她总是对笃子说其他同学的闲话。笃子也因此害怕铃与会向别人说自己的闲话，家里的事情都不敢告诉她，更不敢让她到东京来玩时住到自己家里来，否则“她回老家去指不定会说什么”。由于这样的戒备心，笃子隐藏了自己真实的内心，表面上和铃与还是无话不谈，其实在情感上早已疏远对方，交谈中只是在应付和周旋。

人是不是年龄越大就会变得越睿智和宽容？不一定，至少笃子目前并没有。人与人之间往往有意无意地互相比较，每个人都活在别人的眼光之下，生活中的种种压力使笃子不得不谨小慎微，心胸变得越来越狭窄。一方面，笃子把养老金的规划看得太重了，以至于产生了过度的焦虑，认为“没有钱的老年生涯太可怕了”，“只有经济宽裕的人才想长命百岁”。另一方面是她虚荣心太强，对家里经济条件的不如意，笃子坚决不敢向别人声张，越是似乎关系好的人，她越是要隐瞒。她过于介意别人的眼光，甚至认为如果熟悉的街坊邻居知道他们夫妻俩都被裁员了，“那些整天无所事事寻找谈资的女人一定会高兴得像过年一样”。笃子到便利店打工还很谨慎地选择了不易被熟人看到的工作地点。她后来也是直到实在迫不得已，才告诉小姑他们夫妻都失业的事情。倒是笃子的哥嫂，虽然曾经毕业于国立大学，在东京工作，但是公司受到金融危机冲击倒闭后，两人回到家乡做着普通的工作，一点也不在意别人的目光，这一点比笃子强多了。

自古以来，人类为了救赎失去所爱之人的悲痛，花了不少智慧和功夫。

皋月的婆婆去世后，在寺院里做了法会，寺院大殿静谧庄严的气氛让笃子产生了不可思议的感觉，“闭着眼睛倾听诵经，让她联想到了自己的根源，联想到了自己在银河系中的渺小”。对死亡的理解决定着人们对生命的态度。在死亡面前，人是弱小的，没有人能够战胜死亡，只能赋予死亡新的解释，希望死亡不是生命的终结，而是无限生命的一部分，今生的遗憾能够通过来生得到弥补，或者今生的罪行能够在死之前得到救赎，以在死后有一个好的归宿。

中国 杨培红
西南师范大学出版社 2016 年

# 老何所依

杨培红，四川省南充市西充县人，四川省作家协会会员，中国散文家协会会员，西充中学语文高级教师，南充市模范班主任，南充市教育系统学科带头人。发表各类文章200余篇，其中有“感恩·励志”系列长篇小说和小说集《潮湿的翅膀》《且行且吟》《老何所依》《明月声箫》等。2006年主编学生优秀文集《青春的花朵》，2008年出版文集《红烛燃情》，2010年出版文集《星月共辉》（2012年再版）。《重庆晚报》《南充日报》和凤凰网、西充电视台等20多家媒体曾对他进行过专题报道。

《老何所依》由西南师范大学出版社于2016年出版，是一部农村养老题材长篇小说，上架销售后受到读者的热捧，短短一个月内畅销6 000余册。为创作《老何所依》，杨培红花了两年多时间采风，实地体验生活，收集素材。他说：“四川西充是忠义文化之乡，自古以来敬老孝老之风盛行，这块热土上蕴含着丰厚的文化积淀，如今这里到处充满着昂扬的生机，为我的小说创作提供了源源不断的灵感以及写作素材。”他的作品里有他自己的影子，正因为他有着特殊的生活经历和人生感悟，才使得他的作品真实、亲切。西充县委宣传部常务副部长赵建平评价：“杨培红经常深入乡村，去感受农民的生活，倾听农民的声音，不仅为创作积淀了鲜活的素材，也使他的文学作品获得灵魂和生命，这样创作出的文化作品更具时代气息，更具社会意义，也更接地气。”西南师范大学出版社社长米加德表示，小说《老何所依》立意高远，思想深刻，书中讲述了住房、疾病、孤独、丧偶、婚变、养老、依靠等问题。小说探讨了如何应对生活压力，如何让自己面对老去而带着一颗随遇而安的心享受幸福。

《老何所依》以浓郁的乡土气息再现了川北地区的山川地貌、风土人情、红尘俗世以及历史典故，讲述了敬老院院长高凤林 30 年来以院为家艰难创业，照顾 100 多位鳏寡孤独老人的故事，内容涉及农村土地、民主法制、教育卫生、干部作风、婚姻家庭、生育养老、打工创业等，是新时期以来第一部全方位、多角度地描写川北农村和老人生活的作品。

## 高风林对敬老院的辛苦付出

代林镇敬老院坐落在风景秀丽的山区，占地30余亩。这里住房窗明几净，活动场所干净整洁，设施齐全，食物营养丰富，吃的是高品质的自己种植的蔬菜和饲养的猪肉。老人们生活丰富多彩，精神愉悦，可以读报唱歌，唱戏听评书，做健身操，学习健康养生知识，到县城、南充等地旅游。敬老院条件这么好，连外出务工人员也纷纷把留守老人送来，现在这儿住着60多位老人，人们称之为“长寿村”。

敬老院院长高凤林从小是孤儿，与奶奶相依为命，吃百家饭长大。1984年夏天，高凤林到敬老院报到，发现这里冷冷清清，破烂不堪，除了五间破瓦房，连像样的桌椅板凳都没有，里面的五个老人有三个是残疾。老人们吃了上顿没下顿，高凤林想尽办法维持生计，不仅到处捡废品卖，还到田里去捡庄稼收割后剩下的一点麦穗和谷粒。为了改善生活，高凤林做起了小生意，卖花圈、魔芋、豆腐、凉粉，最累最苦的是进城贩卖蔬菜。除了供老人们吃喝，敬老院还给他们治病，帮他们洗澡、洗衣服，老人去世，给他们整理遗体。只要是有困难、有需要的老人，敬老院都来者不拒，甚至有点精神问题的也会被收进来悉心照料。30年来，敬老院已为近 70 位老人养老送终。

在敬老院的经营、管理和服务工作中，高凤林采取了很多创新措施，收到了良好的效果。她给老人们建立生日簿，为每一位老人庆祝生日。生日当天，不仅有加菜，还放鞭炮、在广播站点歌、邀请老人亲属参加等，让每位老人的生日都过得开开心心。高凤林按照老人们的身体状况和特长，把他们编成种植组、养殖组、服务组、卫生组、创收组和帮扶组，与大家一起讨论制订管理制度和激励措施，每月评先进、发奖金，激励大家老有所为。在政府的支持下，敬老院还将创收的结余投资国债、基金，进一步增加收入。老人们凭借自己勤劳的双手，创造了“以院养院”的成功模式，敬老院办得红红火火。敬老院还每月对外开放一天，让乡里乡外的老人都来参加活动，免费吃饭，免费使用图书室、健身室、体检室等设施。

高凤林辛苦操持着敬老院这个大家庭，却牺牲了自己的小家庭。当初，高凤林家里上有老下有小，要种地、经营化肥农药，还有各种杂七杂八的活儿。但她坚决要到敬老院工作，老伴高道友虽然一千个不同意，但还是让步了，甚至农闲时还去敬老院帮忙干些杂活儿。等到家中老人去世，儿女成家，两口子已经分开了 18 年。20 多年前，敬老院的工作还给高凤林造成了一场家庭悲剧。一天，高凤林回家和老伴、媳妇一起给苞谷苗施肥。临近中午，有人捎信来说院里有一位老人发高烧昏迷不醒，于是高凤林匆匆离开。儿子高金平得知母亲没吃饭就走了，不问青红皂白，对媳妇小蒲一顿数落，受到冤屈的小蒲一气之下喝农药身亡。半年后，高金平丢下嗷嗷待哺的两个娃不辞而别。直到20年后，高凤林才在乌鲁木齐火车站再次见到这个唯一的儿子。家散了，高凤林在敬老院的工作却没有停。

现在，所有的苦都熬过去了，高凤林的辛苦付出得到了全社会的认可和赞赏，她获得“全国巾帼建功标兵”和“全国三八红旗手”称号。她在报告会上说：“我是孤儿，却有一百多位爹妈；我曾失去儿子，却有成千上万的儿女。只要我不倒，我就要一直干下去。”

## 饱含诗意的语言

作者以川北某地农村近几十年的变迁为背景，以老年生活为核心话题，穿插描写了当地一群农民的人生故事，从多角度探讨农民“老何所依”的问题。社会福利性或公益性的敬老院是小说中重点描述的一个成功案例。但是，很显然，小说中的这个敬老院是一个理想化的模型或者典型。从小说叙述来看，代林镇敬老院的兴旺主要是院长高凤林几十年艰苦付出、个人拼搏、无私奉献的结果，而在现实生活中，类似的发展方式和经营模式是否能够被成功复制，还是一个问题。除了突出高凤林这个敬老的典型人物，小说还暗示了家庭养老的困境，一方面是独居的“留守”老人生活困难，另一方面是大家庭中的代际矛盾，尤其是公婆和儿媳之间的矛盾。小说中的杨家诚、张一文和杨家科等中年人，都或多或少面临着自己的妻子难以与父母相处的问题。其中张一文家的问题尤其突出，甚至成为小说贯串始终的另一个主要冲突，几乎与高凤林的故事占据同等重要的位置。就养老而言，作者似乎在暗示，在农村应该探索多样化的养老模式，居家养老和社会养老并存互补也许是更好的选择。

小说的叙事结构和语言饱含诗意，可以说是一部用散文诗形式创作的小说。全书分为 295 节，每节篇幅短的半页纸，长的一两页纸。每一节都涉及一个小的话题，采用了记事、抒情、写景、动作描写、心理描写等丰富的表现方式，多方位、多角度地呈现了人物特征、地理环境、历史文化、乡村风俗等方方面面的内容。这些由以小节为单位构成的一个个超短篇，有的前后内容连贯，有的前后内容跨度很大。它们看似杂乱，但都是作者精心设计的，它们围绕着小说所要表现的农村养老的主要话题展开，同时又避免了传统线性叙事方式的单调乏味。

在表述和语言形式上，作者使用了方言、俚语、俗语、谚语、童谣等体现农村特色的语言，引用了典故、传说、故事、诗歌、歌曲等附加文本，还大量运用了比喻、拟人、排比、重复、对比等修辞手法，结合体现强烈感情色彩的短句，雅俗共存，叙述精彩纷呈，人物刻画生动形象。比如，四川方言“啷个”在对话中多处出现，意为“怎么”和“为什么”，读之仿佛身临其境。在提到老年人的重要性时，使用了“家有一老，胜过灵芝草；家有二老，强过熊胆宝”这样的俗语。川北有“摇嫩竹”的习俗，传说小孩摇了嫩竹后，个头就会像嫩竹一样飞快生长。在提到这个习俗时，作者引用了乡村儿童歌谣：“十四月，摇嫩竹。嫩竹的爹，嫩竹的娘，我和嫩竹一样长……”小说中很多类似这样的语言，淋漓尽致地体现了川北乡土文化对人思想和行为习惯的影响，这也是小说能够吸引读者的重要原因之一。

## “只有深藏心中的东西才不会丢”

只有深藏心中的东西才不会丢。

每一个老人都会有自己的坚持和固执，在外人看来，这样的坚持和固执似乎很迂腐而可笑，但是那就是他们一生所养成的习惯，一生所形成的价值观，即使在看似很小的事情上也不愿让步。因为，别人认为是小事，对于他们而言却是大事，他们将这些深刻铭记在心，这些指导着他们每一个小小的选择。张一文的父亲张思全和母亲刘春菊就是这样的老人。他们已经结婚几十年了，为了一点鸡毛蒜皮的小事还争吵不休。一次，张一文从老家返程，车刚启动，张思全赶近车窗，对儿子说车上那袋水饺已经煮熟，你最爱吃，回家只需蒸热就行。但是刘春菊则赶上来嗔怪张思全多事，浪费时间，两人开始怄气。其实老两口都是在关心孩子，只是方式不同，关心的重点不同。到做晚饭时，张思全要吃豆芽，而刘春菊要吃丝瓜。刘春菊之所以要吃丝瓜原因很简单，丝瓜是自家地里种的，而豆芽要到菜场买。其实也就一两块钱的区别，但两人却像孩子般赌气。老年人的思维习惯和行为方式受到过去长期经历的影响，是很难改变的，有时候这也是他们自我保护的方式，是他们的精神支柱。

一个人要隐藏多少秘密，才能巧妙地度过一生？

89 岁的孤寡老人根爷去世了。根爷经历过巨大的社会动荡和变迁，他的一生就是个不为人知的传奇。多年前，十几岁的杨正根报名参加川军，出川抗日。中华人民共和国成立后，他在武汉任教，本是学校的骨干教师，但因为过于耿直，在政治运动中受到冲击，不得不辞职返乡。彼时他已 30 多岁，乡里的领导悄悄地帮他造了两间简易的土屋，让他在家乡重新落地生根。杨正根一边躬耕，一边辅导村里的孩子，像幼儿园老师。他知识丰富，常常给孩子们讲忠孝报国的故事。但他还是常常遭到批斗和凌辱，怀孕五个月的妻子何春梅不堪忍受这样的打击，跳进池塘自杀身亡。此后，杨正根一个人过了半个多世纪，年老以后靠低保和救济维持生计。根爷死后，人们才从遗物中发现他就是当年出川抗日的勇士，是战场上寥寥无几的幸存者之一。根爷小心翼翼地隐藏着自己的秘密，无声地度过了几十年的岁月。他一辈子给后人们讲了很多故事，唯独没讲他自己的故事。但是，后人没有忘记他，在他的墓前立着一块厚重的青石碑，上书“抗日英雄杨正根之墓”。

大家总是去做自己认为最重要的事，其实世上还有很多更重要的事。

人的每一天的每一秒钟都是不可重来的“现场直

播”，因此，无论是有意还是无意，每个人在每一个特定的时间段，都在做着对他而言是最重要的事情。当有人告诉你“对不起，没时间做这件事”，其实他不是真没时间，而是这件事情对于他而言不是最重要的。然而，我们花了宝贵的不可重现的时间做的每一件事情，真的都是在那个时间里面最重要的吗？很难讲。那么，何事最重要？这与一个人的世界观、价值观和人生观有关。要保证所做的每一件事情都确实是最重要的，首先要保证我们的“三观”是正确的。张一文和郑箫就是“三观”不合，互相认为对方有问题。他们总是认为自己是正确的，对方是错误的，自己的事情是最重要的，对方的事情毫无价值，恰如杨二娃所说：“生活在两个不同世界，各走各的辙。”

广场上，一位位舞蹈的老人，如同一棵棵高大的银杏树，挺立蓝天下，骄傲地举起健壮的树枝，在阳光下肆意舒展……

在川北茗乡，银杏树无处不在。银杏的疏朗身姿，很容易让人联想到代林镇敬老院里面拥有良好精神状态和健康体魄的老年人。秋天的银杏树是最美的，秋阳下金灿灿的银杏树叶仿佛金色的云霞，随风飘飞的黄叶又如蹁跹的金蝶，落叶铺满地面后犹如金色的地毯，美不胜收。老年人虽已进入人生的深秋，但绝非无用和丑陋的，也能够像变换树叶颜色的银杏树那样，焕发出别样的美好。秋天结出的银杏果既是一种美味的食物，也可入药，食之能够促进人的健康。老年人也能像银杏果一样给人们带来实际的帮助，虽然体力不如从前，但他们可用自己的人生智慧来帮助晚辈。

日本　若竹千佐子
杜海玲　译　北京联合出版公司　2020 年
原著出版于 2017 年

# 我将独自前行

若竹千佐子，1954年生于日本岩手县，毕业于岩手大学教育学部，曾做过临时教员，结婚后来到东京成为家庭主妇。她从孩童时代起就希望能够创作小说，但是一直未能如愿，直到55岁那年丈夫去世，她一度深陷丧失至亲的哀恸之中，后来在儿子的建议下开始旁听小说讲座，逐渐开始了文学创作。8年后，若竹千佐子的第一部作品、半自传体小说《我将独自前行》出版，一经问世就获得第54届文艺赏（由日本的一家出版社——河出书房新社所设立的文学奖项），并于2018年荣获日本第158届“芥川龙之介奖”，成为史上获得该奖的第二高龄作家，并且是以处女作赢得该奖的最高龄作家。作品问世以来，受到读者的热烈追捧，创造了出版2个月销售50万册的纪录，这在以往的“芥川龙之介奖”获奖作品中比较少见。

《我将独自前行》在日本被称为“玄冬文学”，“玄冬文学”是与“青春文学”相别的文类，“玄冬”指的是如冬天般深沉平静的迟暮之年。玄冬小说是以描写老年人生活状态为主的文学作品，在内容表现上完全与青春小说不同。相比于青春小说描写懵懂成长中的疼痛和遗憾，玄冬小说的字里行间所展露出的，是老年群体如何在孤独中孕育希望和新生。对若竹千佐子产生影响的一位作家是上野千鹤子。上野千鹤子是日本著名的女权主义者，长期以来以批评日本社会的父权结构而著称。特别是在其著作《一个人的老后》(2009）中，她提出了日本社会老龄化后日本女人何去何从的尖锐问题。从某种程度上来说，这部书催生了若竹千佐子的人生思考。

日本是老龄化严重的国家。在2018年时，日本的出生率不仅创下有记录以来的新低，其死亡率更是刷新几十年以来的记录，遭受了有史以来最大幅度的自然人口下降。就具体数据而言，2018年日本出生的婴儿数量降至92.1万人，为1899年有记录以来的最低水平（2019年，日本新生儿数首次跌破90万人，仅剩86.52万人）；另一方面，当年日本死亡人数达到二战后记录的136.9万人，自然人口减少了44.8万人，为历史最高水平。日本2018年的总人口约为1.26亿，65岁及65岁以上的人口占总人口的27.47%。至2021年，日本65岁以上老年人的数量为36 214 000人，占总人口的28.9%，创历史新高。高度老龄化和人口减少除了在社会经济层面造成日益增大的压力，也使日本民众的内心产生困惑和疑问：如何看待日益增加的老龄化群体？如何面对暮年时期的孤独和恐惧？如何在年迈后依旧能够找寻到自我存在的尊严和意义……《我将独自前行》这部小说正是若竹千佐子通过反思自身的经历对这些问题提供的答案。

## 桃子的孤独与觉悟

桃子是一位74岁的老太太。她的丈夫周造于15年前突然心脏病发作去世；儿子在外地工作，很少回家，也很少与她联系；女儿婚后生有一子一女，住在离她20分钟车程的地方，不过与她很疏远；去年秋天，她养了16年的老狗也告别了这个世界。现在桃子完全处于独居状态。

桃子是东北人，高中毕业后在老家的农协小卖部当了4年售货员。母亲希望她不要出嫁，一边工作一边照顾家庭，这让桃子很反感。有人给桃子介绍了一个对

《我将独自前行》插图

象，是农协会长的儿子，但在还有3天就要办喜事的时候，桃子一时冲动逃离了家乡，奔赴将要举办奥运会的东京。在东京，桃子在饭店打工，生活很苦但充满了梦想和希望。但是渐渐地桃子意识到无论怎么努力也不可能实现富裕，在东京这座大城市也没有归属感，梦想变得遥不可及，她开始消沉。这时候，桃子发现来饭店用餐的客人里，有一个年轻人说着和桃子老家相似的方言，他就是桃子后来的丈夫周造。两人因在异乡相识而喜悦，从此相依为命、互相扶持。桃子30多年的婚姻生活是“平静、安稳而幸福的”，她“生育孩子，养育孩子长大，直到孩子离开父母，独立生活”。“桃子一直感到安宁而满足”，直到丈夫去世那一天。

逐渐衰老的桃子开始回顾自己的一生，尤其是与亲人的关系。她想念奶奶，幻想能够回到70年前，自己还是一个四五岁的小女孩，享受奶奶的疼爱。现在自己已和奶奶一样老，也能理解奶奶当年的心情了。她回忆和丈夫在一起的点点滴滴，从结婚开始她就决心全力支持丈夫，为丈夫而活，但懊悔的是她没能及时发现丈夫的疾病，进而产生了自责，觉得是自己给了丈夫太大的压力，是自己的爱杀死了周造。她反思自己和母亲的关系、自己和子女的关系，发现做母亲的总是将自己以为是遗憾的事，要补偿在自己女儿或者儿子身上，这其实是以爱为名造成的情感绑架。她的母亲曾让她为了哥哥牺牲自己的未来，她也更加重视儿子而忽视女儿，现在她的女儿似乎也在重蹈覆辙。然而，被寄托更大希望的儿子们却不一定喜欢这样的安排，因为他们有自己的追求，不愿被母亲的希望压抑得无法呼吸。最终桃子明白了，“人与人之间，无论多么亲密，都不会真的不分你我，那都是两个人”。

秋天又要到了，有一天桃子决定冒险从乡间步行到离家很远的周造墓地去，一路崎岖坎坷，还不小心撞伤了脚踝，但她坚持独自前行，没有放弃，直到终点。这次远足让桃子对过去的人生有了更深刻的理解，她终于放下心里的包袱，决定做回自己，靠自己好好走完这一生。

## 女性自我意识的觉醒

该小说最突出的艺术风格是意识流的手法。小说聚焦于独居老人桃子的心理活动，在描述主人公的现状或者回顾她的过去时，不是采取直接叙述的方式，而是从她心理体验的角度来呈现。叙事大多靠桃子的自我对话或独白来展开。桃子独自一人生活，内心常常涌出各种声音，这些声音实际上是她自己对同一件事情的不同态度。例如，日益衰老的桃子担心自己一个人怎么生活下去，但脑子里立刻出现一个声音告诉她不必担心，并且声称“我就是你，你就是我”。这显然是老人在潜意识中对自己的鼓励，希望能够依靠自我克服独居和年老带来的困难。当桃子纠结于过去的创伤时，就有一个声音安慰她：“这有什么呀？你人生都过了大半了，黄土都埋半截了，就把那些纠结、执念都放下吧。”这些安慰的声音是桃子内心进行“自我安抚的防御机制”。小说突出了老年桃子不断飞散的思绪和有些混乱的意识，为了让读者更易理解，作者巧妙地让桃子把脑海中的声音想象成由小肠里的不同绒毛所发出，这样声音都有了自己各自的主人，在描述那些对话时能更加形象化。这种聚焦于主体意识的叙事方式和小说人物的处境相符，因为桃子年老体衰、独居、深居简出，她不可能有复杂的行为，也不会卷入戏剧化的冲突。故事情节被削弱了，整个叙事发生在有限的几个场景中：家、医院、咖啡馆、远足途中。在这些场景里面主人公所面临的外在环境并不复杂，更多的还是丰富的内心世界对现状的反映和对过去的反思。

小说表现的一个深层主题是二战以后日本女性自我意识的觉醒。根据故事的时间背景，桃子很可能出生于

20世纪40年代初，到了60年代随着国家经济的迅猛发展，日本女性开始越来越多地追求独立和自由，女权运动兴起。小说中的桃子一生都在寻找自我，挣扎于自我认知的问题。二十几岁的桃子逃离家乡和被安排的婚姻，但是在陌生的城市又难以找到身份认同。她将自我寄托于丈夫周造，但在周造去世后又开始怀疑这样的寄托是否正确。最终她接受了独自一人的现实，明白只有把自己当作独立的个体才能好好生活下去。小说揭示了人的自我由社会建构和改变，内心是在进入社会成长过程中"一层又一层叠加起来的"。这种自我的社会建构往往基于语言。小说中桃子自我意识产生的源头之一，是她发现日常使用的东北方言中的"我"和学校课本中的"我"是不同的词，由此她意识到自己的本性："东北话就是最深层的我自己。"这种认识也影响到了她在东京的生活，她每次用东京人的语言说到"我"时都要停顿一下，其实这就是无意识当中要隐藏自己的旧身份，但这也给她带来了痛苦，直到遇到和她说相似方言的周造。与周造的结合，象征着桃子给自己的身份找到了一个让自己安心的归宿。周造去世十几年后，进入暮年的桃子经过痛苦反思，终于在心理上摆脱了层层社会身份的桎梏，甚至也摆脱了对周造的心理依赖，再次找到了那底层的自我："在层层剥落之后，在那微微闪光的自我的底层，有一头低沉咆哮的猛兽……在漫长的岁月里它总是被压抑、被忽视，她总是对它视而不见，然而它却不屈不挠地存活着。”

可能因为作者本人已进入老年的缘故，小说对老年人日常生活中的心理特征刻画入木三分。例如独居的桃子虽然曾经十分讨厌老鼠，但现在更害怕屋子里无边的寂静，因此宁愿家里有老鼠出入的声音。桃子在医院看病，叫号机叫到她的名字时，她原指望自己回答的“在”是清脆响亮的，但发出来的却是老年人沉闷的声音，把自己吓了一跳。这样心理和现实的对比反差非常鲜明，也很生动形象。

## “死不可怕”

她意识到如影随形可以相依偎的只有渐渐袭来的衰老。

一个人独居的桃子常常感到孤独和寂寞，尤其是夜幕降临时。有时候，她甚至想象自己在与老鼠为伴，但是其实并没有老鼠。生活的现实让她认识到一切拥有都是暂时的，人老之后，唯一能够陪伴自己的只有衰老。

桃子有一种冲动，好想变成个四五岁的孩子，将脸埋进奶奶的大围裙，嗷嗷地放声大哭。奶奶的围裙散发着太阳底下草席上头晾晒的萝卜干的甜味儿。桃子好想将脸埋进奶奶的大围裙，可是桃子费力地忍住了这股冲动，要知道，桃子如今的岁数已经和那时的奶奶岁数一样了。

桃子想到了自己的奶奶，在奶奶面前，桃子永远都是孩子，永远能得到奶奶无私的关爱和保护。她很想能回到童年，毫无顾虑地将脸埋进奶奶的大围裙放声大哭，可是这已经不可能了，逝去的时光和亲人永远不会再回来，连桃子自己也已和当年的奶奶一样老了。

奶奶的围裙承载了桃子美好的童年记忆。对于一个幼儿的感觉而言，围裙是很大的，大到足够将小小的桃子包容进去，将所有的伤痛阻挡在外。她能够嗅到围裙上面萝卜干的味道，而那味道是甜美的，令她终生难忘。

每个人都以自己的一生为代价而得到些许感悟，甚至可以说，也许就是为了在人生走向终点时寻找到这么一点点感悟而埋头操劳这一生。无论那点感悟是多么陈腐，又或者是多少人早已有过的司空见惯的东西，可是自己实实在在地付出一生的时间和精力而获得的感悟，却是一个人不可替代的人生之歌里动人的一句歌词，就那一点感悟一句歌词，装点了一个人原本平淡无奇的人生。

人的一生都应是一个成长的过程。在每个人生阶段人都会面临新的挑战，在应付挑战的过程中人会逐渐成长，直到变老。这样的成长是在书本上学不来的，必须要通过亲身经历和体验。别人的喜怒哀乐我们不会完全感同身受，只有发生在自己身上的事情才更真实，才能更有效地让人成长。老年桃子首先体会到的是深深的孤独感——“人皆孤独”，这既是她的人生感悟，也是她不得不面对的挑战。她只有克服这样的难题，才能更好地活下去。在与孤独做斗争时，她也是孤独的，没有人能够帮助她，因为孤独感存在于人的主观体验。这种感受不一定是源于独居，在喧闹的人群中人也会有孤独感。一开始桃子对这种孤单寂寞的感受很害怕，但她随后调整了心态，想到她能够“因为经历过悲伤寂寞而成为一个新的自己”。孤独感似乎也应是完整人生的一个部分。此外，桃子意识到，自己毕竟还活着，这个事实本身就应该令人开心。这一点也是桃子克服挑战产生的新感悟，它支撑着桃子继续前行。

那是天地间只需要自己和周造存在，其他什么都不需要的时期，那绯红的脸颊是陶醉在幸福中的女人的脸颊。

那是只看得见愿意看见的事物的女人。

做梦也没有想到一切都有结束的一天。

桃子在远行途中，回忆起很久以前她和周造开始恋爱的往事。那时的她是无比幸福的，眼中的一切都是美好的。年轻的桃子脸颊绯红，内心对生活、对未来充满了希望。然而，身处幸福中的人往往意识不到，世间万事万物都在不断变化，日中则昃，月满则亏，人生也是如此。人到老年才能够切实体会到，一切拥有都不会长久，漫长的一生最终只能留下记忆中的几个瞬间。

“俺是从那时候懂得了，死，不遥远，不是远得跟在另一个世界似的，而是就在俺的附近屏息等着。可这回，就算知道死离俺很近，俺也一点儿都不怕了。为啥？因为那是俺老头在的地方。为啥？因为他等着俺呢。俺现在反倒像是被‘死’魅惑着，无论是怎样的病痛和苦难，只要遇到它，就全都安息了。死不可怕，死是解脱。还有比这更让人安心的吗？因为安心，所以俺朝前走。俺现在无所畏惧。腿疼算啥？根本不是事儿。”

老年桃子面临的最大的挑战之一，就是如影随形、随时会发生的死亡。人类自古对死亡的解读多种多样。有时候死后的世界被想象成一个永恒存在的空间，那里有自己已经去世的亲人。这是一个美好的愿望，让活着的人更有勇气面对死亡带来的恐惧。而且，因为活着充满了痛苦，很多人便将死亡视为最好的解脱。桃子也有相同的念头，她相信死亡将会一劳永逸地解决她遭遇的困难。因此桃子一点也不怕死，反而觉得死亡的存在更让人安心，让她活得更有盼头。对“死”的认识，决定着一个人对“生”的态度。

英国　朱丽叶 · 康林
黄瑶　译　北京联合出版公司　2021 年
原著出版于 2017 年

# 六日惊奇

朱丽叶·康林（Juliet Conlin），英国作家，译者，苏格兰笔会（Scottish PEN）成员。朱丽叶生于伦敦，在英国和德国长大，现与丈夫和4个孩子住在柏林。她拥有兰卡斯特大学创意写作硕士学位和杜伦大学心理学博士学位。她用英语和德语写作，小说包括《破碎的男人》（*The Fractured Man*）（2013）、《六日惊奇》（*The Uncommon Life of Alfred Warner in Six Days*）（2017）（又译作《阿尔弗雷德·华纳在六天内的不平凡生活》）、《我们之前的生活》（*The Lives Before Us*）（2019）、《柏林姐妹》（*Sisters of Berlin*）（2020）和《爱，希望》（*Love, Hope*）（2021）等。她的第一部德语小说《内疚的阴影》（*Schatten der Schuld*）于2022年以茱莉亚·尼尔曼（Julia Niermann）的笔名出版。《华沙的女儿们》（*Daughters of Warsaw*）于2024年出版，这部小说的笔名是玛丽亚·弗朗西斯（Maria Frances）。

《六日惊奇》讲述了在大动荡的时代浪潮下小人物的命运波折，与其他类似题材小说的不同之处在于，作者笔下的主要人物患有一种家族遗传式的幻听。在小说的《后记》中，朱丽叶介绍了这部小说创作的原因。她的一个朋友承认自己青春期时会听到脑中发出的声音，这一下子就引起了她的好奇。随后她发现幻听是一种古老的普遍现象，在已知的所有文明中几乎都有对幻听的记载和描述，甚至据说连苏格拉底和弗洛伊德也有幻听。在世界各地的很多文化中，幻听并不一向都被视为有问题。比如，圣人之所以被尊为圣人，是因为他们能够听到（神圣的）声音。在非洲和印度，许多幻听者都会把听到的声音与积极的经历联系在一起，就像向导或长者给年轻人的建议一样。依靠内心的声音，苏格拉底在即将犯错时对自己发出了警告。许多艺术家还会把幻听的声音当作创作过程中不可分割的一部分。伴随着精神病学在19世纪末出现，幻听被当作一种精神疾病，一种精神错乱的症状。一些幻听的例子（尤其是威胁性或侮辱性的声音），可能是创伤经历的结果，需要临床或药物治疗。但是朱丽叶认为，并非所有的幻听者都可归为这一类，近年来已有西方文化中的幻听者开始挑战幻听为精神疾病的假定，提出幻听是一种超越病理学且具有多种意义的体验。

在小说中，作者选择用两种截然不同的方式来对比同一现象——幻听。对于阿尔弗雷德而言，幻听是一种天赋，能够指导和帮助他解决困难和逃离危险；对于布莱妮娅而言，幻听是极其痛苦和羞耻的，将她逼到了精神错乱的边缘。尽管这些人物纯属虚构，但作者想质疑的是对这一现象的单一解释，而对看似非正常人群所处状态的正当性进行辩护。为了达到这个目的，作者以研究为目的参考了数量众多的资料，其中包括采访记录、幻听者的亲身经历和学术论文。

## 幻听家族的悲剧与救赎

朱莉娅与阿尔弗雷德偶然相逢于德国柏林中央火车站。朱莉娅是一名教师，她长期患病的父亲刚刚过世不久；阿尔弗雷德是一个 79 岁的老人，本住在英国的一家养老公寓，乘飞机赶到德国来与从未谋面的孙女布莱妮娅相见。布莱妮娅本该在火车站接爷爷阿尔弗雷德，但是没有出现，朱莉娅决定乘出租车送阿尔弗雷德去布莱妮娅家，到了目的地才发现，布莱妮娅不久前刚刚跳楼自杀，被送进了医院，现在还昏迷不醒。朱莉娅只好把人生地不熟的阿尔弗雷德带回自己家里，让他在这里暂住。阿尔弗雷德告诉朱莉娅，自己再过6天就要死了，他要在这几天里把自己一生的故事讲给朱莉娅听，请朱莉娅在孙女布莱妮娅苏醒后转述给她。

阿尔弗雷德生于1926年的德国，6岁那年，他目睹了妹妹玛莎因肺结核离世，悲伤之中突然听到了脑中传来3个女人说话的声音，从此这3个声音伴随了他一生。他母亲很快发现了他的异常，并且告诉他，这是他们家族几百年的遗传，每一代都会有人可以听到脑中发出的声音。阿尔弗雷德得知这些后不再害怕，他试着适应这样的生活，并从脑中3姐妹的声音中获得不少帮助。从生活的日常到决定他生死存亡的人生关键时刻，那些声音都能给他及时指导。

但是，阿尔弗雷德的命运是坎坷的。脑中出现声音一年之后，希特勒成为德国元首，社会渐渐陷入动荡。一天，他的父母被卡车撞死，阿尔弗雷德和3个兄弟姐妹成了孤儿，被分别领走。没有地方愿意收容阿尔弗雷德，他被偷偷送进了一家犹太人的孤儿院，在那里生活了相对还算愉快的4年，直到12岁。在此期间，犹太人的日子越发难过，孩子们被禁止随意出门。有一天，在难得一次的出门活动时，阿尔弗雷德在街上碰巧远远见到了他日夜思念的姐姐乔安娜的背影。一个星期后，一群暴徒冲进孤儿院大肆破坏，为了安全起见，孤儿院决定将一批孩子送到英国去，阿尔弗雷德也包括在内。但是，在就要出发的时候，阿尔弗雷德不顾脑中声音的警告，趁乱溜出去找乔安娜。经过一番冒险，他终于与姐姐重逢。姐姐正在一个孤身富婆家做用人，于是把他也领去一起住在那里。乔安娜想办法帮阿尔弗雷德获得了合法身份，让他可以上学和正常生活。

到了 1944 年，德国在战场上节节败退，快 18 岁的阿尔弗雷德被征召入伍，从此与乔安娜永远失去了联系。他第一次上战场，一枪未发，就被英国军队俘虏了，并被押往英国的战俘营。在战俘营过了一年多后，他和其他被归入“反纳粹”类别的战俘被释放，获得了部分自由，到英国乡村从事园艺劳动。在那里，他认识了未来的妻子伊苏贝尔。婚后，他们的第一个孩子胎死腹中，这给伊苏贝尔造成了巨大伤害。与此同时，有一些右翼青年得知他的德国战俘身份后，不断来骚扰他们，甚至还放火烧了他们的房子，差点把人烧死。阿尔弗雷德和伊苏贝尔只得离开当地，到别处谋生。

阿尔弗雷德在一个富有的犹太人家里找到了一份稳定的园丁工作，伊苏贝尔又怀孕了，这次顺利生下了男孩约翰。约翰 4 岁半时就表现出了与脑中声音交谈的现象，但是阿尔弗雷德一直没有机会跟约翰解释他的这个家族遗传。这些声音影响了约翰，让他无法正常生活，考上大学后不久就退学去了美国。在几乎没有任何联系将近20年后，36岁的约翰突然从美国回来，告诉他们自己得了艾滋病，之前他和女友有个5岁多的女儿叫布莱妮娅，但也已失联很久。约翰很快回了美国，8个月后他去世了。

时间过得很快，2004年，患有老年痴呆的伊苏贝尔死于中风。阿尔弗雷德独自一人生活了将近一年后，不得不住进了养老院，直到有一天他收到了孙女布莱妮娅的来信。布莱妮娅自杀是因为无法忍受脑中恶毒声音的攻击，她不知道越是对抗这种声音，她们就越恶毒，反过来如果坦然接受，她们就会提供友好的帮助。阿尔弗雷德在6天内讲完了自己一生的故事后安心离世。朱莉娅将他的故事记录下来，带到医院讲给昏迷的布莱妮娅听，最终唤醒了她。

## 魔幻现实主义叙事

小说的叙事呈现出明显的魔幻现实主义色彩。第一，作者将现实生活中的元素与超自然的、奇幻的元素相结合，创造出一种既真实又充满幻想的艺术效果。在小说世界中，阿尔弗雷德既是一个被环境和命运所左右的普通人，同时又因为脑中的声音而具有区别于常人的“特异功能”。阿尔弗雷德的母亲告诉他，这些声音是他们家族几百年前的祖先造成的。当时有3姐妹被坏人杀害，其中一人的儿子通过咒语让她们起死回生，但是只能恢复声音，无法重获肉体，于是她们就只能依附于后代的大脑中。这个传说奠定了小说魔幻色彩的基础。

第二，作者利用这些存在于大脑中的声音，通过内心独白、意识流等技巧来进行人物塑造，内外虚实结合，展现了现实生活的复杂性和深度。小说大量描述了阿尔弗雷德和布莱妮娅等人与这些声音对话时所产生的心理活动，还表现了这些声音具有预言和先知的功能，能够在事情发生前不久帮助阿尔弗雷德逃离危险或者指导他进行正确选择。但是，当他们试图对抗并且摆脱这些声音时，她们又会表现出凶恶的一面，不断进行攻击谩骂，折磨得他们无法忍受。因此，这些声音也可被视为人物的自我意识和自我评价：如果他们接受自我，那么声音就会变得友好，帮助他们成长；如果他们不接受自我，那么声音就会来攻击他们，甚至迫使他们自杀。这样，作者就表现出了这些声音存在的合理性，让故事不因为其魔幻的表面特征而变得不可信，即也许这些声音并非来自传说中存在的祖先，而是缘于这个家族的成员能够经常激发自己大脑中的无意识思维，并且以声音的形式让自己感知到。

第三，作者为了讲述阿尔弗雷德家族数代人的故事，采用了时空错置的形式，通过使用插叙和倒叙，以及三种人称的变化，使得作品展现出奇异的效果。作者采用了三条线索交替展现的模式，让故事的发展和 6 日的时段相互关联。第一条线索记录了老人人生最后几天的生活：探访他少年时生活过的地方，去医院探望、守候孙女等。第二条线索是倒叙，阿尔弗雷德为了让孙女醒来后了解家族的这个遗传特性，不再陷于被各种声音包围的困境中，向“我”（朱莉娅）讲述他一生的经历，以便转述给他的孙女。第三条线索是插叙，表现布莱妮娅从小到大跟着母亲颠沛流离的经历和无法诉说的脑中世界，她希望能够生活在亲人身边，但又难以忍受声音的攻击。这样的叙事仿佛电影蒙太奇手法，三组镜头在表现着三个不同却又互相关联的故事，以小说开头为例：“我”（朱莉娅）刚刚处理了一场家庭变故，在回家途中；“他”（阿尔弗雷德）逃离了英国的养老院，带着一个旧提箱来赴约；“你”（孙女布莱妮娅）在嘈杂的“耳语”中快要发狂……

该创作手法让小说充分表现出了割裂感，这种割裂感既源于人物自身，异类与普通人之间的割裂感，也来源于不同种族之间，犹太人与纳粹党之间的割裂感。它背后所体现的是歧视所带来的悲剧。无论是二战时期的犹太人，还是阿尔弗雷德家族，他们都是弱者的代表，是异类的代表，他们疯狂地躲藏、隐藏，希望这个世界能允许他们平等地活下去。

## “那些曾经挽救过他生命的人命运如何，他将永远无从得知”

一个月后，圣诞假期的第一天，阿尔弗雷德穿过城市，来到了舍恩豪斯巷。他在寒风中来回走了好几个小时，希望能够找到梅尔茨小姐或是他在孤儿院里认识的其他人。但一切都是徒劳。那些曾经帮忙挽救过他生命的人命运如何，他将永远无从得知。

在那个动荡的时代，虽然阿尔弗雷德命运坎坷而且脑子不太“正常”，但他一生也不断地遇到善良的人们，其中一位就是在孤儿院工作的犹太人梅尔茨小姐。梅尔茨长着一头乌黑的秀发和一双令人惊艳的蓝眼睛，她是孤儿院的女舍监和护士。阿尔弗雷德逃离孤儿院找到姐姐 3 年后，一天晚上在鱼市外的街上碰巧遇到了出来购物的梅尔茨小姐。梅尔茨小姐告诉他，孤儿院 10 个月前被勒令关闭了，他们搬到了舍恩豪斯巷，地方很小，好在孩子也不多了。当时，德国政府进一步加强了对犹太人的管制和迫害，要求他们必须在身上佩戴黄色六芒星标志，以显示自己犹太人的身份，梅尔茨小姐衣服上也绣了一块这样的补丁。他们只匆匆说了几句话就告别了，这次偶遇让阿尔弗雷德产生了寻找当初关心照顾他的犹太人的愿望，于是他后来去了一次舍恩豪斯巷，但始终未能遇到任何熟人。每个人都有自己命运的轨迹，有时候人与人之间的命运轨迹会神奇地交叉或者重合，有时候又会分开，从此天各一方，不再相遇，再怎么试图努力改变也是徒劳。阿尔弗雷德与梅尔茨小姐的命运轨迹也是如此。在当时的背景下，生活于柏林的梅尔茨小姐作为犹太人，她即将面临的遭遇可想而知。

“我想……不对，是我希望……不对，该死！求你了，德拉蒙德牧师，我能否迎娶你的女儿？”

阿尔弗雷德帮助牧师德拉蒙德的女儿伊苏贝尔料理花圃，渐渐爱上了这个女孩，女孩似乎也不反感他。虽然他可以被送回德国，但还是选择申请留在英国，并且得到了批准。于是他鼓起勇气去女孩家求婚。人生虽然会很漫长，但是最关键之处也就几个而已，婚姻的选择也是人生的关键之一。这是阿尔弗雷德一生中至关重要的时刻，他天性善良，始终能够克服种种苦难，做出有利于自己和他人的选择，虽然在那一刻他并不知道未来会发生什么。爱情是美好的，但是阿尔弗雷德的婚姻却并不一帆风顺，总有这样或那样突如其来的打击或者冲突。他凭借着努力和坚毅，怀着让生活变得越来越好的信念，与自己的内心世界和外部世界妥善相处，认真度过每一天，最终和伊苏贝尔白头到老。人生如此多艰，“我们付出万般的勇气，只是想过完这平凡的一生。”（引自小说封面）

“我其实从未真正给过约翰一个机会。这一辈子，我都在聆听各种各样的声音，却没有想过要听他说话。从不曾真正听过。再想告诉他，他是个特别的人时，已经太晚了……我不配拥有这么美好的生活。但也许我至少可以拯救布莱妮娅。”

这是阿尔弗雷德在即将离世的最后时刻对朱莉娅说的话。他的母亲曾经在他小时候成功地让他学会与脑中的声音和谐共处，但是他忽视了对约翰进行相同的教育。阿尔弗雷德曾察觉到约翰与自己一样能够听到声音，但是他错过了告诉约翰真相的时机，这也间接造成了约翰人生的混乱。也正因此，即使约翰不缺席女儿布莱妮娅的成长，他也无法给女儿布莱妮娅关于“能够听到”的任何帮助。于是，阿尔弗雷德的儿子和孙女都没能正确地对待这些声音，他们在发现自己的异常时，被引导到“我有罪”“我有精神病”的方向，越是想排斥这些声音，越是成为她们的奴隶。当阿尔弗雷德意识到这一点时，约翰已经离世，但是布莱妮娅还有一线生机。他决定在生命的最后6天中帮助布莱妮娅，这也是他进行自我救赎的最后的努力。

中国　蒋林
四川文艺出版社　2018 年

# 最好的告别

蒋林，生于1978年，媒体人，四川省作家协会会员，成都文学院签约作家，现居成都。主要作品有《巢》《绝望收藏室》《隐蔽的脸》《不一样的烟火：张国荣音乐传奇》《守望麦田》《地震时期的生命与爱》《马不停蹄的忧伤》，另有中短篇小说散见于《四川文学》《青年作家》等文学刊物。

2018年出版的《最好的告别》是蒋林首部关于临终关怀的作品，该书与印度裔美籍外科医生阿图·葛文德的著作同名，它们都探讨了如何对待衰老和死亡。在创作之前和创作过程中，作者接触了成都一家医院的从事临终关怀的义工们。通过与义工的接触，蒋林不仅了解了临终关怀的相关专业知识，也看到了很多接受临终治疗的人。在蒋林的印象中，几乎没有抗拒临终治疗的人，因为真正到了临终，人的心态已经坦然了，也愿意接受这样的现状。相反，在接受临终治疗时，最大的难点其实在家属，尤其是子女。子女们觉得父母有病不积极治疗，没有尽到孝道。近距离了解了死亡，让蒋林有了提笔的冲动。在写作过程中，他多次到相关医院与专业人士交流，此外，他自己也身体力行参与医院的一些临终关怀的义工活动，主要负责宣传工作，参与“学会告别”这个课题研究，开展人生告别的知识普及。

这部小说的两个主人公的原型都来自现实生活，凌先生的原型是蒋林的爷爷，10 岁的小可的原型是美国男孩德里克。蒋林的爷爷在 72 岁那年病危，一直等到儿子从远方回来才停止呼吸。这件事时常在蒋林的脑海中浮现，他知道弥留之际，维系爷爷生命的是他对儿子的牵挂，是他对人生不留遗憾的念想。美国男孩德里克生活在单亲家庭，与母亲、哥哥和妹妹在一起的生活让他感到满足和幸福，但不幸的是德里克患上了绝症，最后选择了安乐死。关于此事件的报道获得了 2007 年美国新闻最高奖普利策奖。蒋林敬佩这位母亲在儿子生命的后期带给他的温暖与关怀。

蒋林表示，与其说这是一本关于临终关怀的小说，不如说是一本关于生命关怀的小说。他试图通过《最好的告别》表达三层意思。第一，完美的人生不是获取的名与利，而是对家人的牵挂、关怀与爱。生命中的每一个时刻，我们都应竭尽全力。所以，不留遗憾的人生，才是完美的人生。第二，没有谁的人生是一帆风顺的，但是，人生之路就是一段段风景，过去的就让它过去，我们要学会向前走，别回头。第三，温暖与希望才是人生永恒的力量，明知前路艰难，但依然要带着希望前进，这才是生活的意义。蒋林认为死亡并不是一个遥远而可怕的话题，它是每天都在发生而我们又必须面对的现实，是每个人必经的生命最后的成长。认识死亡，珍爱生命，让生命在尊严、舒适、微笑、快乐中延伸并最终结束，应该成为我们的心愿和理想。

## 临终的选择

小说描述了一个患病快要离世的老人的心路历程，试图告诉读者当生命即将结束时，什么样的告别才是最好的告别。故事的叙述者是66岁的主人公凌先生，他刚被诊断为肺癌晚期，很明显已经时日无多了。6年前，凌先生的老伴苏菲娅死于癌症，去世前在医院抢救治疗的几个月里饱受痛苦和煎熬。在此过程中，老人不忍心看着老伴受苦，在她陷入植物人式的昏迷状态时，曾尝试切断给她治疗的设施，但没有成功，老伴在医院病床上白白受了几个月的苦之后撒手人寰。

因此，老人得知自己是癌症晚期时，决定自主选择离开世界的方式。老人一生都活得窝囊憋屈，上中学时学习成绩很差，没有考上大学，让身为普通工人的父母非常失望。他的父亲为了让他能有一份工作只得选择提前退休，这样他就可以去接替自己的岗位。在工厂，他仍然混得很糟糕，不得不每天在车间里忍受震耳欲聋的噪音辛苦干活。他的人生毫无乐趣，也没有前途，唯一的爱好是写作，只有坐在书桌前一切愁绪才烟消云散，在报刊上零星发表的短文也能够给他一丝安慰。一次偶然的机会，他因为帮厂长写的发言稿受到赏识，被调到了办公室负责文案，人生似乎开始有了转机。但后来这个厂长设计了一场完全子虚乌有的桃色事件来陷害他，使他被包括妻子儿女在内的所有人误解指责。他从此一蹶不振，直到几年后退休。退休后他也一直郁郁寡欢，和家人始终不能和睦相处。现在老人到了快离开这个世界的时候了，他决定不在医院里受苦，而是找到一家名叫怀人居的临终关怀机构。怀人居远离喧嚣的市区，群山环绕，绿树成荫，风景优美，宁静宜人。

这个选择是老人命运的转折点，在怀人居的短暂生活使他开启了新的人生。子女一开始不愿让老人放弃治疗，但逐渐也理解并且认可了他的选择。老人享受着怀人居的一切，通过反思逐渐对一生的遭遇释然了。在这里他还交到了好朋友——一个名叫小可的 10 岁男孩。小可也是癌症晚期患者，他没有得到过父爱，与离异的妈妈相依为命。老人给了小可很多关心和帮助，尽管他们俩一直遭受病痛的折磨，时刻处于死亡的阴影当中，但是在生命最后几个月他们由于彼此而非常开心，坦然接受每况愈下的病情。为了让小可在临终前有更好的生活环境，老人还找了大山里面的一个小院落，起名桃源居，让子女将其装饰一新后和小可一起搬进去，由小可妈妈负责他们的生活起居。但是很快小可离开了这个世界，老人自己也走向了生命的终点……

## 不同的心态与不同的人生色彩

作者以第一人称叙事，这种方式能够比较容易深入主人公的心理，从第一视角了解到人物的方方面面，也易激起读者的同情和认同。但是，这部小说的主人公患病即将死亡，怎么恰当地处理这个阶段的心理变化是一个挑战。在整个叙事中，作者恰到好处地一方面推动对老人现状和当下所做选择的心理描述，另一方面适时插入老人对痛苦经历的回忆，逐渐展现老人一生的遭遇，使主人公的形象生动、饱满。

小说第一章围绕老人妻子在6年前患病去世的经历展开，是全书主题的一个引子。作者通过老人妻子临终时的痛苦提出了一个伦理问题，即在生命的末期该如何选择治疗和护理的方式。在这个伦理问题的背后其实还有一个重要的问题，即一个人在将死之时如何回顾和看待自己的一生。从第二章开始一直到最后，小说重点刻画老人自己生命的最后阶段，他做出了明智的选择，很好地解决了这两个问题。在面临死亡威胁时，他坦然、从容、豁达、开朗，挣脱世俗的羁绊，摆脱所有的愧疚和自责，宽恕一切背叛和伤害，用率性自在的方式与这个世界告别，从而在人生最后的驿站里，活得有质量、有品位，实现了“最好的告别”。

小说的特色之一是用一系列对比的方式塑造人物和描写场景。在人物塑造方面，主人公凌先生的一生可以分为截然不同的两个部分，以他到临终关怀医院怀人居之前和之后为分界线。到怀人居之前的66年中他一直不得志、郁郁寡欢，但是到怀人居之后他的精神状态焕然一新，仿佛获得了新生，不仅自己泰然处之，还帮助小可摆脱焦虑和恐惧。凌先生在人生的第一部分常常处于弱势地位，和别人相比，他的学习很糟糕，父母的社会地位很低，自己的工作更是乏善可陈。成年后，在家里他被妻子鄙视，与子女关系疏远；在外面他被人欺负，毫无还手之力，是窝囊了一辈子的失败者。在死亡来临之前，他决定反抗，坚决要按自己的意图走好生命的最后一程。这时候，他虽然身体越来越虚弱，但是精神世界越来越强大。他比怀人居里其他的病人更积极乐观，不再自怨自艾，而是尽情享受人生的美好时光。

在这两个不同阶段，小说描绘的老人的生活环境也表现出了不同的色调，前一阶段阴冷黑暗，后一阶段温暖明亮。在医院里一切都是冰冷的："白色的灯光比较明亮，但在黑夜里依然显得昏幽和阴冷，把房间里所有的东西都照射得寒气袭人。"在家里，老人感受到的世界多是黯淡的，例如："我探头朝窗外望去，城市黑压压的，偶尔从某户人家泄露出的灯火暗淡无光。"即使在白天光线也是昏暗的："天空低沉，太阳被云层遮住。屋子里阴沉沉的，上午十一点的光景，看上去有点像黄昏时分。"这些显然是他负面的心理投射。然而，到了怀人居之后，他的生活"平淡而惬意，花草树木代替了高楼大厦，马达轰鸣变成了虫鸣鸟唱"。"很多个清晨"，当他"在鸟语花香中醒来时，有种恍然的错觉，不知身在何处"。这时老人的生活中常常有明媚的阳光。当与老人有隔阂的儿子第一次来看望他时，"天公真是作美……太阳好得让人难以适应，感觉春天的脚步就在门外"。他们搬到环境更好的桃源居的那天，“太阳很好”，老人“坐在院子中间的石凳上，享受着飘洒而下的阳光”。作者有意识地创造了不同环境中的明暗色调，这样的对比不仅能够突出人物心理和感情状态的反差，还能给读者留下深刻的印象。

从老年叙事的角度来看，小说不仅聚焦于主人公凌先生，还或多或少涉及了几个隐含的“老年线索”，如凌先生的妻子、父母，厂里的老书记，老年文友黄睿，怀人居的另一位老人“皮包骨”，以及怀人居创办者林芙蓉的外公等。这些人的命运各不相同，也有不同的老年境遇和心态，使小说的叙事在主线之外更加丰富多彩。

## “人这一辈子最怕的或许是带着遗憾离开”

人这一辈子最怕的或许不是死亡，而是带着遗憾离开。

临终关怀机构“怀人居”的创办者林芙蓉，当年因为自己父亲患病去世而意识到，死亡虽然不可避免，但是与死亡相比，如何在死前弥补人生的遗憾才是更加重要的。于是她创办了这个临终关怀机构，让到这里的老人不再带着遗憾离世。

告诉你们我为什么写作，而且默默坚持几十年吧。说来说去，就是尊严二字……在劳碌而平庸的日子里，我感觉自己活得没有尊严，找不到存在感。看着比我年长的人们一天天老去，我就能想象自己的未来。上班、下班、加班，等到身体苍老头发花白时，退休回家买菜做饭，看着太阳升起又落下，孤独地坐在阳台上看窗外的飞鸟欢快地飞翔。我无法接受这样的事实，不想成为庸常的一个。只有当我坐在电脑前伏案写作时，我才觉得自己是独一无二的，与其他人不一样。

这是当小可问凌先生为什么要坚持写作时，凌先生吐露的心声。按照社会通常的评价标准，凌先生是一个失败者。他高考失利，工作也不好，事业稍有起色就被人诬陷，生活没有任何乐趣。当现实给他带来的是一个又一个遗憾与失望时，他只有在自己文字所建构的虚拟世界中寻求安慰。现实世界中他是一个受控者甚至受害者，无力改变现状，而文字世界中他是一个创造者，拥有无限能量。尊严是一个人高层次的精神需求，现实不断地剥夺凌先生的尊严，让他陷入平庸的人生，被人瞧不起。他不愿如蝼蚁般的生活，不愿没有思想、随波逐流，而是希望能够掌控自己的人生。对于他而言，唯有通过写作进行虚拟的反抗，获得尊严感。这其实也是一个无法改变现实的人的无奈选择。

从我们出生的那一刻，就注定总有一天要离开。我们应该明白，人生一世就是一个从生到死的过程。我们所经历的分分秒秒，每一件事情，每一种心情，都是这个过程中的插曲。……死亡，是一个自然的结果。种子生根发芽，树木开花结果，果子瓜熟蒂落。只要我们认识到这一点，便可知道生命的结束意味着我们在此生的事情已经做完，来世再继续。

凌先生在怀人居生活时，希望能够趁自己还活着，办一场追悼会。这个想法一开始很让人惊讶，随后人们都理解了他。很多人都出席了凌先生的“追悼会”，上面这段话正是林芙蓉在参加“追悼会”时的发言。这段话反映了林芙蓉对完整人生的看法，她认为，死亡是自然生命的一个部分，有生就有死，谁也无法避免。

英国　安妮·扬森

姚瑶　译　北京联合出版公司　2020 年

原著出版于 2018 年

# 相约博物馆

安妮·扬森（Anne Youngson），居于英国牛津郡，有两个孩子和三个孙辈。成为作家前是一名汽车工程师。在退休之后她开始尝试写作并展现出非凡的天赋，也许如她本人所言："我知道自己终将成为一名作家。"《相约博物馆》（*Meet Me at the Museum*）是她的第一部作品，出版时她已70岁。小说一问世即得到广大读者喜爱。这是一个关于灵魂受损、饱尝失去的两个人如何意外建立情谊、修补自我的故事。全书由温馨动人的54封信构成，书信作为纽带，让生活完全不同的两个人逐渐靠近，彼此深刻理解，给彼此的生活带来重生的勇气。小说入围2018年科斯塔图书最佳处女作奖、麦基特里克奖，获得保罗·托迪纪念奖，目前已在英国和美国出版，并对德国、法国和中国等多个国家售出版权。2021年，安妮·扬森出版了《运河船上的夏天》

( *The Narrowboat Summer* )。

小说中提到的托兰人是一具保存完好的遗体，来自公元前 250 年左右，1950 年出土于日德兰半岛边缘地区的一个泥炭沼泽。P. V. 格鲁伯教授是负责本次挖掘工作的丹麦考古学家，同时负责对出土文物进行研究。他撰写了一本书——《沼泽居民》，出版于 1969 年，内容包括这次以及其他考古发现。1970 年，谢默斯·希尼写了一首名为《托兰人》的诗歌，收录于他在 1972 年出版的诗集《在外过冬》。2010 年，希尼在《泰晤士报》上发表了一篇随笔，在着手整理新诗集《人之链》前再度梳理了自己对托兰人的看法。在文章之前是一张照片，照片里是“来自铁器时代的一位邻居那保存完好、庄严而温柔的面庞”。

从那时开始，那张照片就一直钉在安妮·扬森的墙上。希尼对托兰人的描述击中了扬森的心灵。她一生中所认识的人去世后身体早已化为乌有，而这个死于两千年前的男人的身体却惊人地保存了下来。即使我们都知道他死于暴力，但是那平静而陷入深思的表情看上去仿佛是个带来宽慰的使者，好像随时可以开口说话。如今和他外表相似的、活在世上的人们就住在隔壁街区，走着同一条路，理所当然地认为食物、安全、温暖就是他们生命中要为之奋斗的事业。在扬森凝视托兰人的面庞时，这部小说便渐渐有了雏形。书中的丹麦锡尔克堡博物馆是真实存在的，而在博物馆工作的安德斯这个人物为作者所杜撰。

## 农妇和博物馆馆长的通信

蒂娜是一个年过六旬的英国农妇，每天干着养鸡、打扫卫生之类的农活。她相伴了几十年的闺蜜贝拉患病于近期去世，这使她在悲伤之余对自己的人生有了新的思考。她和贝拉多年来一直想去丹麦锡尔克堡博物馆参观一具出土的木乃伊——托兰人，但每次都因为各种干扰而未能成行。50 年前，负责托兰人考古的格鲁伯教授曾经给她和同学们写过一封信，激发她们对祖先的生活产生兴趣。蒂娜于是给格鲁伯教授写了一封迟到很久的回信。她知道教授很可能已经去世，而她写信的目的是帮自己厘清想法，即为什么自己年轻时的计划会难以实现，或者如果那个托兰人遗骸在她心中如此重要，为什么在几十年中却没有付出一点微不足道的努力去参观。

格鲁伯教授早已去世，现在的博物馆馆长安德斯看到了信并给蒂娜写了回信，告知详情并希望蒂娜能够来博物馆参观。这封出于礼貌的回信促使蒂娜做出进一步解释，随之双方开始了长达一年多的异国书信往来。两人的通信起初探讨托兰人生活的时代、托兰人平静的面容以及尸体的保存。而后蒂娜逐渐写到自己为何一直没能去看托兰人，从而聊起了自己的朋友和日常生活，同时也谈起了自己的婚姻和家庭。蒂娜有两个儿子和一个女儿，她的丈夫爱德华是个标准的农夫，只要拥有土地、作物、存粮就心满意足。但蒂娜不喜欢这样的生活，她觉得自己的人生过早地被限定了，丧失了其他的选择机会，自己像几千年前的托兰人一样被献祭，献祭给了每天重复的空洞生活和没有共同话题的丈夫。

安德斯也提到自己的家庭，他有一子一女，曾遭遇丧妻之痛。安德斯的妻子波吉特从小被精神不正常的母亲抛弃，由祖父母收养。波吉特似乎传承了妈妈的神经质，她异常敏感而脆弱，无法适应人群，相信海洋里有“男人鱼”，还会离家出走。与安德斯结婚后，波吉特也经常离家出走，谁都不知道她去了哪里，终于有一天她跳进了海里。尽管安德斯很爱妻子，但感到自己从未在妻子的心里存在过。

这样的交流充满悲伤，但久藏在心里的秘密有另外一个人听，悲伤就减轻了很多。在现实生活中倍感孤独的两个人，在日渐亲密的交流中更加惺惺相惜，两人在各自的生活中也变得开朗起来。有一天，蒂娜无意中

Shortlisted for the COSTA First Novel Award
'A moving tribute to friendship and love' Rachel Joyce
'Emotionally acute and absorbing' Daily Express
Meet Me at the Museum
'Gentle and joyous' Guardian
'Tender and wise' John Boyne
'Full of grace and humanity' Sunday Times
Anne Youngson

《相约博物馆》英文版封面

发现了丈夫爱德华出轨，这使她更加无法忍受这样的生活。她离家临时住进了贝拉曾经居住过的公寓，并且决定和过去的生活彻底一刀两断。安德斯则在博物馆等待着蒂娜的到来。

## 完全由信件构成的叙事

小说最特别之处就是几乎所有内容都在信中呈现，包括纸质信件和电子邮件在内的几十封信件构成了叙事的全部。絮絮叨叨的农村老太婆和思维严谨的博物馆馆长开始通信纯属偶然，但最终的结局似乎又是必然，因为这两个走向老年的人对自己的过往充满遗憾和失落感，潜意识中都希望能有新的精神力量介入和支持。两人在通信中所聊到的问题和表达的心声都不大可能在生活中找到倾诉的对象，也没有人能理解他们，他们只有在信中互相倾听、互相鼓励。小说采用的书信模式恰到好处地表现了主题："每一个看似习惯了孤独的人，心中都燃烧着被人理解的渴望。"

在通信过程中，两人的关系越来越近。这一方面可以从信中的称呼和落款看出。一开始安德斯馆长称对方为霍普古德太太，第六封信开始直呼其名蒂娜，而他的自称一开始是馆长，然后是安德斯·拉森馆长，接着是安德斯·拉森，从第五封信开始落款就只是安德斯了。而蒂娜信中的称呼和落款也几乎与安德斯同步变化。另一方面，两人通信的内容也越来越私人化：从对托兰人的探讨到各自家庭情况的介绍，从描述自己的日常活动到展现内心的情感。就读者而言，不仅通信的行为本身是叙事的主体，而且信件内容也逐步呈现了两个人物丰富的人生和情感状态，通过信件本身就可充分了解这两个人物。由此可以看出，小说叙事包含了交替进行和共同发展的双重线索，这两个线索仿佛缠绕在一起不断向前延伸的两股绳，互相影响，互为依托。

其实，小说还有一条隐含的叙事线索，即蒂娜的丈夫爱德华。所有与爱德华有关的叙述都来自蒂娜的信，或者说来自蒂娜对他的主观评价。爱德华是一个农场主，没有更多的人生追求，对农场工作和生活心满意足，与蒂娜没有共同语言。比如蒂娜喜欢通过阅读来了解农业，而爱德华则认为阅读对于农场生活和生产没有意义。小说到最后才揭示出爱德华的出轨始于一年多以前，这正是蒂娜与安德斯开始通信的时候。这个时间节点暗示了，他们夫妇二人早已貌合神离，他们同时抛弃了对方，在婚姻之外寻求感情寄托。读者可以想象，爱德华对婚姻其实也不满意，只不过在小说中没有机会对此进行表达。

因此，作者在表达寻求理解的孤独者这个主题时，并没有抽象地叙述，而是将这样的情感状态通过不和谐的婚姻表现出来，他们都是错位姻缘的受害者。婚姻、家庭、夫妇和亲子关系是小说叙述的主要内容，比如蒂娜好友贝拉的婚姻也不幸福，而蒂娜和安德斯的孩子同样面临婚姻和婚后生活的选择。令人宽慰的是，小说里的下一代人有更多的机会做出自主选择，不再像蒂娜那样被束缚。

还有一点值得一提的是，小说采用了开放式的结局，没有告诉读者蒂娜收拾包裹离开爱德华和生活了几十年的农场后，有没有来到博物馆与安德斯见面。在离开爱德华之后和可能见到安德斯之前的这段时间，是蒂娜一生中最自由的阶段，她可以充分思考自己对未来的抉择。而思考的结果则交给了读者，由读者根据自身的理解和需求去继续书写。

## “我觉得我也一样献祭了自己”

我觉得我也一样献祭了自己，却毫无价值。我奉献了自己，首先是牺牲给了父母以及他们那一代人所认同的社会标准，他们不让我流产，也不让我在拥有孩子的同时保持单身。其次，我将自己奉献给了农田。我的丈夫——他的名字是爱德华——只要拥有土地、作物、存粮就心满意足，随之而来的就是每个季度都要完成的工作。我满足于此，但是季节变换是如此无情，工作数不胜数，我根本逃不开。从我献祭自己开始到如今已经过去了很久，那时候我太年轻，过了许多年我才意识到我是在牺牲，再也找不到比这更准确的说法了，我就是在献祭。爱德华每天都很满足，有什么东西也能给我一样的满足感呢？或许是去丹麦的旅行吧——那样就足够了。然而我生命中的空白区域要是用这样轻率的方式着墨过多，似乎又太过分了。

在蒂娜写给安德斯馆长的第三封信中，她从托兰人的献祭出发，谈到了自己的人生也仿佛一场“献祭”。古代的宗教信徒或者某种神秘力量的崇拜者，往往会向神灵献祭，其中最虔诚的表现之一就是将活人献给神灵，被发现的托兰人遗骸也可能是祭品之一。祭品没有自我和主体性，只是被别人当作工具使用，是被献出的牺牲品。这让蒂娜想到了自己，从某种意义上说，她这一生也在不断地奉献。未嫁之前，她不得不遵从父母的要求，怀孕后不能流产，也不能做单亲妈妈。结婚之后，她必须听从丈夫的指令，在农场上日复一日、年复一年地劳作。社会和家庭都在压制着她的个人成长，她的价值似乎只是老老实实、勤勤恳恳地为家庭做贡献，做一个好女儿、好妻子、好妈妈。在此过程中，她当然也有收获，比如和丈夫爱德华有过幸福的两人世界，享受儿孙满堂的天伦之乐。但是，她付出的代价是巨大的，她的一生早早地就已定型，丧失了其他可能的发展机会，尤其是从没有机会作为一个独立的主体存在，没有机会追求自己的梦想。这个认识也是她决定给几十年前的教授写信并且和现任馆长继续通信的原因。在好朋友突然去世后，她意识到不能再这样生活下去了，她至少要去完成和朋友早就计划却一直无法实现的愿望——去丹麦看看被献祭的托兰人。虽然这个计划远远不能弥补她这一生几十年的付出，但毕竟是在寻回自我道路上迈出的第一步。

昨天，在摘覆盆子的时候我在想：要是铁器时代的居民想在这一次生命之后还拥有来生，那会是怎样的心情？每次我摘覆盆子的时候，都尽可能仔细地沿着一排排的植株走，寻找熟透的果实。然而不论我找得有多仔细，只要掉头回去，都能看到原先没能发现的果实。另一次人生，我想着，或许就像是第二次走过一排排覆盆子藤，那里或许会有我第一世里未曾谋面的好东西，但是转念一想，我同时也会发现自己的篮子里已经有足够多的果实了。

在通信过程中，蒂娜不断加深对人生的思考。现在她想到的是，如果还有一次人生，自己会有怎样的选择和收获。对于地球上的人类而言，时间是单向流动的，逝去的时间不会再回来，人只能慢慢变老，直至最后死亡。人生中的每一天都相当于电视上的现场直播，没有预演，没有彩排，也没有重来一次的机会。那么，我们每时每刻做的每一个选择，都意味着放弃了其他选择，而且不会有机会再选第二次。蒂娜采摘覆盆子的时候，一般是沿着一排排的植株走，她把这个比喻成一次人生。但是，当她再走一次，还会找到一些头一次没发现的果实，她把这个看作第二次人生。这时候她发现，第二世里也许会有第一世未曾发现的好东西，但是第一世其实已经收获很多了。这启发了蒂娜：不必对此生的经历或者没有做出的那些选择耿耿于怀，人生的每一次选择都是有价值的。在后来的通信中，蒂娜进一步总结道："如果我们各自度过人生的方式是我们想要拥有的方式，或者说是在我们做出选择时明知道有其他可能性存在也依然会选择的方式，那么就没有浪费生命。"这些文字都表明了，在与馆长通信的过程中，蒂娜的内心也在慢慢成长，她不再自怨自艾，而是越来越乐观、敞亮。



我已经做好了站到下一站的准备，但是很快一个女孩就站了起来，把她的座位让给了我。我很少搭公共交通出门，所以我很震惊地发现自己已经越过了某一条线，这条线将那些足够年轻应该站着的人和那些拥有年轻人的尊重必须坐着的人区分开。我差一点就拒绝了，但是很快反应过来，这样做不是会让我看起来像个老怪物，就是会剥夺她做正确事情的满足感。所以，我面带微笑地接受了。她回给我一个微笑，她的笑容赏心悦目。

很少出远门的蒂娜去因弗内斯看望女儿玛丽和女婿瓦西里，这趟长途火车旅行中她还得转车，对于她而言这是很复杂的旅程。第一列火车上人满为患，她预定的座位也被人占了。占座的男子正在睡觉，蒂娜不想吵醒他，就决定站着，这时有一个女孩站起身给她让座。在那一瞬间，蒂娜非常震惊地发现在别人眼中自己已是一个需要帮助的老人。有时候，人们感觉长大或者变老并不是基于自己的主动认识，而是在其他人或者外在事物触动下的瞬间体验。在别人对待我们的与以往不同的态度中，或者我们自己和别人的对比中，我们才发现自己的变化。蒂娜随后的反应令人敬佩，她没有拒绝女孩的好意，虽然她其实并不需要座位。蒂娜接受了社会对她老年身份的定义，在心理上和情感上顺利进入了老年。同时，她的选择也证明了陌生人之间的互相理解和无私帮助会让这个世界变得更加美好。

美国　安·泰勒
徐阳　译　北京联合出版公司　2020 年
原著出版于 2018 年

# 时间之舞

安·泰勒（Anne Tyler），美国当代著名小说家、文学评论家，1941年生于明尼苏达州的明尼阿波利斯。她的父亲是位药剂师，母亲是一名社工，两人都是贵格会（基督教新教的一个派别）虔诚而且非常活跃的教友。泰勒是4个孩子中的长女，她后面还有3个弟弟，她童年大部分时间都在北卡罗来纳州度过。尽管泰勒在11岁以前没有接受过公共教育，但她上学后学习一直很好。在学校的图书馆里，泰勒发现了尤朵拉·韦尔蒂、加西亚、菲茨杰拉德等很多有影响力的作家。韦尔蒂是她最喜欢的作家，也给了她最大的影响。泰勒认为，韦尔蒂让她意识到，小说可以描写日常生活的细节，而并不只是去写那些重要事件。16岁高中毕业时，泰勒获得了杜克大学的奖学金。在杜克大学泰勒选择了雷诺兹·普瑞斯的创意写作课。19岁时她毕业于杜克大学，随后在哥伦比亚大学读研究生，研究俄罗斯文学。1963年，泰勒嫁给伊朗精神科医生兼小说家塔吉·穆罕默德·莫达雷西，并于1964年发表第一部小说《如果早晨曾经到来》(*If Morning Ever Comes*)。她和莫达雷西育有2个女儿。莫达雷西于1997年去世。从1967年开始，泰勒一直居住在马里兰州的巴尔的摩，她大部分小说的舞台都来自这里，中产阶级生活是其文学主题。在过去的几十年里，泰勒养成了良好的写作习惯，她很自律，一般会从清晨开始工作，直到下午2点。

泰勒著述颇丰，质量上乘，其第九部小说《思家小馆的晚餐》(*Dinner at the Homesick Restaurant*)(1982)是她认为最好的作品，入围1983年普利策奖、国家图书奖、福克纳文学奖。她的第十部小说《意外的旅客》(*The Accidental Tourist*)(1985)在1985年获得全美评论家协会奖，并且入围1986年的普利策奖，1988年被改编成电影，入围1989年第61届奥斯卡最佳影片和第46届美国电影电视金球奖最佳影片。她的第十一部小说《生命课程》(*Breathing Lessons*)(1988)在1989年获得普利策奖。《时间之舞》(*Clock Dance*)(2018)是泰勒的第二十二部小说，也是她古稀之年的巅峰之作。这是一部女性主义小说，小说探讨了婚姻、家庭、自我等主题。作者描述了女主人公薇拉在童年、青年、中年和老年这几个阶段的家庭生活中分别遇到的情感危机或挑战。薇拉在与家人的相处中，在心理上常常处于被束缚和压抑的状态，在情感上始终有一种疏离感，每次都不得不接受被安排好的现状，无法做主，直到她老年后一次意外的经历，让她有机会按照自己的意愿做出选择，这一选择既帮助了他人，也让她找到了自己新的归宿。

## 薇拉生命中的四个重要时刻

薇拉生命中有几个重要的时刻。1967 年，她是一名小学生，这时她的母亲突然失踪了。她有一个经常情绪失控的母亲，每次情绪失控都会打骂孩子甚至离家出走，这给薇拉和妹妹伊莱恩留下了灰色的童年记忆。她们的父亲是一个“好好先生”，对于这样的家庭危机无能为力，只能笨拙地安抚和照顾孩子，等待妻子过几天后若无其事地回家。1977 年，薇拉是一名大学生，正在考虑是否接受男友的求婚。她与学长德里克相爱，在复活节前的周末，她第一次乘飞机带男友回家见父母。德里克毕业在加州找到了工作，希望她能转学去加州，并且尽快结婚。这意味着薇拉不得不放弃自己感兴趣的学业，这让她很矛盾。最后，薇拉不顾母亲的强烈反

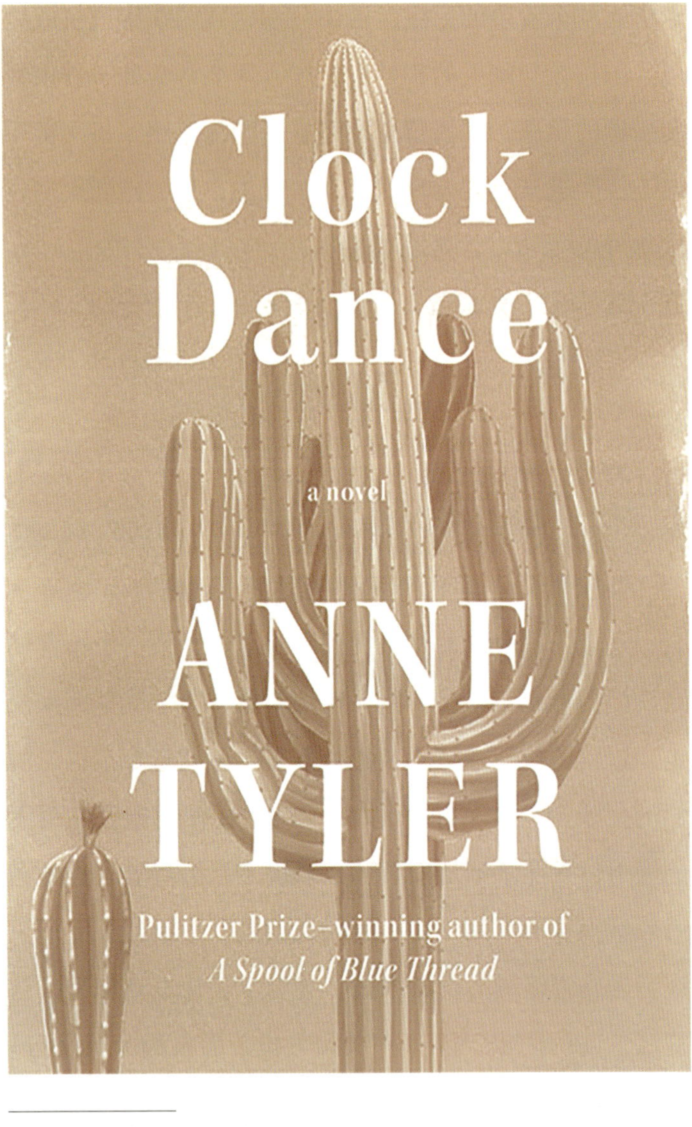
Clock
Dance
a novel
ANNE
TYLER
Pulitzer Prize–winning author of
A Spool of Blue Thread

《时间之舞》英文版封面

对，跟德里克去了加州。1997 年，结婚 20 年后，她成了寡妇。她和德里克有两个儿子，正当她为儿子在学校的表现而发愁时，德里克却在高速上开斗气车，导致车毁人亡，这让她经历了一段非常难熬的时光。2017 年，61 岁的薇拉和第二任丈夫彼得在亚利桑那州安静地生活在一起，两个儿子很少和她联系，生活平淡而无聊。直到有一天，薇拉接到一个陌生人从遥远的巴尔的摩打来的奇怪电话，这让她卷入了一种未知的全新生活。

打电话的是一位名叫考利的中年女性，她是丹尼斯的邻居，而丹尼斯是薇拉大儿子肖恩的前女友。丹尼斯前两天腿部意外中弹，必须住院治疗，她 9 岁的女儿谢莉儿没人照顾。考利不知道谢莉儿和薇拉没有血缘关系，因此从丹尼斯家的电话簿上偶然发现薇拉的号码后，立刻打电话来请她尽快赶到巴尔的摩照顾丹尼斯母女。薇拉稍作犹豫后，决定去陌生的巴尔的摩。彼得不放心她一个人出远门，便跟着一起去，还帮她买好了飞机票。薇拉和彼得来到丹尼斯家后，发现房子很简陋，而且它位于一个贫民街区，周围人基本上都属于草根阶层。几天后，薇拉逐渐熟悉了丹尼斯母女和周围的街区，也认识了几个邻居。丹尼斯和女儿谢莉儿都简单纯朴，周围的邻居看上去有点古怪，但他们像家人一样对待彼此，相互扶持，互相关照。其实，丹尼斯和她的邻居们都有各自的遭遇，甚至缺憾。周围几乎每个家庭都不是完整的，要么离婚，要么配偶去世，要么是年轻人没有父母。薇拉不反感这里的生活，但是彼得打不起精神，还得抽空关注自己律所的工作，因此他希望早点回去。几天后丹尼斯出院了，彼得急于立刻回亚利桑那，薇拉觉得丹尼斯还没完全恢复，生活很不方便，想多待一段时间。于是彼得和薇拉产生了分歧，彼得很生气，独自走了。很快，一个邻居，15 岁的厄兰德向薇拉坦白了枪击事件的真相，是他和朋友在家里玩枪不小心走火造成的。厄兰德希望能够得到薇拉的帮助，薇拉妥善地解决了这个问题，但是因为他们对丹尼斯隐瞒了真相，丹尼斯发现后非常生气，薇拉不得不离开巴尔的摩。但是最终她还是决定回到巴尔的摩，回到丹尼斯母女和她们的邻居身边，开始新的生活。

## 时间的隐喻

此书的叙事方法摈弃了 20 世纪西方小说叙事上的各种标新立异，返璞归真，叙事时间即故事发生的时间，选取主人公薇拉人生中几个重要的片段，依次排列，每个部分既独立又相互关联，宛如旧相册一样，读者可以选取任意一个章节进入，前翻后阅，丝毫不影响阅读的整体感，这颇符合现代读者对快速阅读的心理需求。

小说主要描写的是薇拉生活中的各种琐事，以及薇拉应付各种细碎问题时的微妙心理变化，这也是泰勒的叙事特点之一。普通人在生活中面对最多的就是各种琐事，一件件事情累积起来会深刻地影响一个人，因此小说的叙述小中见大，平凡中可见不平凡。主人公一生中的 60 多年时间在各种家庭琐事中转瞬而逝，她的父母、丈夫、儿子都曾给她带来快乐，但是每当她的情感遭遇危机的时刻，却得不到想要的抚慰。很多时候对于她来说至关重要的事情，别人看来似乎都不重要，她不得不向家人妥协，为了家人做出牺牲。在泰勒笔下，薇拉喜欢挺立的巨人柱（世界上最高的仙人掌品种之一），高大、挺拔、向上生长的巨人柱，象征着薇拉内心一直渴望的独立。在 61 岁的时候薇拉终于从冷淡的家庭中独立出来，不是经济独立，而是感情独立，从忽视她的家人中独立出去，重新找到自己喜欢的生活。

小说贯串始终的线索是时间，章节的标题就是四个年份：1967，1977，1997，2017，这些是主人公生命中重要的转折时刻。小说的标题是“时间之舞”，作者在小说中有两处提到这个词，而这两处有着不同的含义。

第一次是谢莉儿和两个好朋友玩“时间之舞”的游戏，她们用手臂模仿时钟的指针，跟随着不断的滴滴答答声，在身体两侧僵硬地一格一格地转动，体验着时光流动给她们带来的无名快乐。对于孩子来说，时钟的滴答声中，有着她们对长大的期待，有着未来种种的美好，因此一个简单的模仿时间的舞蹈就能让她们快乐一个下午。对于薇拉而言，这个“时间之舞”就像她过去的生命都被钉在了某一个固定的地方，只能循环往复，永远都走不出那个圈。第二次是在小说的尾声，薇拉想如果让她来编排“时间之舞”，她绝不会像3个小姑娘那样做，“她的版本会是一名女子在舞台上从左向右一路旋转下去，观众只能看到一团飞旋的模糊色彩，然后她便消失在侧幕中”。这象征着薇拉的觉悟和试图摆脱宿命的愿望：一生的碌碌无为，不如在舞台上的瞬间绽放，永远不要被年龄和时间定义，要听从内心的声音，成为独立的自己。作者通过“时间之舞”的意象，宣扬了不管是10岁还是60岁，人一生中的无数时刻都是可以选择做自己的。做自己，不仅仅是做自己喜欢的事情，而是作为一个真正的人，去完成一个女性的身份、感情、体验，如此等等。

## “开启新生活”

开启新生活后，她要找地方租一间房子。或者搬进明顿太太家，也可以找一处带游泳池的公寓，谢莉儿可以来玩。她要教本提到的那些移民说英语，也可以教谢莉儿的同学们说西班牙语。还可以试试从来没有想过的新东西。无限的可能在等着她。

她觉得自己像女盥洗室门上那个身着短裙的小剪影，掠过地球表面，在宇宙中穿梭。

这部分是全书的结尾，当时薇拉离开巴尔的摩回到亚利桑那，刚刚下飞机，还没出机场。虽然薇拉决定离开巴尔的摩，但她的心其实还在那里。在飞机上，她做了一个梦，梦见自己“置身于一座陌生的城市中，她看见了铺着鹅卵石的街道，布满青苔的古老建筑。有个孩子在前面独自走着，是个身穿方格布裙的小姑娘。薇拉觉得，倘若知道自己走在她身后，这个孩子一定会很开心的。”梦中的这个小姑娘既可能是薇拉无意识想象中的自己，也可能是谢莉儿或其他任何一个孤独的小女孩。每一个小女孩心中都怀有美丽的愿望，却往往不为人所理解。薇拉自己小时候的梦想没有能够实现，她希望自己可以帮助谢莉儿或她的同学们，这也仿佛帮助自己实现了童年梦想。

在机场航站楼里，薇拉见到了和梦中不一样的另一番景象，“好像身处幻境：离开的这几周里，一切都定格未动”。机场里人来人往，各色人等，行色匆匆，与几周前没有区别，“他们一定是被画在这里的，好像被固定在玩偶之家中一般”。在薇拉眼里，这些人都在毫无意义地忙碌，他们都被束缚在无法逃脱的命运轮回之中。在命运的驱使和生活的压力下，人们常常不由自主，做着不想做的事情，而很多人所孜孜不倦、乐此不疲地从事的事业其实归根到底也是没有价值的。芸芸众生所追求的往往只是一场梦幻。有很多人从未意识到自己的忙碌无意义，或者即使意识到了也无力改变现状，只能随波逐流，接受安排。薇拉领悟到了这一点，对于她而言，梦里的更真实，而眼前看到的，却是虚幻。这样的景象进一步促使她做出选择。她来到通往机场出口的移动扶梯前，看到“前面的人一个接一个迈了上去”，但是在最后一刻，薇拉放弃了，没有踏上那个决定人生方向的自动扶梯。她要自己寻找人生方向，正如梭罗在《瓦尔登湖》中所表达的：当一个人在甲板上见到美景后，就不会再愿意回到船舱里了。

是巴尔的摩的那个贫民街区给了薇拉新的生活，丹尼斯母女让她体会到了家庭的温暖，一群有趣的邻居让她感受到了人与人之间的无私互助，那是一个更加适合她的地方。在那里她也能够帮助其他人，远离过去情感上冷漠疏离的家庭氛围，在自己的老年时期找到了新的人生意义。女盥洗室门上代表女性的身着短裙的小剪影，再也不被束缚囚禁在一个地方，而是获得了无限的自由。这意味着步入老年的薇拉终于实现了成长，不再是那个连飞机票都不太会买的女人了。

中国　周大新
人民文学出版社　2018 年

# 天黑得很慢

周大新，1952 年出生于河南邓州，中国当代作家，拥有少将军衔，文学创作一级。1970 年应征入伍，1985 年毕业于解放军西安政治学院。1988 年加入中国作家协会，任中国作家协会第五、六、七、八、九届全委会委员。出版有《周大新文集》二十卷。曾获全国优秀短篇小说奖、人民文学奖、冯牧文学奖、茅盾文学奖、老舍散文奖、中国出版政府奖。作品曾被译成英、法、德、日、阿拉伯、西班牙、希腊、捷克等文字。

1979 年在《济南日报》副刊发表小说处女作《前方来信》，著作颇丰，其中包括短篇小说《汉家女》（获全国 1985—1986 年优秀短篇小说奖），短篇小说《小诊所》（获全国 1987—1988 年优秀短篇小说奖），长篇小说《走出盆地》（1990），中篇小说《左朱雀右白虎》（1991），中篇小说《向上的台阶》（1994，获《十月》

优秀作品奖、《中篇小说选刊》优秀作品奖、第六届《小说月报》百花奖），长篇小说《第二十幕》（1998，获第三届人民文学奖），长篇小说《21 大厦》（获 2001 年解放军新作品一等奖），长篇小说《战争传说》（2003），长篇小说《湖光山色》（获第七届茅盾文学奖，2019 年入选“新中国 70 年 70 部长篇小说典藏”），长篇小说《预警》（2009），长篇小说《安魂》（2012，获《当代》杂志“当代·长篇小说年度论坛”年度最佳小说），长篇小说《曲终人在》（获 2015《当代》杂志年度五佳、第四届政府出版奖图书奖），长篇小说《天黑得很慢》（2018，获第一届南丁文学奖），2021 年 1 月，由人民文学出版社推出他的第十三部长篇小说《洛城花落》后，宣布长篇小说封笔。2024 年 1 月，出版散文集《站在人生长河的下游》。

《天黑得很慢》是一部关注老龄社会的长篇小说，全书 20 万字，共分 7 章。小说用“拟纪实”的方式，用万寿公园的黄昏纳凉活动安排作为全书结构的基础。周一到周四，是养老机构、医疗保健机构、健康专家的推介活动，周五到周日，是陪护员用亲身经历讲述陪护老人的故事。后 3 章是小说的主体部分，通过陪护员的观察，反映了中国老龄社会的种种问题：养老、就医、再婚、儿女等，既写了人到老年之后身体逐渐衰老，慢慢接近死亡的过程，也写了老年人精神上的孤独，同时，更写出了人间自有真情在。周大新创作《天黑得很慢》的灵感一方面来源于自己和周围人在衰老问题上的经历和体会。有一次，他见一位大概 80 多岁的老人发愁没力气将两袋洋葱提上楼，便帮忙将洋葱提到四楼的家门口，下楼时看到老人正扶着楼梯一点点走上去，这时，他第一次感觉到人到了晚年力气被剥夺以后的深深的无助感。另一方面，周大新的母亲从 90 岁开始卧床到 92 岁去世的两年中迅速失智的经历，给了他很大的刺激。于是，他想用小说描述一下人生最后一段路程的风景，认为那样对已经变老的、即将变老的、终将变老的人都会有一点好处，同时也是希望让自己对老年生活有预先把握，学会与衰老共处。南丁文学奖评委会的授奖词称：周大新秉承中原作家群关注现实的优秀传统，致力于对社会、人性、生命的种种问题进行深入探索和文学表达，在乡土、历史、都市、生命等题材领域都取得了突出的成就，成为中原作家群的重要代表性作家。《天黑得很慢》以直击现实的勇气和切身的独特体验，逼近生命本质，以“拟纪实”的晓畅文学表达，反映老龄化带来的种种社会问题及由此带来的老年人精神上的刻骨之痛，对生命的思考臻于哲学高度，体现了周大新敏锐的问题意识、自觉的社会责任和温暖的文学情怀。

## 萧成杉的老年危机

小说以护工钟笑漾讲述的形式展开。钟笑漾是河南人，十几年前，她从南阳医专毕业后，为了能和上大学的男友在同一座城市生活，选择在北京打工。一个偶然的机会，她应聘到一位退休法官萧成杉家中当护工。萧成杉当时73岁，老年丧偶，和女儿、女婿一起生活。女儿、女婿工作忙，无暇照顾老人，因此女儿请了钟笑漾专职负责老人的健康和饮食起居。老人家中经济条件优越，但翁婿一直不和，一场冲突让女婿、女儿相继搬出家中，在外租房居住，家中只剩下老人和护工。

萧成杉不愿被当成老年人对待，他努力消除身上那些“老”的痕迹，经常染头发，还去婚姻介绍所给自己找老伴。在与一位62岁的老太太相处一段时间后，因为生活习惯等种种原因，尤其是他无法满足对方的性需求，最终分手。此后，老人试图完成写出3本专业著作的宏伟计划，但不久突发心肌梗死，幸好钟笑漾及时发现才被抢救过来。心脏搭桥手术后的萧成杉接受了自己的老，放弃了写作，但希望能够想办法延缓衰老，便到处寻找长寿药、练健身操，却遭受了各种骗局。这些都让他受到了非常大的打击，精神大不如以前。在钟笑漾的建议下，老人到南阳伏牛山的长寿村，拜访村中100

岁以上的老人取经。长寿村一行，萧成杉知道了长寿不仅和外部环境有关，还要有良好的心态，那就是心里只想美好的事情，不纠结于烦恼的事情。离开长寿村后，萧成杉似乎有所顿悟，精神状态好多了。心态变好了，日子又恢复到了往日的平静。

萧成杉的女儿萧馨馨随丈夫出国，在国外 3 年后，因为忍受不了丈夫的出轨和虐待，患上了重度抑郁症，在回国治疗过程中坠楼自杀。自杀前她留下遗书，要求向父亲隐瞒死讯并将 160 万元遗产和父亲交给并没有血缘关系的护工钟笑漾。钟笑漾明白，如果长期护理老人再加上支付医疗费用，算上自己的工资，这笔钱终将入不敷出，另外还会影响她的生活和婚姻。钟笑漾本打算将老人送往养老院，或移交给其他护工，但是终究没有成功。为了兑现对死者的承诺，钟笑漾陷入了两难。此时，老人因骨折再次进医院，她只得继续照顾老人。

随后，钟笑漾意外怀孕，又遭到男友的背叛，生无可恋之际，萧成杉救了她，鼓励她走出人生困境。后来，为了她的孩子申报户口、将来能顺利读书，老人不顾世俗的眼光，承受着外界的压力，主动和钟笑漾拿了结婚证，但从未同房过夫妻生活。在孩子落户后，他又主动和钟笑漾解除了婚姻关系，并为她物色合适的对象成家。随着时间流逝，萧成杉身体各方面的衰老不断加重，一只眼睛失明，耳聋，失去行走能力，到了86岁后终于陷入深度老年痴呆。钟笑漾不离不弃，到处为他求医问药，像女儿侍候父亲般照顾他。人间真情在两个毫无血缘关系的人之间得到了完美体现。

## 天黑的隐喻

小说题目《天黑得很慢》是一个隐喻，将天黑比作人生的终点。在题记中，作者写道："变老并不是悲惨的事，那像是夏季天黑得很慢。"如果把人的一生浓缩成为一天，那么，少年如初升的太阳，中年如午后时光，老年如黄昏，天黑会慢慢到来。这是自然规律，也是人生的必然走向。从"天黑得很慢"这个隐喻可以看出，老年其实是一个复杂而又漫长的过程，如果将60岁作为老年期的开始，那么可以发现，人生还会有20年甚至30年以上的时间。在这二三十年中，老年人会经历一系列变化，而同为老年人，每个人会有相当大的个体差异，不同的文化对老年的态度也大相径庭。因此，不能简单化地理解老年和老年人，老年期也是人一生成长的重要组成部分。对于每一个个体的人而言，进入老年意味着进入一个逐渐衰落的过程，身体状态的变化要求心理状态也必须随之转变，既不能欺骗自己仍然很年轻或者还能恢复年轻状态，也不能自暴自弃，认为一旦变老就没有任何希望了。作者充分描述了主人公萧成杉从73岁到86岁身体和心理的变化，从而告诉读者，在这个天色缓慢变暗的过程中，我们要做的是坦然接受这样的一个自然规律，当天黑时，我们才能完美地度过这一天，安然入眠。

作者在叙事中引用或介绍了老年病学、老年医学和探索人类长寿的相关理论及实践成果，将萧成杉的故事放在了中国当代社会的现实环境中，同时又结合高科技医学和传统养生方法，进行了大胆且合乎情理的想象。小说的结构经过精心设计，比较独特。作者描述了“万寿公园黄昏纳凉”一个星期的活动安排，详细记录了每天的活动内容。相应的，全书也分为7个部分，标题依次从周一黄昏、周二黄昏一直到周日黄昏。这样的结构组合似乎也是隐喻：从周一到周日可视为一个轮回，暗示一生的整个过程；活动都安排在黄昏，也是在影射处于人生暮年的老年时期。从篇幅来看，最后三个黄昏是小说的主要内容，在这三个黄昏中讲述了老人萧成杉的故事。从整个活动安排来看，真正目的都是为了宣传、卖货、卖药，甚至讲故事也是为了做广告带货，其中介绍的这些产品到底是真是假、效果如何，作者没有明确提及。但是，阅读过小说的读者会做出自己的判断，因为作者实际上将自己的观点在萧成杉的故事中表现了出来。

## “寂寞是必须要品尝的人生美味”

人不管结几次婚，只要你活得比配偶久，最终都是要一个人过的。寂寞是必须要品尝的人生美味，没啥了不得的。

萧成杉一开始不承认自己已进入老年，想出各种办法来让自己显得年轻，其中包括打算再婚一次，组建新的家庭。但在经历过一系列失败后，他终于发现老年婚姻远比看上去复杂得多，他对很多事情已力不从心，于是只得打消念头。经过这一番折腾，萧成杉意识到自己确实老了，便开始接受自己的老年状态，而且也做好了孤身一人度过余生的心理准备。这说明他已成功跨越了一次老年危机。之后，随着身体逐渐衰老带来的伤病，他还将面临多次危机，在护工钟笑漾的精心照料下，他成功克服了那些困难及其对心理的影响，他的老年成了一个不断成长蜕变的过程。

我这人就是永远觉得自己的日子过得好，心里头啥时候都觉得很满足，不去同别人比三比四。其实这人来到世上，不就活个一百多年吗？怎么个活法不是活呀？不要眼馋别人的活法，人家当县长，咱就一定也去当县长吗？天下有那样多的县长让人去当？咱种庄稼不也能活下去么？别人天天吃肉，那是人家的福气，咱天天吃红薯，那也是一种福气是不是？

萧成杉打消了再婚的念头后，开始研究如何让自己长寿，甚至轻信各种小道消息，最终却发现那些全是骗术。这又给他带来了巨大的打击，原先好不容易培养起来的乐观和自信也消失殆尽，76 岁的他始终在担心自己已经活不了多久。钟笑漾为了帮萧成杉走出死胡同，想起自己家乡伏牛山里有一个长寿村，于是带他去取长寿的真经。长寿村在深山之中，几乎与世隔绝，那里的人思想淳朴，生活自然，无忧无虑，心态积极乐观，不为外物所累。上面这段话就是长寿村 104 岁的杞奶奶所言，她长寿的秘诀就是接受当下，知足常乐，享受自己已经拥有的，不去跟他人攀比。通过这次长寿村之行，萧成杉明白了要想长寿，不能只依靠外部环境的改善，首先要改变的是自己的心态。回到北京后，他的精神状态好了不少，差不多淡忘了过去受骗上当的经历，“心里只想好事、快活的事，不想烦事和难受的事”。他又度过了一次危机。

萧伯伯那天对武逵说的话，全是我想对萧伯伯说的。天呐，原来萧伯伯是懂得这些道理的，他可以用这些道理去解劝别人，却不能用其来说服自己。

对于萧成杉而言，心态的改变并不能延缓身体的衰老。几年后，到了他 80 岁前后时，一次情绪激动引发了脑出血，虽然经手术抢救，经过 21 天的昏迷终于苏醒过来，但留下了他右半边身体偏瘫的后遗症，他只能坐轮椅行动了。这又一次让他陷入危机，精神状态越来越差，甚至胡思乱想，觉得是自己当法官太久，得罪了什么人，现在人家的灵魂来找他算账了。钟笑漾意识到，他身体的康复训练已经没有意义，有些病状是不可逆的，重点在于心理的疏导。恰好一个名叫武逵的法院同事因为中风，身体完全不能动弹而情绪低落，他夫人想要带他来拜访萧成杉，钟笑漾就安排了这次见面。此时武逵已不能说话，萧成杉不断开导他，让他要想开些，乐观振作。这次见面对萧成杉也产生了良好的影响，让他感到命运没有专门对他一个人不公，于是他的精神状态有了很大的改变，不再愁眉苦脸了，愿意摇着轮椅在客厅来来去去，饭量也增加了，气色也好了起来，不再动不动就想发火了。他第三次度过了危机。

# 妻の終活

# 妻子的后事

〔日〕坂井希久子 ◎著

吕灵芝 ◎译

湖南文艺出版社
HUNAN LITERATURE AND ART PUBLISHING HOUSE

日本　坂井希久子
吕灵芝　译　湖南文艺出版社　2022 年
原著出版于 2019 年

# 妻子的后事

坂井希久子，1977 年出生于日本和歌山县和歌山市，同志社女子大学日本文学系毕业。2002 年以专业作家为目标，辞去工作来到东京。2007 年以《回忆悠然》获得山村教室年度最优秀奖，2008 年凭借《男与女的腹中之虫》获得第八十八届 ALL 读物新人奖，2017 年凭借《热乎乎的蜂斗菜饭居酒屋》获得第一届高田郁奖、第六届历史时代作家俱乐部新人奖。代表作还包括《哭泣可不成通天阁》《英雄访谈》《女子马拉松》《哈雷老头子的背》《若旦那的膝枕》等。

《妻子的后事》出版于 2019 年，讲述的是家庭主妇杏子被确诊为癌症后，如何在家人的陪伴下平静地离开人世，以及她的丈夫廉太郎以此为契机，对自己的人生和家庭进行反思、忏悔的故事。正如书腰上所说，“什么是家？什么是家人？是相互依赖，容忍和救赎，也是默许的榨取、社会的枷锁、时代的诅咒！”本书对家庭和婚姻的意义、局限性与困境，以及两性关系和父女相处模式进行了探讨和反思。小说日文题目“終活”被译为“后事”，这可能会引起中国读者的误会。在日语中，“終活”一般指为了迎接人生终点而在死亡之前进行的活动，例如整理个人物品、财产整理、遗产分配、安排葬礼、选择墓地以及完成想做还未做的事情，而汉语“后事”一般意为死后由其他人所做的事，像处理遗产遗物、办理死亡手续、装殓殡葬等。两个词的含义差别较大，小说的主要内容是围绕“終活”而展开的，有关“后事”的内容篇幅很少。但另一方面，如果把“后事”理解为安排离世后的其他事情，则在小说中这两个词有一定的相关性，因为廉太郎结婚几十年来都没有做过家务，生活自理能力很差，杏子“終活”的一个主要使命就是帮助丈夫在她死后能够独立生活，这也算是“后事”之一。

## 杏子的最后一年

68 岁的杏子和将近 70 岁的廉太郎在一起生活了 42 年。廉太郎是日本团块世代（1947—1949 年出生的人）的一员，团块世代人口众多，他们从出生那一刻起就被卷入了竞争的狂潮。廉太郎就是在这样的环境里长大的。在他的观念中，男人应该出去赚钱养家，料理家务是妻子的本分。他 37 岁时买房，培养两个女儿美智子和惠子上了大学，又过了 30 年还清了贷款。因为工作出色，退休之后还被公司返聘。廉太郎的人生和事业都算成功，但他这一辈子以工作为由逃避了许多家庭事务，错过了两个女儿的出生和成长的重要时刻，下班回到家便会有可口的饭菜、冰镇啤酒、放好的洗澡水、洗干净熨烫好的衬衣，过了一辈子饭来张口衣来伸手的日子，理所当然地享受着妻子的照顾，全然不顾妻女的感受，也不知她们对他的不满。

做了几十年全职主妇的杏子被诊断出患了癌症，癌细胞扩散到全身很多地方，已经无法医治了，生命还有不到一年，这突如其来的噩耗让廉太郎不知所措，他从未想过妻子会在他之前过世。廉太郎开始转变自己对家庭的态度，辞职在家照顾杏子，积极寻找各种抗癌方法，研究抗癌饮食，还毫不犹豫地要卖掉房子给妻子治病。为了能让妻子喝到美味的茶水，廉太郎还偷偷地跟邻居老头齐藤学习泡茶。杏子则在担心自己去世后，从不插手家务的丈夫没法一个人正常生活。在杏子的引导下，廉太郎渐渐学会了洗衣服、做饭、打扫卫生，连照顾小院子里面的花花草草也开始拿手起来。杏子还带着廉太郎参加社区劳动，让他多接触认识周围的邻居。其实廉太郎一直感谢妻子给了自己一个温暖的家，只是从未表达出来。在妻子最后的时光里，廉太郎用实际行动来弥补缺憾，也不再坚持对女儿的固执看法，反而开始思考自己是不是一个称职的父亲。

经过一个接一个的疗程，抗癌药物的效果越来越差，对杏子身体的副作用却在慢慢加重。她变得越来越虚弱，渐渐无法自理，于是决定放弃治疗，只接受姑息疗法。在死亡即将到来的时候，杏子让廉太郎和她一起填写各自的《为“那一天”准备的临终笔记》。在填写的过程中，廉太郎终于开始真正地直面死亡、审视生命。上一年 11 月，杏子曾指导廉太郎给蔷薇进行修剪和引枝，这样来年花就会更多。半年后，在 5 月蔷薇初开的那天傍晚，杏子安静地离开了人世。在操办葬礼时，廉太郎坚持选了大朵的蔷薇纳入棺木中，虽然他知道，如果杏子还活着会责怪他浪费钱。葬礼结束后，廉太郎偶然从美智子口中得知，对于他 20 年前那段短暂的外遇，杏子其实早已知道，却装作不知情，独自忍受痛苦，这让廉太郎无比悔恨。

## 老年廉太郎的成长和自我救赎

小说虽然以杏子患病为核心事件，但是重点描述的是老年廉太郎的成长和自我救赎。作者巧妙地从廉太郎的视角来叙述，表现了廉太郎的心理和情感，突出了他在这一年中的蜕变。从读者的视角可以明显发现，廉太郎在妻子患病之前的42年中，是一个不称职的丈夫和父亲。他从未意识到自己的价值观有问题，在家庭关系和子女教育中，一切超出他狭隘认知的现象，甚至他自己的错误，都被他归咎为妻子的失职。一旦他对孩子不满，就责怪妻子，因此他最常说的一句话是："还不是你没教好！"然而作者没有简单片面地刻画这个人物，而是将廉太郎置于日本特殊的时代背景中，从他身上，我们能看到人、人性、时代的复杂。廉太郎有他的困境和局限，也有他的付出和牺牲。小说中的廉太郎不是一个坏人，是一个时代的缩影，是一个可以让我们反思与警醒的普通人。

与此同时，作者生动形象地表现了廉太郎作为一个老人具有的心理，尤其是其一生的经历对他老年时期心理的影响。他这辈子一心扑在工作上，可以说是毫无生活自理能力，也少有私交，这增加了他对老年生活前景的不安和忧虑。比如，他最担心的是漫长的老年生活怎么度过，因此拒绝改变，竭力延迟自己退出社会生活的时间。虽然返聘被调换岗位到工厂，在职场的地位已远不如从前，但他还是努力维持自己以前的状态，坚持穿西装上班，不让妻子看出不同。后来，当杏子确诊绝症，他想到自己很快就要一个人度过余生时，又产生了新的不安。在他的想象中，自己大概率是每天睡在堆满垃圾的家中，没有工作，没有亲密的朋友，每天只能凑合吃点东西填饱肚子，慢慢衰老，直到离开人世，死后还不知多久才会被人发现。作者从主观心理角度进行人物刻画，表现了像廉太郎这样的老年人存在的问题，以及他们进行自我改变和救赎的必要性，这也使得故事中人物自始至终心态的演变更加合理。

与对廉太郎的刻画相反，作者对杏子的心理和情感描写基本上都是间接的，常常以廉太郎的视角对她的行为进行推测，这使得小说产生了一些隐含的线索。这些线索让叙事结构变得多元，也造成了一些悬念。其中的典型事件之一就是杏子每过一天就在挂历上面画一个叉，还有小说开始不久便提及的杏子在将近50岁时情绪不稳定的“更年期”。这两个典型事件的缘由和真相廉太郎是不知情的，读者也不知情。直到小说的末尾才真相大白，这些是20年前廉太郎的外遇造成的。至此，读者才和廉太郎一样，真正理解了杏子的内心，她养成的画叉习惯并非真的无意义，而是代表着炸弹埋下时杏子内心的怨恨、伤痛，每画一个叉意味着又度过了不开心的一天。但是，读者读完小说后如果反思一下，就会发现杏子的心结在去世前已经解开。她的时间所剩不多时，病痛让她有一天忘记了画叉，廉太郎不知画叉的真实含义，提议改成画圈，杏子听从了。杏子日复一日画了20年的叉之后，决定改成画圈，这说明她已走出了那一段阴霾，彻底放下了。他们俩都对画的圈很满意，从此生活的每一天有了新的意义。这些片段的隐含意义，读者只有在读完整部小说并且经过反思后，才能有所了解。这种人物塑造方式和叙述的手段别具一格，加上舒缓、精致而充满生活气息的语言，造就了这部优秀小说。

## “对不起，我要丢下你一个人了”

“老了啊……”

他嘀咕了一句，随即大吃一惊。我已经是老人了吗？

人往往意识不到自己状态的变化。很多时候，是在和别人比较时或者得到别人评价时，才发现自己长大了或者变老了。廉太郎也是如此。他虽已将近 70 岁，但没有想到过自己已经变老。有一天，当他在外面对一个钓鱼的年轻人随意指指点点时，年轻人不满地抱怨："烦死人了，老害。"在日本，老害是指那些为老不尊、倚老卖老，给他人带来麻烦的老人。廉太郎听了这句话非常生气，但随即意识到自己确实已是老人，这让他大吃一惊，心情也开始沉重起来。从那一刻起，廉太郎正式开始了老年生活，当时他尚不知杏子的病情，没有想到更严峻的老年挑战即将接踵而来。

"这么多年来，你也辛苦了。"

这是廉太郎结束公司返聘那天对妻子说的话。临近盂兰盆节的盛夏时分，廉太郎正式离开了已经工作整整 47 年半的公司。若不是杏子的疾病，廉太郎本没打算这么早辞职。下班时，厂长给他献了一束百合花，他在一阵毫不热烈的掌声中走出了工厂，正式回归家庭。一到家，他就把百合花递给杏子，这竟然是他第一次送花给妻子。杏子接过花，说道："这么多年辛苦你了。"一生的大好时光早已逝去，廉太郎奉献给了公司，杏子奉献给了家庭，他们都完成了自己的人生使命。廉太郎想到自己在外面打拼的时候，妻子兢兢业业守护了家庭，感慨自己真是找了一个好妻子。一对夫妻组建家庭，能够将子女培养成人，平平安安白头偕老，真不容易。

“对不起，我要丢下你一个人了。”

杏子对自己不得不先离开这个世界，没有能够陪丈夫一起走到人生的终点，感到非常抱歉。她虽然也恐惧死亡，但是更担忧的是自己死后，年近70岁的丈夫一个人怎么活下去，如她所说：“一想到你今后要一个人生活，我就特别担心。”42年来，杏子对廉太郎有很多不满，甚至有一次开玩笑似的对他说：“有好几次我想杀了你。”但是她仍然对他不离不弃，默默忍受日复一日的劳累与痛苦，竭力维护好这个家庭。廉太郎从未送过花给杏子，杏子就自己在院子里种蔷薇，那些花朵寄托了杏子对美好生活的向往。当廉太郎问生命已经进入倒计时的杏子还有什么想做的事情时，杏子没有选择出去旅游，而是让廉太郎学着修剪蔷薇。“杏子宝贵的每一天都像闪电一样转瞬即逝，可她却把时间用在了训练廉太郎做家务和照顾蔷薇上面。”因为，对于杏子而言，它们就是最重要的事情。一件是让廉太郎有能力独立生活，另一件是让那些蔷薇能够代替自己陪伴廉太郎。而廉太郎没有让杏子失望，他主动承诺以后将会一直照料蔷薇，他也许也将蔷薇看作了杏子的化身。曾经相伴未知愁，处处风光携手游；不见蔷薇落尽后，年年明月照空楼。



愈发高远的淡紫色天空下，惠子的身体成了一道细细的剪影。河岸上的枯草在风中静静摇摆，他想一直记住这个光景，直到自己死去。

新年那一天，廉太郎和二女儿惠子去神社参拜祈福。之前大女儿一家也一起来团圆的，但是因为廉太郎错误地管教外孙，大女儿一家气得吃了午饭就早早离开了。廉太郎的固执和专横不那么容易改变，这么多年来，他都没有好好感受过家庭生活的幸福和温暖。惠子告诉他，他在家里几乎没有什么存在感。时光飞逝，惠子现在也已 40 岁了。廉太郎终于意识到自己错过了家里无数重要的场合或者温馨的时刻。他要记住今天和惠子聊天的美好时刻，从现在起就改变自我，弥补过失。

中国 范稳
人民文学出版社 2021 年

# 太阳转身

范稳，1962 年生于四川，自贡市荣县人，1985 年毕业于重庆西南师范大学（现西南大学）中文系，同年到云南工作，曾做过地质队员、文化新闻干事、编辑等，现居昆明。他是云南省作家协会主席，云南省文联副主席，国家一级作家，云南省有突出贡献的优秀专家，中宣部全国文艺名家暨“四个一批人才”，第十二届云南省政协委员，第十三届全国政协委员，中国作家协会全委会委员，中国作家协会小说创作委员会委员，云南九三学社社员。

范稳 1986 年开始发表作品，已发表各类题材、体裁的文学作品 600 余万字，出版各种体裁的文学作品 16 部，包括长篇小说《冬日言情》《骚宅》《山城教父》《清官海瑞》，散文集《苍茫古道——挥不去的历史背影》《高黎贡——人类的双面书架》《雪山下的村庄》《雪山下的朝圣》，中篇小说集《男人辛苦》《回归温柔》等。曾获第七、第八、第九届茅盾文学奖提名奖，第八、第十一届“十月文学奖”，第四届《人民文学》长篇小说双年奖等诸多国内重要文学奖项。多部作品翻译成英文、法文、德文、意大利文等，在欧洲、澳洲和美洲等地出版发行。代表作包括反映西藏百年历史的“藏地三部曲”——《水乳大地》《悲悯大地》《大地雅歌》。其中《水乳大地》入选“新中国 70 年 70 部长篇小说典藏”，并翻译成法文在法国出版，《悲悯大地》翻译成英文出版。《吾血吾土》是其反映抗战历史的第一部长篇小说，已翻译成英文在澳大利亚出版。第二部反映抗战历史文化的长篇小说《重庆之眼》，获得由中宣部、中国图书评论学会联合颁发的 2017 年度“中国好书”奖。

2021 年，人民文学出版社出版的范稳的现实主义长篇新作《太阳转身》，获 2021 年度“中国好书”奖。《太阳转身》是范稳的第七部长篇作品，是一部脱贫攻坚题材和老年题材的小说，同时也是他的一部转型之作。过去他更倾注于历史叙事，写《太阳转身》时他把目光转向了当下。范稳的小说是建立在长期田野调查的基础上的，他深入农村采风，小说中很多细节都是真实生活场景的再现。例如书里写的一个词叫“土肉”，这就是生活在严重石漠化的喀斯特地区的人所说。在那里，不仅水资源匮乏，连土也没有，土就跟肉一样的金贵。一捧土可以种两三窝玉米，村民就一窝一窝地在漫山遍野的石头缝里种，土地的极度贫瘠是他们贫困的根源。但是，老百姓却不愿意搬离故土，他们思想境界很高，立志要坚守边疆，一旦村子搬走边防线就空了。村民宁愿搬石头也不愿搬家，做了很多这样可歌可泣的事情。小说通过对卓世民和曹前宽等各种身份、各具特色的老年人物的形象塑造，表现了一代人守卫边疆、建设家乡的豪情壮志，小说充满了浓郁的乡土气息和深厚的爱国主义情怀。

## 退休老警察的最后一战

小说以一桩儿童被拐骗案为开端，讲述了一位退休老警察在责任感和正义心的驱使下，坚持追踪案件直至水落石出的曲折故事。65 岁的卓世民在战争时期是功勋赫赫的英雄，曾在边境保卫战中身负重伤，转业后又从事了多年的秘密侦查工作，破获多起大案要案。现在，他从省公安厅侦查局局长的位置上刚退休没几年，烦心的事情接二连三。首先是突然在体检中发现疑似胰腺结节，有患肿瘤的可能，单位安排他到北京找专家做进一步检查，结果还没出来。同时，家里的情况也让他感到不顺心，老父亲患有阿尔茨海默病，头脑糊涂，大小便失禁，常年需要人照顾。女儿女婿和外孙女儿一家跟他们住在一起，但他和女婿互相瞧不起对方，经常在饭桌上争论和争吵，矛盾无法缓和。

一天，曾经给卓世民家做窗帘的壮族夫妇侬建光和韦小香前来求助，原来他们留在老家汤谷寨跟曾外祖母一起生活的才6岁多一点的女儿侬阳阳被人拐走了。本想安度晚年的卓世民只得重新出马，根据以前手下普大卫调查的线索，他得知拐卖者之一名叫曹前贵，是青山州南山村人，靠近边界的南山村正是他30多年前浴血奋战的地方。于是他在向陈厅长汇报之后，决定去南山村走一趟。南山村是一个位于大山深处悬崖峭壁上的贫困村，只有一条羊肠小道与外界相连。边境保卫战时，南山村是有名的支前模范村，后来村民们因为生活所迫，竟然干起了拐卖人口的勾当，被集中打击过一次才根除。为了改善生活环境，十几年前村干部曹前宽带领村民自费修路，历尽辛苦修成的路却因为坡度过大，没有车敢开上来。幸亏遇到了下乡考察的青州州委刘书记，在刘书记的大力支持下，得到拨款重整路面，南山村与外界的交通终于打通，村民的生活燃起希望。

卓世民到南山村找到了当年担任民兵连长的曹前

宽，两个老人久别重逢。在曹前宽的配合下，卓世民抓住了躲藏在家里的曹前贵。根据曹前贵招供，他是受青山州朗沙锑矿的总经理褚志指使去拐走依阳阳的，但是半路上他和依阳阳又被人劫走，他被关了几天后侥幸逃了出来。至于褚志为什么要拐骗依阳阳，这又是一个故事。十几年前，侬建光和韦小香在褚志的矿上工作，两人未婚先孕，而褚志和妻子林芳结婚后一直没能生育，就想办法用 5 万元强行收养了他们生下的男孩。但是现在这个已 14 岁的孩子得了白血病，必须要亲人的骨髓移植，于是褚志就瞒着林芳想把孩子的妹妹依阳阳拐来，没想到依阳阳半路被人劫走了。

巧的是，劫走依阳阳的，正是卓世民多年来一直没能捕获的多起拐卖儿童案的主犯五孃。五孃劫走依阳阳的目的就是敲诈褚志和林芳，因为一旦此事公之于众，就可能毁掉他们的企业王国，而且林芳还是青山州标杆式的民营企业家，承担不起声誉的损失。五孃等歹徒手段残忍，而且很狡猾地躲在边境线外，卓世民决定和老搭档兰高荣两人前往。在此过程中，卓世民从北京的医院获知之前的体检结果是误诊，他的胰腺没有问题。这不仅没有让他明哲保身和退缩，反而更加促使他义无反顾地英勇向前。经过数次交锋和一番激烈的打斗，卓世民终于救下了依阳阳，抓获了一直男扮女装的五孃。但是，就在他们开车回国即将抵达国境线时，之前的搏斗引发了卓世民的心脏病，他牺牲在凯旋的路上，走完了辉煌荣耀的生命历程。

## “太阳转身”的象征意义

小说以一个退休老警察的壮举为主要线索，将脱贫和爱国的主题融入其中，探索了南山村和汤谷寨贫困的原因和致富的路径。虽然这是一部现实主义的小说，但作者艺术性地将主题用“太阳转身”这个带有象征意义的书名表现出来。地球上的回归线被称为太阳转身的地方，云南有两个县有北回归线穿过，一个是普洱市墨江哈尼族自治县，一个是作者去采风的文山壮族苗族自治州西畴县，那里都有北回归线的纪念广场。太阳象征着生命的希望，就太阳的“转身”而言，每年夏至时太阳光几乎直射北回归线，此时北半球各地的白昼时间为全年最长。北回归线穿过西畴县，这可以理解为太阳到此就不再向北，反而“转身”向南了，白天越来越短，仿佛太阳越来越远，于是人们希望能够“找回”太阳，让太阳再“转身”回来。作者去的西畴县汤谷村，即书中所写的汤谷寨，还有延续母系社会遗风的女子太阳山祭祀和找回太阳的壮族民俗文化传统，那里至今仍流传着一首很优美的《祭太阳古歌》。这些传说和民俗给作者带来了创作灵感。在当地传说中，太阳是个女儿身，一度丢失过，最终被一个勇敢的壮族母亲找到，回到了天空，重新给人类带来光明和温暖。与此相似，小说中的壮族夫妇的女儿也丢失了，英勇的退休警察帮他们找回了女儿，全家重获幸福，而且小女孩的名字依阳阳显然也具有象征意义。小说叙事的主线正与壮族传说相契合。

“转身”在小说中还有更多的含义。首先是贫困地区脱贫致富的“转身”。在政府的帮扶引领下，在当地老百姓的辛勤努力下，贫穷落后的山村彻底改变了面貌，变得更加美丽富饶，南山村及汤谷寨也享受到了现代文明和经济发展带来的种种红利，就像找到了“转身”回来的太阳。其次是卓世民这个人物的“转身”。作者借卓世民女儿卓婉玉之口表现了这一点：“退休算个啥？你转个身，就没有你这老警察破不了的案。”他本来已经退休，回归安逸的家庭生活，开始另一种人生，但他放弃治疗“绝症”，将最后的生命时光“转身”投入到这起拐卖儿童案的侦破中，即使办案途中获悉自己病情纯属误诊，也依然义无反顾地追踪案犯，最终英勇殉职。除了卓世民，小说还塑造了依建光和韦小香、褚志和林芳这两对夫妇，他们在命运面前都曾遇到过挫折或走过弯路，但都有机会实现了转变，迎来大团圆的结局。这些“转身”正是作者所要弘扬的勇于克服困难、为了更美丽的家园和更美好的生活而努力拼搏、实现自我价值的精神。

## “帮别人就是救自己”

老人仰头看看眼前高耸的巉岩绝壁，朗声说：“宽儿，挖吧。屋檐水还能滴出石窝窝来哩。”

这个老人是曹前宽的母亲，她一辈子没走出过大山，瘫痪在床20多年。86岁时，眼看即将终老，她让曹前宽把她从村里背到山下她从未见过的大马路边。南山村到山下只有5公里，但落差有400米。老人惊奇地看着马路上来来往往飞驰而过的汽车，鼓励儿子一定要挖一条直通村子和山下的大马路。老母亲很快去世了，她没有熬到路修好的那一天。

南山村的历史可以追溯到明朝洪武年间，当时远征西南的一支队伍在一个名叫曹应征的百户长带领下，到南山村驻扎下来，从此在此安家落户。曹姓人家在大山深处为国家守关卡，距今已传了24代。以前，南山村是中外商贸古驿道上的必经之地，但现在公路从山下通过，南山村被历史抛弃了。交通隔绝，土壤贫瘠，南山村被判了“生态癌症”，看似已毫无生路。但是，村干部曹前宽知道，如果放弃了南山村，就相当于抛弃了祖祖辈辈辛苦打拼的基业，从此曹家人就没根了，也辜负了祖先镇守边疆的使命。于是，在他的带领下，几个党员和老年人率先开始修路，历经十几年的辛苦路终于修通了。他们靠自己的双手改变了整个宗族的命运，也延续了自己的使命。

山风呜咽，但是温暖如春风扑面。苍老的眼泪也会让群山动容、顽石崩裂。一只苍鹰盘旋在天上，久久地观察山坳上的两个老人，那是它从未看见过的人间最温暖的重逢。

30多年前的边境保卫战中，侦查连长卓世民身负重伤，被担架紧急抬下山转院治疗，当时抬他的人里面就有民兵连长曹前宽。卓世民从那天以后杳无音讯，曹前宽以为战友已牺牲，没想到还能与他重逢。这些年，两人都在各自的岗位上吃了很多苦头，现在一个案子又将他们拉到了一起，当年的情谊一点也没减少。人与人之间的友谊，往往建立在共同经历的艰辛之上。朋友的重要性在于能够分享共同的经历，当年一起浴血奋战的生死之交，他们所经历的事情，有很多细节无法与人诉说，也无人能真正理解，如果好友已逝，那就只能将往事埋藏到记忆深处，一人默默地孤独终老。曹前宽盼回了卓世民，将卓世民当年用过的军用挎包、皮带和带着血迹的军帽交还给他。南山村也是卓世民日思夜想的地方，当年他有13个战友在此牺牲，他告诉曹前宽，自己将来去世也要葬在这里。最终，卓世民被安葬在南山村那条新修建公路的尽头，墓碑面向国境线方向，像一个挺立的哨兵。

救自己就要帮别人，帮别人就是救自己。

褚志和林芳创办了企业，家财万贯，但也有不称心的地方，就是不能生育。他们收养了一个儿子，但养子患上了重病，这就是整件事情的起因。褚志虽已意识到自己的罪过，但还是觉得人生有缺憾，而且家产最终要落入别人手中。林芳则在卓婉玉的教导下，领悟到人不能贪心太重，所谓“财聚人散，财散人聚”，眼里只有金钱，只钻营个人利益，迟早要遭祸。她告诉褚志，帮助别人就是拯救自己，千金散尽、造福社会才是正确的选择。“人活一世，重要的不是你得到了什么，而是你付出了什么”。他们多付出一些，才会有利于整个社会的发展，最终自己也会受益。

**图书在版编目（CIP）数据**

假如岁月足够长 ：21世纪中外老年题材长篇小说赏析 / 冯涛著. -- 南京 ：江苏凤凰教育出版社，2024. 12. -- ISBN 978-7-5743-1278-4

Ⅰ. I106.4

中国国家版本馆CIP数据核字第20242US425号

书　　名　假如岁月足够长：21世纪中外老年题材长篇小说赏析
著　　者　冯　涛
责任编辑　严明瑗　薛　柏
装帧设计　陈　也
出版发行　江苏凤凰教育出版社（南京市湖南路 1 号 A 楼　邮编 210009）
苏教网址　http://www.1088.com.cn
制　　版　南京凯建文化发展有限公司
印　　刷　苏州市古得堡数码印刷有限公司（电话0512-65896959）
厂　　址　江苏省苏州市虎丘区御前路1号
开　　本　890 毫米 ×1240 毫米　1/32
印　　张　12
版　　次　2024 年 12 月第 1 版
印　　次　2024 年 12 月第 1 次印刷
书　　号　ISBN　978-7-5743-1278-4
定　　价　68.00 元
网店地址　http://jsfhjycbs.tmall.com
公 众 号　苏教服务（微信号：jsfhjyfw）
邮购电话　025-85406265，025-85400774
盗版举报　025-83658579